Una lección de vida y muerte

Una lección de vida y muerte

Belinda Bauer

Traducción de Enrique Alda

Rocaeditorial

Título original: *The Facts of Life and Death*

© Belinda Bauer, 2014

Primera edición: enero de 2016

© de la traducción: Enrique Alda
© de esta edición: Roca Editorial de Libros, S. L.
Av. Marquès de l'Argentera 17, pral.
08003 Barcelona
info@rocaeditorial.com
www.rocaeditorial.com

Impreso por LIBERDÚPLEX, s.l.u.
Crta. BV-2249, km 7,4, Pol. Ind. Torrentfondo
Sant Llorenç d'Hortons (Barcelona)

ISBN: 978-84-16498-36-9
Depósito legal: B-26.556-2015
Código IBIC: FF; FH

RE98369

A todas mis hermanas y a mi hermano secreto

1

No había dejado de llover en todo el verano y el estrecho arroyo que dividía Limeburn bajaba con el mayor caudal que hubiera visto Ruby Trick en sus diez años de vida.

Normalmente, el cauce que marcaba el fondo del barranco discurría con unos treinta centímetros de agua impetuosa y cantarina. Suficiente para mojarte las rodillas, pero no las bragas.

Pero aquel verano fue diferente. Aquel verano, el sol solo había brillado tímidamente a través de los breves claros que habían dejado las sucias nubes de Devonshire y la corriente del arroyo era intensa, profunda y oscura. Y, a pesar de que Adam Braund podía saltar de una musgosa orilla a la otra si cogía carrerilla, los niños hacían corro para verlo porque si se caía cabía la remota posibilidad de que se ahogara. El camino que subía un empinado y sinuoso kilómetro y medio a través del bosque hasta la carretera principal espejeaba por el agua, y los adoquines entre las casas de campo más cercanas a la grada no habían perdido su verde brillo invernal. Los árboles que amenazaban con arrojar las veintitantas casas de Limeburn al ávido mar nunca se secaban. Sus hojas goteaban incluso cuando no llovía; el arroyo caía a chorro desde la pared del acantilado como una manguera contra incendios; las escarpadas pistas de tierra que salían de Limeburn hacia los bosques eran poco menos que toboganes letales.

Tampoco es que aquello cohibiera a nadie, claro está.

En el pueblo solo había cinco niños, por lo que estaban obligados a jugar juntos, al igual que a vivir en ese húmedo lugar que olía a algas.

Chris Braund, de trece años, era el mayor. Su hermano Adam era un año menor en edad, pero un año mayor en altura. Los Braund descendían de los marineros de la Armada Invencible que el mar arrastró a la costa y parecían gitanos. Después iba la pelirroja Ruby y, finalmente, Maggie Beer, que tenía siete años, y su hermana Em, de dos, que hacía que todos tuvieran que ir más lentos. Ambas eran muy delgadas y de una palidez translúcida. Maggie tenía que esperar a Em, los chicos seguían delante y Ruby siempre se quedaba en medio.

Hacia el oeste les permitían subir el camino que atravesaba el bosque hasta la pasadera. Allí, en un pequeño claro, había un banco sobre el acantilado desde el que se veía el Gore a través de un frondoso marco, más allá de la playa de arena negra. El Gore era una estrecha lengua de arena que se adentraba unos cien metros en las olas antes de dar un abrupto giro. Se decía que el diablo había intentado construir un puente hasta la isla Lundy, pero no lo había conseguido porque se le había roto la pala.

A Ruby no le gustaba el Gore ni la historia.

Le hacían preguntarse dónde estaba el diablo.

Colgada de un viejo roble junto al banco había una cuerda deshilachada de la que podían columpiarse, si querían quemarse las manos y caer en el barro. A pesar de todo, se colgaban en ella a menudo, porque era lo único que podían hacer.

A veces, Chris y Adam subían los escalones de piedra y seguían el sendero que había al otro lado. «¡Hasta Clovelly!», había presumido Chris en varias ocasiones, aunque cuando Ruby le pidió que le trajera un burrito de juguete del centro de visitantes, le contestó que se les habían acabado.

Ruby nunca había ido más allá de la pasadera. «¡Hasta allí solamente!», le había advertido su madre. Por eso no lo hacía, en parte. Pero también porque incluso en un día soleado los bosques que había al otro lado eran demasiado oscuros y silenciosos: un túnel de vegetación que en un lado ocultaba lugares en los que uno podía caerse; en el otro había una enmarañada maleza. Siempre que podían, los duendecillos inducían a seguirlos haciendo círculos, incluso junto al acantilado. Para ahuyentarlos había que darle la vuelta al abrigo.

Al pie del camino a Clovelly había una pequeña cabaña de

piedra con forma de colmena. No sabían para qué servía, pero la llamaban la guarida del oso, porque incluso seca olía fatal. Los niños se turnaban para entrar por la diminuta puerta y se sentaban en la oscuridad con las rodillas apretadas bajo la barbilla tanto como conseguían aguantar.

Adam tenía el récord, que era una eternidad.

Hacia el este, el camino a Peppercombe era incluso más empinado, una montaña rusa de barro y tablones en una escalera improvisada entre zarzas.

A mitad de camino estaba la casa embrujada a la que no les estaba permitido ir. Pasaban gran parte de su tiempo allí, removiendo la ceniza de las chimeneas y rompiendo cristales de las desnudas ventanas cuando había marea baja, para oír como tintineaban en la gravilla húmeda a cien metros de distancia. Cada año, la madera carcomida por los gusanos se acercaba más y más a la fulminante caída. Ruby se tumbaba en un punto del suelo en el que el agujero dejado por un nudo permitía mirar hacia abajo. Entre ella y el mar gris oscuro no había nada.

Era como volar.

O caer.

11

Ruby Trick vivía en una casita de campo con dos dormitorios llamada El Retiro. Pertenecía a una familia de Londres que la había comprado y bautizado, y después se habían dado cuenta de que estaba demasiado distante y era excesivamente inhóspita y húmeda como para refugiarse en ella —incluso en verano— y la habían alquilado para sacar algún provecho hasta poder venderla.

Algo que jamás conseguirían. Era más barato demoler y reconstruir El Retiro que reformarlo. El padre de Ruby, John Trick, había clavado trozos de madera de deriva en los marcos de ventana por los que entraban corrientes de aire y había tapado con masilla las crecientes grietas de las paredes, pero El Retiro libraba todos los años una batalla perdida contra la naturaleza.

Ruby lo tenía muy claro, el bosque no quería que estuvieran allí. Mientras que Clovelly lo mantenía a raya gracias a su tamaño y sus industrias —y en los últimos tiempos a un zafio turismo—, Limeburn estaba simplemente en medio. El arroyo, la carretera y la exigua fila de casas nunca bastarían para impedir que los árboles de ese lado de la cañada se unieran a los del otro. Era cuestión de tiempo. La avanzadilla ya había ocupado posiciones. Los helechos brotaban en los muros de piedra como pequeñas estrellas de mar verdes y los rododendros y las hortensias acosaban las puertas de atrás y tapaban las ventanas traseras. Y, a pesar de que los árboles rendían sus ramas a las tijeras de podar y a las motosierras, también extendían unas maliciosas raíces bajo las líneas enemigas que rompían tuberías, debilitaban cimientos e inclinaban paredes. En Rock Cottage, una raíz de roble tan gruesa como una pierna humana se había hinchado y, finalmente, astillado el suelo del cuarto de estar. Todos habían ido a verla y a ayudar a la anciana señora Vanstone a reorganizar los muebles alrededor de ella.

John Trick siempre decía que había cosas que simplemente no se podían parar. A las casas de la parte más alta de la colina se las había tragado el bosque, la lluvia azotaba sus chimeneas de piedra y solo servían de hogar a arañas y sapos hinchados, mientras que las casas que quedaban no tenían adónde ir, excepto al mar, que erosionaba implacablemente el acantilado que tenían debajo.

La larga y curvada grada tentaba al agua a subir hasta el pueblo, y en ocasiones lo hacía. Durante las mareas y tormentas de primavera se colocaban sacos terreros detrás de las defensas de madera de las puertas, y la gente subía los recuerdos de la familia y los televisores a los dormitorios, por si acaso.

De día resultaba fácil olvidar que los árboles y el mar estaban al acecho. Los niños jugaban en los bosques y atravesaban con cuidado los gigantescos guijarros de la playa para chapotear en las pozas que había entre las rocas.

Sin embargo, por la noche, Ruby sentía que las mareas tiraban de su estómago mientras el bosque hostigaba El Retiro, chirriaba contra el cristal y golpeaba las tejas.

Y se preguntaba qué pasaría cuando, finalmente, el exterior venciera.

2

John Trick los llevó por la carretera principal para que cogieran el autobús, Ruby a Bideford; su madre iba al hotel en el que trabajaba y del que solía llevar unas sobras tan buenas a casa que Ruby, a veces, se levantaba a medianoche para comérselas.

El coche, que en sus buenos tiempos había sido blanco, ahora estaba ya lleno de herrumbre. Parecía odiarlos tanto como el bosque. A veces se negaba a ponerse en marcha. Cuando, finalmente, lo hacía, carraspeaba y daba sacudidas durante el serpenteante kilómetro y medio de subida.

Ir por la ladera de Limeburn a la carretera principal era como hacer un viaje en una atracción de feria. Ruby había estado en una en Bideford. A pesar de que la montaña rusa era pequeña, había conseguido asustarla. Había comenzado como aquel viaje, con una lenta ascensión por una pendiente que no le había parecido gran cosa cuando hacía cola, pero que resultó ser tan empinada que, cuando se metió en el cochecito, pensó que iba a salir disparada hacia atrás.

El miedo a que no funcionara el coche siempre creaba cierta tensión. Su padre se inclinaba hacia el volante, y su madre se aferraba al bolso que tenía en las rodillas. Por su parte, Ruby se agarraba con tal fuerza al reposacabezas que le acababan doliendo los dedos. Como si eso fuera a ser de ayuda, los tres se inclinaban hacia delante, mientras el coche daba bandazos en las curvas cerradas, bajo la tenebrosa cubierta verde.

A mitad de camino, había un establo construido con un antiguo vagón de tren en un pequeño cercado lleno de barro. Siempre estaba vacío, pero Ruby nunca dejaba de mirarlo.

—Ahí es donde guardaré mi caballo —decía cinco veces a la semana.

—¿Y cómo lo llamarás? —le preguntaba su padre.

—Depende —contestaba Ruby— del color y del carácter.

—¿Y si ya tiene nombre? —intervenía la madre—. No se lo podrás cambiar.

Ruby fruncía el entrecejo porque no había pensado en esa posibilidad.

—Puede llamarlo como quiera, ¿verdad, Rubes? —decía su padre mirando el retrovisor. Después meneaba la cabeza y murmuraba—: Aguafiestas…

A Ruby le gustaba que su padre regañara a su madre. El refinado trabajo en el hotel y el elegante uniforme de chef le habían subido los humos. Su padre decía que eso era: «engreimiento».

Pasaron la pequeña capilla de piedra. Una espesa hiedra entrelazaba las tumbas y emergía por el tronco de los árboles hacia la luz del sol junto a la tiendecita en la que Ruby gastaba su paga. Tenía un cartel que anunciaba helados (aunque el congelador estuviera siempre lleno de barritas de pescado y guisantes) y una caja de alambre junto a la puerta con el titular del periódico local. Se cambiaba una vez a la semana, o cuando el señor Preece se acordaba. El de aquel día rezaba: «Mil hogares amenazados por las inundaciones».

Tras una sacudida, el coche se detuvo. Bajaron. Ruby tuvo que esperar a que su madre saliera: era un dos puertas. Vio el grupito de niños en la parada. Estaban divididos entre los de arriba, que provenían de las granjas y aldeas de la parte alta de las colinas, y los de abajo, que vivían junto a la playa y el bosque. Los de arriba tenían wifi y ponis; los de abajo, sacos terreros contra la marea alta y el pelo siempre apelmazado por la sal.

Antes de cerrar la puerta, su madre se inclinó hacia el interior del coche.

—¿Mirarás la ventana del baño, John?

Ruby puso cara de circunstancias, su madre siempre estaba dale que te pego con la ventana. Si tanto le importaba, ¿por qué no la arreglaba ella?

—Si tengo tiempo… —contestó su padre.

—¿Qué más tienes que hacer? —preguntó ella.

Su padre estiró la mano y cerró la puerta. Después hizo girar bruscamente el auto y desapareció bajo los árboles.

Los niños de arriba esperaron a que su madre se bajara del autobús para empezar a decirle «bruja gorda» y «zanahoria», y a pisarle los zapatos negros y los calcetines blancos hasta mancharlos de barro.

John Trick tenía veintinueve años y hacía tres que no trabajaba.

Había sido soldador en el astillero. Cuando se acabó la soldadura, trabajó montando andamios; cuando se acabaron los andamios, fue albañil; y cuando se acabaron las obras, empezó a no hacer nada.

Hacía tanto tiempo que no hacía nada que fue acostumbrándose gradualmente, hasta que la nada se convirtió en el nuevo algo.

El nuevo algo era subir y bajar la colina, y desayunar frente al televisor. Recorrer la playa en busca de madera de deriva y atrapar lapas para cebo. Dejar seis latas de sidra Strongbow enfriándose en las pozas entre las rocas y mear en el mar como un náufrago.

Con el paso de los años, empezó a preguntarse si algún día tendría tiempo para trabajar.

Y los días como aquel le venían de maravilla. La lluvia matutina había cesado y las nubes se habían disuelto lo suficiente como para atenuar los rayos de sol en vez de bloquearlos: era un recordatorio de que, en algún sitio por allí arriba, el verano era como debía ser. En aquella abrigada cala, siempre hacía más calor que en lo alto del acantilado; la humedad empezaba a retirarse de la tierra camino del cielo en vaporosas volutas.

En unos auriculares baratos oía canciones de Johnny Cash y de Willie Nelson sobre hombres de verdad y mujeres que habían sido injustas con ellos. A veces (si estaba animado) se les unía.

15

Algunos trozos de canción se iban con la espuma.

Había cogido media docena de lapas, había sacado una de la concha con la navaja y la había colocado en el anzuelo. La carne exterior era dura y la criatura latía en sus dedos cuando la enhebró en la punta.

Lanzó y notó que la plomada tocaba fondo, recogió sedal y se recostó en una vieja silla de *camping*.

Casi siempre pescaba en el Gut, una abertura medianamente cuadrada que, hacía doscientos años, se había hecho en la roca con pólvora para que los barcos pudieran desembarcar la carga de cal y antracita. Los hornos en los que se había quemado la cal seguían allí, construidos en el malecón a ambos lados de la grada. Eran hornos de piedra semejantes a fortalezas. Ahora solamente los ocupaban ratas y gaviotas. Había un olor tan acre por los excrementos de esos animales que ni siquiera los niños jugaban en ellos.

Lo que más solía pescar eran caballas y pescadillas. Ambos buenos para comer. Cuando se molestaba en seguir el resbaladizo camino hasta el final del Gore, pescaba congrios del tamaño de un brazo y algún cazón. En los restaurantes finos lo llamaban «trompa de cristal». A veces, Alison se lo ofrecía al señor Littlejohn, del hotel. En ocasiones, aceptaba; otras no. En el primero de los casos, le daba diez libras por pieza. Después los cortaba en ocho filetes gruesos y los vendía a veinte libras cada uno.

John resopló con un cigarrillo de liar en la boca. Ciento sesenta libras por un pescado que había atrapado él y que había cocinado su mujer. No conseguía imaginar cómo podía dormir el señor Littlejohn siendo semejante ladrón.

Por supuesto, podía vender el cazón en el Red Lion de Clovelly, pero nunca iba hasta allí, a pesar de que lo veía desde donde estaba, al otro lado de la curva poco pronunciada de la bahía. Clovelly era el hermano afortunado del alfeñique de Limeburn. Todo el mundo en los dos pueblos lo sabía.

La punta fosforescente de la caña se movió y John recogió sedal, listo para entrar en acción. Pero la punta volvió a su posición y apuntó al cielo como un dedo tembloroso.

John se dejó caer en la silla.

Malditos cangrejos.

A veces recogía el sedal, comprobaba el cebo y volvía a lanzar hacia otro punto, pero le pareció demasiado trabajo teniendo en cuenta el tiempo tan bueno que hacía y la sidra tan fría que tenía.

Cerró los ojos y esperó.

Se durmió.

Aquella noche volvieron a discutir por la ventana. Primero fue eso, después lo que había costado la rueda nueva del coche, y luego lo sucio que había dejado el fregadero después de limpiar el pescado. Ruby se fue a la otra habitación antes de que llegaran al tema del trabajo.

Ese tipo de discusiones siempre acababan en el trabajo.

Y allí acabó, sin ella.

3

*L*a señorita Sharpe escribió dos palabras en la pizarra. Ruby las copió con cuidado en la tapa del azul cuaderno de ejercicios nuevo: «Mi diario».

—Deberíais escribir vuestro diario todos los días —les recomendó la señorita Sharpe, y los chicos protestaron.

Dejó el rotulador y empezó a ir de un lado a otro entre las mesas. A Ruby le gustaba que lo hiciera, porque así Essie Littlejohn tenía menos posibilidades de pincharla con el lápiz. El padre de Essie era el dueño del hotel en el que trabajaba su madre. Ruby la odiaba, por sus grandes orejas, sus bonitos lápices de colores y su elegante gas ciudad.

—Todo lo que hagáis y penséis —continuó la señorita Sharpe—. Todos vuestros sueños secretos y planes para el futuro.

Ruby se fijó en que llevaba las cortas uñas pintadas con un claro esmalte color perla. Ruby no podía pintarse las suyas porque solo las fulanas lo hacían, pero la señorita Sharpe no parecía serlo. Tenía un feo pelo castaño, no iba maquillada y la única joya que lucía era una pulsera con colgantes que tintineaban, incluido uno pequeño de plata en forma de herradura. A Ruby le gustaba la herradura y, por extensión, la señorita Sharpe. No podía ser una fulana. Quizás el esmalte de uñas solo era para fulanas si se llevaba manicura francesa, como las chicas de la universidad que fumaban en el autobús.

La señorita Sharpe se fijó en que Ruby miraba sus colgantes y le brindó una amistosa sonrisa. Había empezado a dar clases a principios del trimestre. Aún no había tenido tiempo de deprimirse.

David Leather levantó la mano y preguntó si podía escribir sobre su colección de botellas de leche; Shawn Loosemore, si podía escribir sobre hacer añicos la colección de botellas de leche de David Leather. Todos se echaron a reír, aparte de David y la señorita Sharpe, que tuvo que dar varias palmadas para que se callaran.

—Por supuesto, David. Las aficiones, lo que haces los fines de semana, lo que quieres para tu cumpleaños o tus mascotas. Es como Facebook, pero solo para 5.º B. Después —continuó—, los que quieran podrán leer sus diarios en clase y así conoceremos la vida diaria… —sonó la campana, y la señorita Sharpe tuvo que alzar la voz entre el ruido que hacían las sillas al arrastrarlas— de los demás. ¡Que paséis un buen fin de semana!

Ruby metió «Mi diario» en su mochila de felpa con forma de poni y salió de clase con sus compañeros.

Los otros niños no tenían ningún interés en ella o en su vida diaria.

Ponerla por escrito no cambiaría nada.

Lunes, martes, miércoles, jueves, vaquero.

La noche vaquera era la mejor de la semana.

Por la tarde, Ruby bajaba del autobús e iba a la tienda a gastarse la propina, vigilada por el receloso ojo del señor Preece. No le gustaba el señor Preece: tenía pelos retorcidos que le salían de las orejas y unos ojos que parecían demasiado grandes detrás de sus gruesas gafas. Todos los viernes invertía una eternidad en comprar las mismas dos cosas: una chocolatina Mars y un ejemplar de *Pony & Rider*, sus premios para la semana.

Para cuando llegaba a la capilla, la chocolatina había desaparecido.

Pony & Rider duraba más. Ruby deambulaba por la colina y envidiaba a las chicas guapas con sus largas piernas apretando sus inmaculados ponis y buscaba fotos bonitas para recortarlas y pegarlas encima de la cama hasta que le resultaba

19

difícil ver en la escasa luz que había en el bosque. Después iba a toda prisa hacia Limeburn y dejaba que la gravedad acelerara su paso.

Su padre sorbía largos trozos de espagueti, igual que Ruby, pero su madre gritó su nombre y tuvo que dejar de hacerlo. Enrolló los espaguetis con el tenedor, con lo que era como llevarse un nudo de lana mojada a la boca. No era igual de divertido.

—¡Estupendo! —agradeció su padre—. Estaban buenísimos, gracias. —Se echó hacia atrás y se dio golpecitos en el estómago. A veces Ruby intentaba adivinar qué canción tocaba.

—¿Quieres más? —preguntó su madre.

—Sí, por favor. —Sacó el mayor partido que pudo a un eructo, y Ruby se echó a reír.

Podía decir Bulawayo antes de acabar de eructar. Él también se rio, su padre siempre estaba de buen humor los viernes vaqueros.

Su madre se levantó y fue a la cocina. Él la observó. Cuando volvió con el plato lleno, le preguntó:

—¿Qué celebras?

—¿Qué?

—Con los zapatos nuevos.

Su madre miró hacia abajo como si también se sorprendiera de verlos.

—¡Ah! —exclamó poniéndose el pelo detrás de la oreja.

Ruby se inclinó en la silla para verlos. Su madre siempre llevaba zapatos planos porque era muy alta. Aquellos no eran nada planos y tenían montones de cintas estrechas. Eran parecidos a los que llevaban las modelos de las revistas.

—Mi madre me dio algo de dinero por mi cumpleaños. ¿No te acuerdas?

—Aquello fue hace meses.

—No he tenido tiempo de ir de compras.

—Son un poco altos, ¿no te parece? —preguntó su padre.

Su madre se miró los pies bajo la mesa.

—Son un poco más altos de lo que me parecieron en la

tienda. Pensé que estaría bien tener un buen par por si acaso…
—Su voz se fue debilitando.

—¿Por si acaso qué?

—Por si acaso íbamos a algún sitio —explicó encogiéndose de hombros.

Su padre empezó a sorber los espaguetis de nuevo.

—¿Puedo comer más espaguetis también? —preguntó Ruby.

—¿Cuál es la palabra mágica?

—Por favor.

—¿Todavía tienes hambre? Has comido un buen plato, para ser una niña.

—Deja que coma si tiene hambre —intervino su padre.

—Tengo hambre —dijo Ruby.

—¿Lo ves?

Su madre frunció los labios. Ruby se enfadó porque ese tipo de caras le recordaba que estaba gorda. No tanto como David Leather, cuyas piernas se rozaban tanto que tenía trozos raídos en los pantalones del colegio, pero lo suficiente como para odiar las cinturillas y los espejos. Su padre decía que era gordura infantil y que le quedaba bien, pero Ruby sabía que era mentira.

Su madre se levantó, acercó la sartén y puso más espaguetis en el plato de Ruby. No volvió a sentarse, se quedó de pie y miró el reloj.

—Bueno —dijo su padre mirando también el reloj—, ¿qué se celebra?

—Nada —contestó su madre—. Pensaba ponérmelos esta noche para que mi madre viera en qué me he gastado el dinero, nada más.

Ruby enroscó los espaguetis con el tenedor en el fondo del plato.

—Son muy altos, mamá —dijo—. Te caerás en los adoquines.

—Te romperás un tobillo —añadió su padre.

Su madre se miró los pies y se mordió una uña. La tenía rota; cuando se iba a trabajar, se ponía una tirita azul nueva cada día.

Su padre echó hacia atrás la silla, Ruby sorbió el último espagueti y salió corriendo detrás de él escaleras arriba para ver cómo se cambiaba.

Ruby quería a su padre todos los días, pero las noches vaqueras lo quería aún más, con su ropa y sombrero negros, con esas falsas balas de latón que brillaban en su cintura.

A lo que más le gustaba jugar en el bosque era a vaqueros, a pesar de no llevar sombrero, botas o cartuchera. Tenía palos con forma de pistola metidos en los bolsillos de los pantalones vaqueros, que hacían de pistoleras.

Su padre se colocó el Stetson negro de manera que le cayera sobre los ojos y abrió el cajón de abajo. Ruby estiró la cabeza para ver qué sacaba, porque no le estaba permitido abrirlo. No le dejaban que tocara el traje de vaquero de papá.

Sacó la corbata tejana de bolo, con una piedra azul con forma de calavera de res y puntas plateadas en el cordón. Se puso frente al espejo picado que colgaba en la parte de atrás de la puerta del dormitorio, la metió por la cabeza, se volvió a colocar el sombrero y se aseguró de que estaba en su sitio.

—¡Guau! —exclamó Ruby.

Su padre sonrió e inclinó el ala hacia ella.

—¡Vaya! Gracias, señorita Ruby —dijo arrastrando las palabras, y Ruby se echó a reír.

Se sentó en la cama y se puso las botas de vaquero. Eran negras con elegantes pespuntes blancos. Su madre las había comprado en una tienda de beneficencia, pero le quedaban como un guante.

—Necesitas espuelas —dijo Ruby.

—¿Tú crees?

Por supuesto, se lo había oído comentar innumerables veces.

—Mamá lleva zapatos nuevos —le recordó.

—Bueno… —aceptó encogiéndose de hombros, pero no dijo nada más.

Su padre nunca hablaba mucho, pero los dos sabían que, si el trabajo de su madre no fuera eventual, tendrían lo que quisieran. En temporada, trabajaba prácticamente todas las noches y algunos días. En invierno, solo trabajaba los fines de semana y comían tanto pescado que Ruby lo olía hasta en la almohada.

Su padre volvió a abrir el cajón y sacó el cinturón de cuero negro con la pistolera. Lo abrochó dejándolo suelto para que la funda quedara por debajo de la cadera.

—¿Puedo atar el cordón? —preguntó Ruby arrodillándose junto a la pierna.

Resultaba difícil hacer un nudo con la tira de cuero y solo consiguió hacer una lazada poco apretada.

—Buen intento, jovencita.

Ruby sonrió.

—Gracias, JT —dijo intentando imitar el acento, pero se le atascó la lengua y acabó sonando como un maullido.

Su padre solía llevar una pistola en la funda. No era de verdad, pero eso no importaba. El Gobierno había obligado a los Pistoleros a entregar todas las armas porque un idiota había disparado a alguien a muchos kilómetros de distancia. Y ni siquiera era un vaquero, por lo que aquella decisión era muy injusta.

Sin embargo, incluso sin pistola, había algo en el sombrero, la voz de vaquero y el no ir afeitado que la entusiasmaba de un modo que no era capaz de explicar con palabras. Parecía un actor de cine. Incluso las pálidas cicatrices que se curvaban en las cejas y en la mejilla derecha le quedaban bien en las noches vaqueras. En su opinión, mejoraban su aspecto. Parecía más peligroso.

—¿John? —llamó su madre por las escaleras—. Son y cuarto.

Su padre puso cara de circunstancias. Ruby lo imitó. La abuela y el abuelo llegaron a y media. El abuelo la sentaba en su regazo y la abuela le daba fruta en vez de caramelos.

—¿Puedo ir contigo? —preguntó de repente Ruby. Había aprendido a no preguntarlo a menudo, pero hacía mucho que no lo hacía.

Su padre no acabó de abrocharse el cinturón y puso una cara en el espejo que indicaba que lo estaba pensando. Contuvo la respiración.

—Esta vez no, Rubes —contestó.

—Entonces, ¿cuándo? —replicó envalentonada por aquel titubeo.

—Cuando seas mayor. —Siempre decía lo mismo.

—Ya soy mayor. Me hago mayor continuamente.

Se hizo un silencio en el que Ruby dudó sobre si se habría pasado, pero su padre se volvió hacia ella y sonrió.

—No, no eres mayor —dijo antes de empezar a hacerle cosquillas—. No te estás haciendo mayor.

Ruby se echó a reír y se retorció. A su padre se le había olvidado utilizar la voz vaquera, pero había pronunciado las erres con acento del suroeste de Inglaterra mientras la hacía sufrir de alegría.

—Eres mi vaquerita —dijo mientras ella gritaba—. Siempre serás mi vaquerita.

—John, llegarán enseguida.

Su padre dejó de hacerle cosquillas y suspiró. Ruby se dejó caer en la cama resollando y riéndose.

—Narizotas y Ping-pong están en pie de guerra —susurró su padre, y Ruby se echó a reír. Los llamaban así entre ellos, pues el abuelo tenía la nariz muy grande, mientras que la abuela tenía los ojos tan saltones como pelotas de tenis de mesa.

Su padre se enderezó.

—Creo que me voy —dijo volviendo a su papel de vaquero—. Diviértete.

Ruby hizo una mueca.

—¿Cómo de mayor he de ser para poder ir contigo?

Su padre se tomó su tiempo para ajustarse el cinturón. Cuando contestó, no lo hizo con voz de vaquero.

—No tengas prisa por crecer, Rubes. No hay nada bueno ahí fuera. —Se inclinó el sombrero hacia los ojos y recuperó el acento—. Quédese en casa señorita Ruby. Aléjese de los problemas.

En la puerta giró sobre sus talones como un pistolero y desenfundó.

—Bang, bang, bang.

Sin embargo, en vez de un revólver, había sacado una chocolatina Mars de la pistolera, que le lanzó con cuidado. Ruby soltó un gritito ahogado y después se calló cuando su padre se llevó un dedo a los labios.

—No se lo digas a tu madre.

Después puso la mano en el ala del sombrero una vez más y bajó las escaleras dando saltitos al tiempo que silbaba *Red River Valley*, la canción preferida de su hija.

La sonrisa de Ruby desapareció en cuanto dejó de oír la melodía.

¿Cómo podía decir su padre que no tuviera prisa por crecer? Para él era muy fácil decirlo. Seguramente se había olvidado de lo que era ser pequeño, de la gordura, los matones y los deberes.

Pensó en todo lo bueno que le esperaba cuando creciera. Lo primero que haría sería comprar un poni para que, cuando encontrara un empleo, pudiera ir al trabajo y a las tiendas montada en él, y lo ataría fuera para poder verlo por la ventana. Y con el dinero que consiguiera haciendo… lo que fuera, se compraría galletas; así no tendría que estar buscando siempre dónde las había escondido su madre. Viviría en una casa cálida en un campo soleado, a muchos kilómetros de los árboles, en la que el moho no ennegreciera las paredes y el viento nunca soplase a través de las ventanas.

Su padre debía de estar equivocado en cuanto a crecer.

No podía esperar para hacerlo.

25

4

*D*ice la leyenda que, en el 878, los vikingos capitaneados por el danés Hubba llegaron en treinta y tres barcos, desembarcaron allí, en la ancha desembocadura del río Torridge, y subieron la empinada colina para asaltar el castillo de Kenwith. Apenas habían avanzado un kilómetro y medio cuando se toparon con los defensores ingleses. Los hombres del rey, posicionados en la parte alta, repelieron a los asaltantes, aunque no antes de que aquella batalla se cobrase las vidas de miles de vencedores y vencidos por igual.

Se trasladó a Kenwith a los vencedores muertos bajo el primer estandarte con águila capturado, mientras que a los daneses se los enterró allí donde habían caído, en unas fosas comunes que se cavaron con facilidad en una tierra tan reblandecida por la matanza que acabó llamándose Bloody Corner.

Desde entonces no había pasado gran cosa en Appledore.

Durante casi mil doscientos años, el pueblecito fue subiendo esa misma colina, en una invasión mucho más lenta y respetuosa. La primera fila de casitas empezaba en el enlodado estuario y la marea lamía sus paredes pintadas y se filtraba en los sótanos dos veces al día.

Appledore tenía una oficina de correos, tres iglesias y seis *pubs*: la proporción habitual. En verano, los habitantes instalaban pequeñas galerías de arte y tiendas de regalo en sus salones y vendían objetos hechos a mano en casa, aunque las manos y las casas eran en su mayoría chinas. Todo lo contrario que el helado de Hocking, que se fabricaba en el pueblo con enormes montañas doradas de mantequilla de verdad y se vendía en una flota de furgonetas color vainilla.

Y los barcos.

Los habitantes de Appledore habían construido barcos durante generaciones enteras y en su apogeo Appledore Shipbuilders había dado trabajo a más de dos mil personas: tantos que un solo pueblo no podía satisfacer la demanda y se contrataba a hombres que vivían a varios kilómetros, trabajaban las veinticuatro horas del día por turnos y llegaban a los astilleros en viejos ciclomotores baratos que cercenaban el sueño a las cuatro de la mañana como sierras circulares. Su gran nave metálica dominó durante medio siglo el río y convirtió en bonsáis a los árboles. Enormes buques de guerra se deslizaron desde él hacia el río e hicieron que los yates que pasaban cabecearan como si fueran de juguete. En tiempos, su dique seco fue el más grande de Europa y se creía que los buenos tiempos no acabarían nunca.

Pero todo acaba, en especial los buenos tiempos.

Y, cuando acabaron en Appledore, mil quinientos hombres perdieron su trabajo.

De la noche a la mañana.

Mil quinientos cabezas de familia. Mil quinientos soldadores, mecánicos, carpinteros y maquinistas cualificados se quedaron desocupados de repente en un lugar en el que la oficina de empleo solo ofrecía trabajo en bares, de peón o de canguro.

Muchos de aquellos hombres no volvieron a trabajar. Legalmente al menos. Echaban de menos el trabajo y el dinero, por supuesto, pero aún más a sus compañeros y la forma en que se comportaban en compañía de otros hombres, que no era la misma que cuando estaban con mujeres.

Así que encontraron otros lugares en los que juntarse. Algunos en las casas de apuestas, otros en los *pubs* y también en los billares.

Y algunos entraron en los Pistoleros.

Los Pistoleros era un grupo de unos veinte hombres que una vez a la semana se vestían de vaqueros y se reunían en el George de Appledore, tal como hacían los Tiradores en el Bell de Parkham y los Forajidos en el Coach and Horses de Barnstaple.

27

El norte de Devon tenía su cuota de vaqueros, de eso no cabía duda. Durante la semana trabajaban en bancos o hacían chapuzas, pero las noches vaqueras los transportaban durante unas horas al Salvaje Oeste, en el que los hombres eran hombres, las mujeres tenían pecho y las cárceles eran de madera.

Cuando se formó el grupo de los Pistoleros, los residentes en Appledore se inquietaron con aquellos hombres vestidos con botas y sombreros negros que se pavoneaban por la estrecha calle Irsha los viernes por la noche. Pero al cabo de un tiempo los visillos dejaron de moverse cada vez que pasaba un vaquero de camino al pub en aquel pueblecito pesquero y solo algunos grupos de adolescentes se reían de ellos y los insultaban.

A una distancia prudencial.

Una vez más los Pistoleros se emborracharon en el George, fanfarronearon, flirtearon con las camareras y hablaron como los vaqueros, de temas vaqueros.

Como la moda.

Se abalanzaban sobre toda la ropa o equipamiento vaquero que salía al mercado como amas de casa de Beverly Hills y estudiaban detenidamente su estilo y autenticidad. El presupuesto y la situación geográfica hacían que los artículos carecieran normalmente de ambos atributos. La pistolera de Nellie Wilson provenía de los excedentes del ejército, el poncho de Rasguño Mumford lo había hecho a ganchillo su madre y el sombrero vaquero de Tiznado Blackmore llevaba el logotipo de Pixar bajo el ala.

Lo más auténtico en los Pistoleros era que Frank, *Látigo*, Hocking cruzaba el pueblo montado en su peludo caballo pío *Tonto* y lo ataba frente al George. Los turistas le sacaban fotos y los niños le daban azúcar, kétchup y cualquier otro condimento de los que dan gratis en los pubs. «Nada de mostaza», les advertía Látigo siempre. Cuando se iba, algo tocado, el resto de los Pistoleros salía a ayudarlo a subir a la silla de cuero labrado. Siempre tenían que hacerlo al menos tres de ellos, pues Látigo pertenecía al clan del helado y creía que el control de calidad era importantísimo.

Cuando no estaban presumiendo, los Pistoleros jugaban alguna partida de póker a penique y discutían sobre antiguas series del Oeste, que alternaban entre *Bonanza, El gran chaparral* y *El virginiano*. Entre todos habían pirateado las colecciones completas. En las películas, sus preferencias se dividían entre Clint Eastwood y Gary Cooper o John Wayne y Jimmy Stewart. No tenían una opinión clara respecto a Kevin Costner, que prometía mucho a menudo, pero siempre acababa arruinándolo todo poniéndose melodramático o luciendo un pésimo corte de pelo.

Si alguien entraba a formar parte de los Pistoleros y no era absolutamente impopular, se le daba un nombre vaquero. Quisiera o no. En su mayoría se otorgaban por razones nimias que apenas desafiaban la imaginación. Tiznado Blackmore repartía carbón, Paleto Trick vivía en el quinto pino y Vaca Yeo mugía en voz alta y, sin previo aviso, como si tuviera una especie de síndrome de Tourette granjero; en el supermercado se le oía a varios pasillos de distancia.

Algunos intentaban entrar con un nombre vaquero elegido, pero los Pistoleros no lo permitían. De hecho, solían castigar esa presunción; por ello, la adhesión de Len, *Gatito*, Willows había sido corta y difícil, y había acabado con una pelea dentro y fuera del George, en toda la calle Irsha.

Como vaqueros de verdad.

De eso hacía seis meses y todavía lo comentaban al menos una vez por semana.

Conforme la noche y la cerveza se acababa, los Pistoleros meditaban sobre lo mejor que sería su vida si en el norte de Devon hubiera praderas llenas de ganado que hubiera que transportar con regularidad de una punta a otra del país. Pondrían a Willie y a Johnny en la máquina de discos continuamente, suspirarían frente a sus vasos y pistoleras vacíos y añorarían los viejos tiempos antes de que los canallas empezaran a disparar a los niños y todo el mundo se pusiera nervioso incluso con las pistolas falsas.

5

*L*a chica desnuda se sentó en la playa vacía.

La marea estaba tan lejos que había desaparecido en la baja nube gris y la arena estaba dura y mojada por la persistente llovizna.

Estaba sentada con las piernas cruzadas e inclinada hacia delante. Tenía frío y gimoteaba dándole la espalda al invisible mar con las manos bajo las heladas nalgas.

—Llama a tu madre —dijo el hombre.

La chica empezó a sollozar y el hombre miró su reloj. Volvió a ponerle el teléfono delante de la cara. Era un iPhone. Mejor que cualquiera de los que él había tenido en toda su vida. ¿La chica tenía…? ¿Dieciséis? ¿Diecisiete?

—Llama a tu madre —repitió lentamente.

La chica lloraba tanto que, cuando intentó decir algo, el hombre no la entendió.

—¿Qué? —preguntó.

Arrugó el entrecejo e intentó concentrarse, pero las palabras no acababan de imponerse sobre los lloros.

—¡Joder! ¡Deja de llorar y habla con claridad!

—¡Me va a matar!

—¡Sí! —confirmó—. ¡Llama a tu madre!

La chica gimió aún más.

—¿No quieres decirle adiós? —preguntó, casi con amabilidad.

La chica levantó la cara manchada de lágrimas, casi desafiante.

—¡Calla! —gritó, y se abalanzó sobre sus piernas.

No consiguió sacar las manos de debajo del culo lo suficientemente rápido y cayó sobre un hombro y la cara.

El hombre la levantó sin miramientos con la punta de la bota. La chica tenía la parte izquierda de la cara cubierta de arena, parpadeó y tomó aire como si saliera del mar y no de la arena.

El hombre levantó el móvil para sacar una foto.

—Ocho megapíxeles —comentó—. En un puto teléfono —añadió mientras le enseñaba la foto—. A lo mejor se la envío a tus colegas. ¿Qué te parece? Tengo todos sus números de teléfono.

La cara de la chica se tensó.

—No lo haga —susurró—. Por favor, no se la envíe a nadie.

—Entonces, llama a tu madre.

La chica empezó a llorar de nuevo, vehemente, sin pausa. Se movió para sacar una mano de debajo de la nalga y cogió el teléfono. Temblaba tanto que le costó tres intentos acertar con el número. En la pantalla la imagen de un anticuado teléfono vibró al mismo tiempo que sonaba el timbre de llamada. Bajo la sonora imagen aparecieron las palabras «Llamando a mamá».

—Está sonando —dijo entre lloros.

—No me digas… —replicó el hombre con sarcasmo.

—¿Qué digo?

—Dile adiós.

—¿Puedo decirle que la quiero?

—Si es verdad…

—¡Por supuesto que la quiero! —gritó la chica—. ¿Puedo hablar con mi padre también?

—Esto no es *¿Quién quiere ser millonario?*

El tono de llamada cesó y apareció una cara en la pantalla.

—¿Mamá? —dijo la chica.

—¿Me parezco a mamá, cabeza de mosquito?

—Llama a mamá, Ricky. —La chica parecía repentinamente calmada.

—¿Te crees que soy tu esclavo?

—¡Llámala, Ricky! ¡Es urgente!

El chico tenía un piercing en la ceja. Los dos eran unos niños malcriados.

—¿Cuál es la palabra mágica?

—La palabra mágica es que te jodan por favor por el puto culo.

—Se lo voy a decir a mamá. La has cagado.

—Lo sé —dijo la chica antes de echarse a llorar de nuevo—. Lo sé.

Ricky volvió la cabeza hacia un lado y gritó:

—¡Mamá! ¡Kelly al teléfono!

Después se vieron varias imágenes del techo hasta que apareció la alegre cara de una mujer.

—Hola, Kelly.

—¿Mamá? —Fue lo único que consiguió decir antes de que los lloros se apoderaran de su voz.

La cara de la mujer reflejó instantáneamente el pánico que sintió.

—¿Qué pasa, Kelly? ¿Dónde estás?

—Mamá…, mamá…, mamá. —Un hilillo de baba llegaba hasta la pantalla.

—Dile adiós —le recordó el hombre.

—¿Quién ha hablado, Kelly? ¿Quién está contigo? ¿Dónde estás?

—Va a matarme, mamá. Me ha obligado a llamarte para decirte adiós.

La cara de la mujer se abandonó al horror.

Eso estaba mejor.

—Te quiero, mamá.

—¡Kelly! ¡Brian! ¡Llama a la policía! ¡Brian! ¡Kelly, hija mía, espera! ¿Quién está ahí? ¿Quién está contigo?

La chica giró el teléfono hacia el hombre, que sonrió y saludó.

—Hola. Voy a matar a su hijita mientras mira.

—¡No! —gritó—. ¡No! ¡Espere! ¡Espere! ¡Brian! ¡Brian! ¡Alguien ha secuestrado a Kelly! ¡Brian!

El hombre se echó a reír. La histeria de la mujer era tan barata y ridícula como ver un mono marino con un ataque de nervios en una pecera.

La mujer balbuceó:

—No le haga daño. Por favor, no le haga daño. ¿Qué quiere? Le daré lo que me pida. ¿Qué quiere? ¿Dinero? Por favor, hable conmigo y dígame lo que quiere. Lo que sea. ¡Por favor!

No quería nada, pero la risa le impidió contestar. Se inclinó hacia delante y se atragantó por las carcajadas.

La chica vio que tenía una oportunidad, se levantó y echó a correr.

Lejos del montón de ropa, hacia Westward Ho! De regreso a la grada, el bingo y la furgoneta de helados Hocking.

El hombre se enderezó y dio unas cuantas zancadas tras ella, pero después se paró y la observó alejarse sacudiendo el culo, agitando el móvil y gritando «¡Socorro!» cada pocos pasos con voz alta y aflautada.

Era una de las cosas más divertidas que había visto en su vida.

Se quitó el pasamontañas y se rio hasta que finalmente se relajó y soltó unos profundos suspiros. Después se limpió los ojos y miró hacia la arena marrón en la que él era la cosa más alta en muchos kilómetros a la redonda. Aquello le recordó *Los viajes de Gulliver*. De niño tuvo el libro, pero nunca lo leyó, aunque sí miró las ilustraciones una y otra vez.

Se sintió como Gulliver, dando grandes pasos entre aquellas diminutas personas, sacando a alguna del acantilado y sujetándola por los talones entre su gigantesco pulgar y su enorme índice.

Obligándolos a hacer lo que él quisiera.

Le hacía sentirse poderoso.

33

6

*E*ra sábado, por lo que Ruby estaba tumbada en el suelo y observaba cómo se arremolinaba el mar bajo la habitación que sobresalía en la casa encantada. El agua era de color gris pizarra con vetas blancas; al retirarse, silbaba y producía un intenso tintineo cuando las grandes piedras redondeadas rodaban por la playa bajo las olas.

Era hipnótico.

No sabía cuánto tiempo llevaba allí. Quizás una hora. Estaba oscureciendo y empezaba a sentir frío, pero seguía esperando una ola más y una retirada más.

Una más.

Una más.

Se movió en el mohoso suelo. Le dolía el pecho.

Otra vez.

Lo había sentido por primera vez cuando leía *Pony & Rider* en la vieja alfombra que tenía el mismo color que las arañas que entraban en El Retiro la primera semana de septiembre como si hubieran alquilado una habitación. Era un dolor agudo, como si se hubiera tumbado encima de un pasador de pelo. Pero cuando miró no vio nada debajo de ella.

Al igual que entonces, puso los brazos en los costados para aliviar la presión en el pecho.

Una ola más.

—¿Puedo mirar?

Ruby apartó la cara del agujero y vio a Adam Braund a su lado. Este se echó a reír.

—Tienes un círculo rojo en el ojo.

Ruby se puso colorada y se tocó la cara, pero no notó nada.

—No pasa nada, se te irá —la tranquilizó.

Ruby se hizo a un lado. Adam se tumbó y acercó el ojo al agujero. Ruby estaba tumbada boca abajo con los codos apoyados mirando la pared. En tiempos, había tenido papel pintado, con narcisos amarillos y crocos morados. El color de aquellas flores había ido perdiendo intensidad hasta convertirse en marrón, salpicado de manchas de humedad.

—Deberíamos hacer otro agujero —dijo Adam. El suelo de madera amortiguó su voz—. Así podríamos mirar los dos.

—Muy bien —aceptó Ruby.

Adam se puso de pie, y Ruby fue detrás de él por la casa mientras recogía trozos de madera y tiraba de los marcos de las ventanas. No quedaba gran cosa, los niños habían arrojado al mar todo lo que habían encontrado.

—¡Mierda! —Adam se chupó el dedo; cuando lo sacó de la boca, volvió a salir sangre, que se distribuyó por los diminutos surcos de su piel.

Ruby se mareó ligeramente al verla.

—¿Duele?

—No —contestó Adam. Se limpió la sangre en los vaqueros y empezó a tirar de un balaustre de la barandilla. Dio una sacudida al soltarse y se echaron a reír. Después, Ruby lo siguió a la habitación sobre el mar.

Adam eligió un punto en la juntura de dos tablones que dejaba pasar la luz, a palmo y medio del agujero. Introdujo el balaustre y lo retorció, e hizo palanca hasta que un tablón podrido se partió y abrió un nuevo agujero de varios centímetros de anchura. Después golpeó los bordes hasta que desapareció la mayoría de las astillas.

—¡Listo! —dijo introduciendo el balaustre por el nuevo agujero—. Vamos a ver esto.

Volvieron a tumbarse sobre el estómago con los codos doblados y las manos cerradas y apretadas contra las orejas, y contaron juntos.

—Tres, dos, uno.

Adam soltó el balaustre, que atravesó la siguiente ola y desapareció. Después volvieron a verlo brevemente dando vueltas en la espuma antes de que el mar lo arrastrara para siempre.

35

—¡Qué guay! —exclamó Ruby.

—Sí —dijo Adam.

Se movió para ponerse cómodo y su rodilla tocó la de Ruby. Esta no la retiró. Sin mover los ojos de las mirillas, se echaron a reír mientras fingían una pelea de pantorrillas y tobillos, después se quedaron quietos y en silencio.

Miraron el mar otros cinco minutos, hasta que Ruby se acordó de que tenía frío. Adam dijo algo cuando estaba a punto de levantarse para ir a casa. Tenía los labios tan cerca del suelo que Ruby tuvo que pedirle que repitiera lo que había dicho, por lo que levantó la cabeza y la miró.

—¿Sabes por qué está embrujada esta casa?

—No.

—¿Quieres saberlo?

Ruby frunció los labios y lo pensó. Creía que «casa embrujada» era el nombre que le habían puesto a esa antigua casa abandonada. Estaba destartalada, daba miedo y tenía telarañas, corrientes de aire, goteras y ruidos extraños, pero nunca se le había ocurrido que pudiera estar habitada por fantasmas de verdad. Era una idea aterradora y emocionante a la vez. Sintió un hormigueo en la nuca. Estaba a punto de contestar que no cuando se dio cuenta de que Adam Braund quería contárselo, así que dijo que sí.

Adam se dio la vuelta para ponerse frente a ella con el codo bajo la oreja. Ruby lo imitó. Sus rodillas se tocaron, pero no le dieron importancia.

—Me lo contó mi padre —empezó a decir Adam para dejar claro desde el principio que era verdad—. Pasó hace cien años. Había un buhonero…

—¿Qué es un buhonero?

—Es como un representante, pero a la antigua. Bajó la colina a lomos de un burro con la mercancía que vendía.

—No podría llevar muchas cosas.

—Nadie las tenía en aquellos tiempos —dijo Adam, y Ruby asintió porque era verdad.

—¿Qué tipo de cosas?

—No lo sé —contestó Adam—. Papel higiénico, limpiamuebles y cosas así. Cosas para la casa.

—Vale.

—Bajó la colina para vender su mercancía. En esta casa vivían dos hermanas ancianas y le invitaron a pasar la noche.

—¿En esta casa?

—Sí.

—¿Por qué?

—Porque era de noche y estaba lloviendo.

—Vale.

Ruby quería echar un vistazo a la habitación, pero empezaba a estar demasiado nerviosa, no quería ver algo que la asustara. Todavía no había aparecido ningún fantasma en la historia, pero estaba preparada.

—Así que ató el burro arriba, en los adoquines, y pasó la noche aquí.

—Vale —dijo Ruby con cierta aprensión.

Adam bajó la voz.

—Y nadie… volvió a verlo… nunca más.

Aquellas palabras flotaron entre ellos en el aire salado.

—¿Adónde fue? —susurró Ruby.

—Nadie lo sabe —respondió Adam, también susurrando—. Al día siguiente, el burro estaba donde lo había dejado, pero toda la mercancía había desaparecido, y el dinero también. Alguien se lo había robado todo.

—¿Quién? —preguntó Ruby.

Adam se encogió de hombros para intensificar la intriga y continuó:

—Ahora viene la mejor parte. Unos cincuenta años después, cuando murieron las hermanas, otro hombre compró la casa e iba a arreglarla, pero empezó a oír ruidos en la parte de arriba, a pesar de no haber nadie.

Ruby miró nerviosa lo que quedaba de techo.

—¿Qué tipo de ruidos?

—Golpes, quejidos, ruidos de fantasmas, ya sabes —explicó Adam despreocupadamente—. Una noche subió para ver qué pasaba y la puerta del dormitorio se cerró de golpe, aunque estaba solo, y no pudo abrirla, a pesar de que la llave estaba en la parte de dentro.

Ruby miró a Adam y se le secó la boca.

—Y entonces algo le atacó.

—¿Qué? —preguntó en voz baja.

—Nadie lo sabe —dijo Adam con solemnidad—. Era un hombre mayor, pero gritó tanto que la gente vino corriendo desde el pueblo para ver qué estaba pasando. Nadie pudo abrir la puerta y tuvieron que quedarse fuera, y oír sus gritos y sus lloros hasta la mañana siguiente.

—¿Y qué pasó entonces? —preguntó Ruby con voz entrecortada por el terror.

—Por la mañana, la puerta se abrió de repente y encontraron al hombre dentro, sangrando, temblando bajo la cama. Le habían golpeado, pero no había nadie en la habitación.

—*Hossstia* —exclamó Ruby, aunque tenía prohibido decir esa palabra.

—Había gritado tanto que se había quedado sin voz. Y entonces… —Adam se enderezó para impresionarla más—. Y entonces salió corriendo, bajó las escaleras y empezó a cavar en la chimenea con las manos, a pesar de que todavía había brasas de la noche anterior, pero no le importó, y excavó hasta que se le rompieron las uñas y le sangraron las manos.

Ruby estaba aterida por el miedo. No podía pedirle que continuara, por lo que se limitó a mirarlo, incapaz de apartar la vista de su sombría cara.

—Y bajo las cenizas y las losas encontró un agujero abierto en la tierra. Dentro estaba el esqueleto del buhonero.

Adam dejó de hablar para que pudiera soltar un gritito ahogado. Ruby lo hizo.

—Aquellas ancianas lo habían asesinado y le habían robado el dinero y la mercancía. Su fantasma estaba tan enfadado que había atraído a aquel hombre hasta allí; de alguna forma, le había metido en la cabeza dónde tenía que buscar los huesos para que encontraran su cuerpo y le dieran cristiana sepultura.

Ruby empezó a temblar y Adam también, a pesar de que conocía la historia.

—Increíble, ¿verdad? —dijo Adam sonriendo.

Pero Ruby se limitó a mirar por encima del hombro y preguntar lentamente:

—¿Esa chimenea?

Adam se dio la vuelta para ver dónde miraba.

La chimenea les devolvía la mirada en silencio, baja, cuadrada y gris, con ceniza en la base y ennegrecida por siglos de fuego.

Y, en ese momento, fría.

Las olas chocaban y silbaban abajo, y las piedras hacían un ruido sordo. Ruby fue consciente de que entre ellos y el mar solo había dos centímetros de madera podrida y una caída de treinta metros.

Se puso de pie.

—Me voy a casa.

—No tengas miedo. Solo es una historia.

—Lo sé. No estoy asustada. Tengo que hacer los deberes.

—Yo también —dijo Adam levantándose.

Ambos evitaron mirar la chimenea. Ruby sabía que, si no tuvieran miedo, estarían apartando la ceniza y levantando las losas para encontrar ese agujero lo suficientemente grande como para que cupiera el cuerpo de un hombre asesinado.

—Estás temblando —dijo Adam.

—Tengo frío —le explicó Ruby.

—¿Quieres mi chaqueta? —Era gruesa, roja y llevaba escrito: BIDEFORD COLLEGE.

Ella asintió y Adam se la quitó. Ruby se la puso. No intentó cerrar la cremallera por si acaso le quedaba pequeña. Adam se fijó en que estaba gordita. Con todo, el forro de corderito era muy agradable y olía a detergente y a chico.

Bajaron con menos cuidado que habitualmente los embarrados escalones llenos de zarzas en dirección al pueblo. En la parte más empinada, Adam le cogió la mano.

Cuando llegaron a la verja de El Retiro, Ruby le devolvió la chaqueta y le dio las gracias.

—De nada —dijo, pero no se dio la vuelta para irse. Se quedó—. No le digas a nadie que te he contado esa historia, ¿vale?

—De acuerdo —aceptó Ruby—. Adiós.

—Adiós.

Ruby se fijó en que seguía en la verja cuando cerró la puerta.

7

*S*u madre se había ido a trabajar y había dejado un pastel de pollo, y una nota en la que explicaba cómo calentarlo. Ruby oyó un ruido en la habitación de sus padres. Creía que su padre estaba pescando, pero cuando subió al piso de arriba lo encontró allí.

—¿Qué haces?

—Limpiar la casa. ¿Me echas una mano?

40

—Vale —dijo Ruby, entró, se sentó en la cama y se dedicó a ver cómo sacaba cosas del armario, las miraba y las volvía a colocar exactamente donde estaban. Solo tiró dos o tres, y eran maquillaje que su madre ya no necesitaba.

Vio un librito en el que ponía: «Diario».

—Yo también tengo uno —dijo, y lo abrió para ver qué escribía su madre, pero solo eran datos aburridos como: «Colegio, 4,40; Turno doble ju/vi; braguitas para R».

Ella era esa R. Recordó esas braguitas del mercado de Bideford, llevaban estampado el día de la semana y en vez de «Viernes» alguien había escrito «Vienes». A partir de entonces, deseó que no la arrollara un autobús ese día.

—Déjame ver —le pidió su padre.

Le entregó el diario y lo hojeó mientras Ruby continuaba con la limpieza. Había un botiquín con tiritas viejas, un frasco de analgésico para niños y una caja de paracetamol.

—¿Puedo ponerme una tirita?

—Claro, Rubes.

Eligió una redonda y bonita, y se la puso en la cara, como si le hubieran disparado una flecha.

Había una bolsa de plástico arrugada con unas cajas antiguas en las que había collares y bisutería. Su madre no llevaba joyas porque le parecía de mal gusto y, además, no tenía nada de valor. No como la madre de Maggie, que siempre iba cargada de oro y lucía un anillo enorme en cada dedo. Su madre solo tenía unos pequeños pendientes de diamantes en una cajita de terciopelo azul, con una corona en el interior y el nombre Garrands, y un collar a juego en otra caja, aunque oblonga y no cuadrada. Los diamantes eran diminutos y el interior de la tapa estaba forrado con seda blanca. Alguien había escrito con un rotulador: «Piensa en mí cuando lo lleves, nena». Ruby frunció el entrecejo y esperó que el collar no fuera para ella. A veces su madre intentaba feminizarla y le compraba un top de color rosa o un pasador con flores para el cabello. Solo quedaban unos meses para Navidades y no quería un aburrido collar de oro.

En el interior de la tercera caja había un broche. Tenía forma de pez, diamantes por escamas y rubíes en los ojos. Era bonito, pero ni siquiera era de su madre; en la caja ponía que era de alguien llamada Tiffany. Volvió a meter la bolsa donde la había encontrado y abrió una caja de zapatos llena de fotografías de gente que no conocía.

—¿Quién es? —preguntó enseñándole una foto de una joven muy guapa de cabello oscuro. Llevaba un vestido blanco de verano y apretaba la mano de un niño vestido de vaquero.

Su padre la cogió y dijo:

—Es mi madre, y ese soy yo.

—¡Ja, ja! —Ruby se echó a reír—. Ya eras un vaquero entonces. —Miró el envés—. En la parte de atrás dice: «Johnny y yo».

Su padre le dio la vuelta y acarició las palabras escritas.

—Tu madre era *muuuuuy* guapa. No se parece a la abuela.

—Sí, lo era —dijo guiñándole un ojo—. Por eso soy tan atractivo.

Ruby se echó a reír y suspiró.

—Ojalá tuviera un traje de vaquero.

Su padre no quiso prestar atención a la indirecta. Todo el

41

mundo eludía sus indirectas. A veces se preguntaba por qué se molestaba en lanzarlas. Llevaba años insinuando que quería un poni.

Su padre seguía mirando la foto. Ruby se puso a su lado para verla también.

—¿Sacó la foto tu padre?

—No me acuerdo. —Se metió la foto en un bolsillo y miró a su alrededor—. Aquí no hay nada.

Volvieron a colocarlo todo en su sitio. Después se comieron el pastel frío, porque su padre dijo que era mejor así.

Más tarde sacó el diario de la mochila con forma de poni, mientras su padre veía la televisión. Lo abrió en la primera página, lo que siempre era muy alentador.

Escribió: «LUNES».

No le salió exactamente como quería. La «L» parecía una «I», por lo que tuvo que repasarla, pero, de momento, iba bien.

Miró por la ventana y mordisqueó la punta del bolígrafo. Después se inclinó sobre el cuaderno y subrayó la palabra «LUNES».

Le pareció que había quedado torcido. Tendría que haber utilizado una regla.

Mordisqueó el bolígrafo un poco más, hasta que se salió el tapón y lo succionó para que se le quedara pegado en la punta de la lengua, como un grano azul. Si lo movía, conseguía verlo junto a la mejilla.

Volvió a subrayar LUNES.

Después se sirvió un vaso de leche para pensar mejor.

Finalmente escribió:

LUNES. No había caballos en el cercado. Dibujo mapas en el colegio.

MARTES. Maggie se cayó del columpio en los acantilados y se manchó el calcetín de sangre.

MIÉRCOLES. Jugamos en el bosque. Encontré un buen palo para usar como pistola.

JUEVES. Tampoco había caballos en el cercado.

VIERNES. Mi madre se había comprado zapatos nuevos y mi padre dijo que eran muy altos, y después se fue al club de vaqueros y le até la pistolera.

SÁBADO. Papá y yo hemos limpiado la casa.

Dejó el bolígrafo y soltó un profundo suspiro ante la bonita página en blanco que había estropeado con su aburrida vida.

8

—*L*lama a tu madre.

La mujer estaba sentada en el bosque con las piernas cruzadas sobre las manos y un manto de agujas de pino rojas y marrones, suaves y punzantes bajo sus desnudos muslos.

Miró al hombre con los ojos entrecerrados.

—¿Qué?

Volvió a mover el teléfono delante de ella.

—Llama a tu madre.

Él no lo sabía, pero se llamaba Katie Squire. Tenía veintiséis años y había estado haciendo la ruta costera del suroeste durante veinticuatro días sin que le hubiera pasado nada, excepto salirle una ampolla entre Fowey y Kingsands. Algo evitable, pero se había olvidado de ponerse dos pares de calcetines.

En ese momento los llevaba, dos pares de calcetines rojos para hacer senderismo, y nada más.

Miró la mano que le ofrecía el teléfono. Aparte de los labios y los ojos, era lo único que veía de aquel hombre, tenía las uñas mordidas y las cutículas sucias. La idea de que esas manos la tocaran la irritaba y le provocaba escalofríos.

—Llama a tu madre.

—No —contestó. Hacía meses que no hablaba con ella y no iba a volver a hacerlo por eso.

Fuera lo que fuese ese «eso».

Le sorprendió lo calmada que se sentía. Imaginó que era demasiado extraño como para tomárselo en serio. Estaba andando por un bonito túnel de árboles con el mar susurrando suavemente a su izquierda. Lo único que la había puesto en guardia había sido un ruido en la maleza, y entre aquello y eso (fuera lo que fuese eso, volvió a pensar) solo conservaba un surrealista y neblinoso recuerdo de que alguien la agarraba con fuerza por el brazo y la obligaba a avanzar tropezando, temblando, y de que se había apoyado en una pierna para desatarse las botas de andar mientras se le ponía la carne de gallina y los dientes le castañeteaban como los de una calavera de broma.

Pero, en ese momento, estaba calmada.

Seguramente agarrotada.

El hombre le había dicho que tenía una pistola, pero no la había visto y ya era demasiado tarde.

Estaba lloviendo, pero el suelo en el interior del bosque estaba seco y solo notaban que llovía por el ruido de las gotas en las copas de los árboles. Katie había estado una vez en un *spa* y le habían puesto el sonido de gotas de lluvia mientras le daban un masaje. Aquello era parecido, a pesar de que no había masaje.

Y estaba desnuda en el bosque con un pervertido.

A pesar de eso también.

45

El hombre tocó algo en el teléfono y lo mantuvo en alto. Oyó el sonido de un obturador y parpadeó por el *flash*. Después le dio la vuelta para que viera en la pantalla su cruda imagen, tan pálida como un fantasma asustado en un lecho de agujas de terracota.

—Se la voy a enviar a tu madre.

Katie no dijo nada.

El hombre miró la foto y enseñó los dientes a través del agujero en la lana negra.

—Para ser una señorita, tienes las tetas caídas.

No era verdad, pero le dolió. Para su sorpresa consiguió que se le llenaran los ojos de lágrimas. Katie intentó contenerlas. No era una llorona. No había llorado cuando la había obligado a salir del camino. Tampoco había llorado cuando la había obligado a desnudarse. ¿Qué le importaba lo que pensara ese chalado de sus tetas?

Pero le importaba. No tenía sentido, pero le importaba.

Y la injusticia de que le importara la enfadó. Apartó su oscuro cabello de los ojos con un gesto desafiante y lo miró a los ojos.

—Qué vas a saber tú. Seguro que no has tocado una teta en tu vida. ¿Por eso obligas a las mujeres a desnudarse en el bosque? ¿Para excitarte?

—¡Cállate!

—¡Te callas tú! —Katie tenía tres hermanos, por lo que conocía bien lo que implicaba ese «cállate»; de repente, esa discusión le pareció muy familiar y se envalentonó, a pesar de estar desnuda y del pasamontañas.

—¡Quiero que me devuelvas la ropa! ¡Estoy helada!

—¡Y yo quiero que llames a tu madre!

—¿Por qué? —preguntó recelosa—. ¿La conoces?

El hombre dudó.

—Sí, la conozco.

—¡Y una mierda! ¡No la conoces! Y, aunque así fuera, no querría hablar con alguien que hace cosas tan lamentables y cobardes.

Katie se emocionó al caer en la cuenta de que era verdad. Su madre podía ser una vieja metomentodo, pero tenía principios. ¿Por qué no la había llamado desde hacía tantos meses? No encontró ninguna razón. De repente, estaba impaciente por hablar con ella. Por oír sus cotilleos. Por decirle que la quería.

Pero no iba a hacerlo delante de ese cabrón.

Lanzó una mirada iracunda a su agresor.

—Mira, o te das prisa y me violas, o más te vale soltarme.

El hombre soltó una exclamación entre jadeo y grito.

—¡Asquerosa! ¡Asquerosa putilla!

—¡Tú sí que eres asqueroso! —bufó—. ¡Obligar a una desconocida a quitarse la ropa! ¡Hacerle fotos! ¡Eso sí que es asqueroso! ¡Da asco!

Apretó enfadado el teléfono contra su cara, le aplastó la nariz y le hizo perder el equilibrio.

—¡Llama a tu puta madre!

Katie le dio un manotazo al teléfono y lo mandó dando vueltas hacia un árbol.

—¡Llámala tú, gilipollas!

Intentó darle una bofetada con tanta fuerza que, cuando falló, casi se cae.

Katie se levantó, echó a correr y el hombre la siguió.

En aquella ocasión no se detuvo al cabo de unas zancadas,

sino que verla correr le infundió un ávido instinto cazador. Se lanzó como un perro de caza tras una liebre, quería atraparla. Quería derribarla.

Pero la chica era muy rápida —incluso en calcetines— y se movía ágilmente entre los esbeltos y espesos árboles cuyas delgadas ramas arañaban cabezas y manos.

Su ira aumentó a cada paso. Hubo un momento en el que estuvo tan cerca que le tocó el hombro con la punta de los dedos, pero ella gritó, se agachó, pasó por debajo de su brazo y echó a correr en otra dirección. El hombre se dio la vuelta demasiado rápido y cayó sobre un claro en el que había tantas agujas que parecía un colchón con púas. No le dolió, pero tampoco le benefició. Para cuando se levantó, la chica ya había salido del oscuro amparo que procuraban los árboles y estaba en la carretera llorando, gritando y parando a los coches con la mano, desnuda, más allá de los calcetines rojos.

Desvergonzada.

Se colocó detrás de un árbol y vio que subía en un coche plateado y desaparecía. Se quitó el pasamontañas con el corazón desbocado por la rabia de haberla perdido, de haber perdido el control.

La había cagado. Las dos veces. Todo había acabado demasiado rápido y no se había sentido satisfecho. Esa vez ni siquiera había sido divertido, sino frustrante. Y la chica había sido muy insolente con él y le había hecho sentirse como un niño tonto, en vez de como un hombre que controlaba la situación.

Se rascó la cabeza por todas partes, le ardía y le picaba por la lana.

Volvió hacia los árboles y encontró la ropa, la mochila y el teléfono roto. En el monedero bordado con cuentas había un buen fajo de billetes y un sándwich de queso con encurtidos comprado en una tienda, que comió mientras conducía hacia los acantilados de Abbotsham. Prácticamente todo lo demás lo arrojó al mar, siempre tan hambriento.

Miró sus camisetas, braguitas y pantalones de algodón esparciéndose en las olas y se sintió engañado.

Aquella vez no había querido que terminara.

9

JOVEN DE DIECISIETE AÑOS,
AGRESIÓN EN LA PLAYA.

*E*l señor Preece estaba cambiando los titulares en la caja de alambre cuando Ruby bajó del autobús.

Se preguntó qué debía ser una agresión. Imaginó a una chica que había tenido una lesión en la arena. El nuevo titular era: «EL HOMBRE ENMASCARADO ATACA DE NUEVO», pero entonces Ruby se fijó en el cartel del desfile de los leprosos.

El desfile de los leprosos de Taddiport era una orgía anual de llagas supurantes, sangre falsa, jorobados, muletas y gente con los brazos escondidos en los jerséis. Todos los años se concedía un premio al mejor leproso adulto y al mejor leproso menor de catorce años. Su padre había competido el año anterior, pero el hombre del King's Arms siempre ganaba porque le faltaba una pierna y nadie podía rivalizar con él. Ruby siempre había deseado ser la mejor leprosa menor de catorce años algún día. Se vestiría con harapos, se pondría ceniza y barro en la cara, salsa de tomate y Krispies de arroz que hicieran las veces de costras. Era lo que hacían todos los niños. El vencedor del año anterior llevaba algo negro que le caía de los ojos, una pasada. No estaba segura de si podría competir con semejantes detalles, pero lo intentaría. Tenía que recordarle a su madre que comprara Krispies porque normalmente solo comían aburridos Weetabix, que además no eran auténticos.

Había ido a la tienda para darse otro gusto. Esa semana

Pony & Rider regalaba un led de seguridad en una bolsita de plástico pegada a la cubierta. Estaba impaciente. Compró la revista y una chocolatina Mars sin siquiera curiosear nada más.

—Una libra —dijo el señor Preece.

Ruby no contestó.

Una vez fuera, arrancó la bolsita, la abrió con los dientes y sacó el led. Era pequeño y redondo, y tenía un clip y un botón en la parte posterior. Al presionarlo emitía una luz roja intermitente.

—¡Guau! —exclamó en voz alta a pesar de estar sola.

Se quitó la mochila y puso el led en la mullida oreja del poni, como si fuera una escarapela. Después echó a andar colina abajo.

Cuando el día empezó a decaer entre los árboles, se preguntó cómo se veía el led. Una vez pasada la capilla, dejó la mochila en el asfalto, subió un poco la colina y se dio la vuelta para mirarlo.

«¡Guau!», volvió a exclamar. La lucecita era como un faro que parpadeaba intensamente, incluso en lo que se consideraba hora diurna en aquel deplorable verano.

Corrió a coger la mochila antes de que la empapara la lluvia.

En el cercado no había ponis, pero se quedó en la valla, reacia a irse, por si, de repente, aparecía alguno.

Luz de las Estrellas sería un nombre bonito. O *Pegaso*, si era blanco. Gris, se corrigió a sí misma. Según *Pony & Rider* los caballos blancos no existían.

Un coche paró a su lado. Se volvió y vio a la señora Braund.

—¡Sube! ¡Te vas a mojar, Ruby!

Los habitantes de Limeburn nunca pasaban junto a alguien en la colina sin ofrecerse a llevarle, lo conocieran o no. La carretera era tan empinada que resultaba difícil tanto subirla como bajarla. Cuando el señor Braund volvía para pasar el fin de semana en casa después de haber estado trabajando en Londres, solía llevar a su madre desde la parada del autobús.

Ruby abrió la puerta del gran todoterreno y se sentó junto a Adam en el asiento trasero; Chris iba en el delantero porque era el mayor.

—Hola —saludó.

—Hola —contestaron.

Adam y Chris no iban a su colegio, sino a uno privado; nunca utilizaban el autobús. Vestían corbatas de rayas y bléiseres grises con escudos rojos en los bolsillos. Miró las rodillas de Adam. Normalmente llevaba vaqueros o unos pantalones cortos de color caqui que dejaban verlas, pero ese día las tapaban los pantalones negros del uniforme. Parecían las piernas de un hombre.

La parte de atrás de la cabeza de Chris parecía más de adulto que la delantera.

En la jaula, detrás de Ruby, los perros lloriqueaban porque estaban cerca de casa. No eran jack russell o collies como los de la gente normal, sino dos labrador marrones llamados *Tony* (collar azul) y *Cleo* (collar rojo), cuyo cumpleaños se celebraba en casa de los Braund, como el de los niños, con globos colgados en la puerta y tarta. Era el 29 de abril, incluso Ruby lo sabía, aunque no tenía muy claro si alguno de los Braund se acordaba de la fecha del suyo.

La señora Braund le sonrió en el retrovisor.

—Llevar esa luz es muy buena idea, Ruby. Permite que se te vea en la oscuridad.

—La regalaban con la revista —explicó la niña.

—Qué bien —dijo la señora Braund.

Era una mujer guapa, pensó Ruby, con el cabello tan rubio que parecía blanco, excepto por una curiosa mecha oscura en el medio, a la inversa que los tejones, y llevaba mucho maquillaje y joyas. Jamás la había visto con unos vaqueros viejos o con un jersey feo. Incluso las botas de agua que se ponía para pasear a los perros eran de piel marrón, muy elegantes, con cordones en la parte de arriba. Chris le dijo que le habían costado doscientas libras, pero seguro que era mentira. Nadie se gastaría tanto dinero en unas botas de agua.

—¿Qué revista lees? —preguntó Adam.

—*Pony & Rider* —contestó enseñándosela.

—¿Tienes un poni?

—No.

—¿Montas?

Ruby dudó.

—No.

Chris se echó a reír sin darse la vuelta. Ruby sintió que se ponía roja.

—¿Y qué? —dijo Adam a la nuca de Chris—. Tú lees *Four-FourTwo* y no juegas en el Arsenal, que yo sepa.

—Sí, pero...

—Basta, chicos —intervino la señora Braund.

Chris se calló y continuaron el viaje en silencio.

Ruby metió los pies tanto como pudo bajo el asiento del conductor para que Adam no viera que llevaba barro en los calcetines.

La puerta de El Retiro estaba abierta, lo que quería decir que su padre estaba en casa.

Ruby colocó la espalda en la puerta e intentó oír los ruidos que su padre solía hacer antes de que su madre volviera (raspado de escamas del pescado, guitarras con *slide* en el reproductor de CD), pero no oyó nada. Solo el viento gimiendo en la ventana del baño y los árboles retando al arqueado techo.

—¿Papá?

Buscó a tientas el interruptor y encendió la luz.

—¿Papá? —Quería ser la primera en hablarle del desfile de los leprosos y enseñarle el led.

Entonces se quedó inmóvil al oír un ruido que no había oído nunca.

Clin.

Era un sonido alto y metálico, como si alguien hubiera dejado caer una moneda de cinco peniques en la bañera.

Solo lo oyó un segundo, después cesó.

Sintió el silencio golpeteando en sus tímpanos.

Nada, no oía nada.

—¿Pa...?

Clin, clin.

No acabó de pronunciar la palabra.

Clin, clin, clin, clin.

Ruby sintió el negro gusano del miedo arrastrándose por su estómago. Sonaba como una herradura suelta en un caballo.

O en el burro de un buhonero.

Apagó la luz con cuidado y miró al techo.

51

Clin, clin.

Provenía del dormitorio de sus padres.

—¿Papá? —llamó con cuidado, pero no obtuvo respuesta. Su solitaria voz en aquel húmedo ambiente la convenció de que no debía hablar más.

Clin, clin, clin, cruzando el suelo. Clin, clin, clin, en otra dirección.

Parecía atraerla hacia allí.

Aquella idea hizo que su vejiga se aflojara ligeramente y apretó los muslos para que el pis no le corriera por las piernas.

No iba a subir. No podía. No iba a abrir la puerta del dormitorio para que la atrapara un espectro enajenado hasta el día siguiente. Imaginó a su madre tirando de la puerta, pidiendo ayuda a gritos, a su padre golpeando en la pintura amarilla y a Adam gritando su nombre mientras un muerto encadenado la aterrorizaba hasta conseguir que se le escapara el pis y le hiciera cosas peores.

Arrugó la cara y se compadeció de sí misma. No iba a subir para que la retuviera un fantasma.

Pero no tenía por qué hacerlo…

Clin, clin, clin. Contuvo el aliento una vez más y recorrió el techo con la vista, del extremo del dormitorio a la puerta. Entonces soltó un gritito ahogado al notar un cambio: clin-clan, clin-clan.

El fantasma bajaba para atraparla.

Aplastó la espalda contra la puerta, que se cerró al contacto con sus hombros. Fijó los ojos en la estrecha puerta blanca que separaba la escalera del salón.

Clin-clan, clin-clan.

El sonido cesó al llegar a la puerta y el aliento se negó a salir de su desbocado pecho. Después, en una inusual exhibición atlética, corrió hacia el sofá, se dejó caer detrás del respaldo y aterrizó en un oscuro triángulo lleno de conejitos polvorientos y otras cosas: un guante, el tapón de un bolígrafo, la tapa de un mando a distancia. Una luz roja palpitaba con el mismo ritmo frenético que su corazón y se asustó cuando vio que era el led. Tanteó la parte de atrás, apretó el botón y permaneció arrodillada, temblando, con los ojos tan fijos por encima del terciopelo que le escocieron.

La puerta se abrió lentamente.

—¡Papá! —El alivio fue como un subidón de azúcar y se puso de pie de un salto.

—¿Por qué estás a oscuras? —dijo mientras encendía la luz. Iba vestido de vaquero.

—¿No me has oído gritar? —preguntó Ruby.

—Quería darte una sorpresa.

—¿Por qué?

Su padre caminó hacia ella muy ufano.

Clin, clin, clin.

Ruby frunció el entrecejo, miró sus pies y soltó un gritito:

—¡Espuelas!

—No son unas espuelas cualesquiera —aclaró sonriendo—. ¡Llevan colgantes! —Levantó un talón para enseñárselas y giró la rueda dentada que tintineaba como las campanillas de un trineo—. ¿Ves esos trozos de metal? Se llaman badajos. Es lo que suena, ¿lo ves?

Bajó el pie y dio unos pases de baile.

—¡Guau! —Ruby trepó por la parte de atrás del sofá y se inclinó para verlas mejor. Lo que producía aquel sonido ya no le parecía aterrador, sino bonito. Pensó que se había comportado como una tonta.

Su padre puso la bota en la mesita del café.

—Mira qué bien hechas están —dijo pasando un dedo por las ramas plateadas, con herraduras y dados repujados—. ¡Son auténticas! ¡De Wyoming!

—De Wyoming —susurró Ruby—. Como un vaquero de verdad.

Su padre sonrió.

—Deberías ver las cosas que se pueden comprar, Rubes. Verdaderos artículos para vaqueros.

—Seguro que cuestan mucho.

Su padre no dijo nada, se limitó a quitarse una pelusa de la rodilla.

La expresión de asombro de Ruby se desvaneció.

—¿Lo sabe mamá?

Su padre torció el gesto; al quitar la bota de la mesa, se oyó un clin.

—No es la única que puede comprar cosas, ¿no crees?

53

Le había hecho enfadar.

—Sí, claro.

Cuando entró en la cocina y salió con un ramo de rosas, volvió a oírse el tintineo.

—¿Lo ves?

Ruby abrió los ojos de par en par.

—¿Son para mamá? Son muy bonitas.

—Deberían serlo, han costado lo suyo.

—Le encantarán.

—Lo sé. —Su padre sonrió a las rosas y la tensión se relajó. Ruby se dejó caer en el sofá.

—Haz que suenen otra vez.

Contento de poder complacerla, dio varios pasos en la habitación. Taconeó, dio golpecitos con la punta y Ruby rio y aplaudió encantada.

La diversión duró hasta que su madre abrió la puerta.

10

Aquella bronca duró más que ninguna que Ruby recordara. El trabajo y los zapatos, y el coche y el trabajo, y la ventana y las espuelas, y el trabajo y el trabajo y el trabajo.

Ruby se mordió la uña del pulgar. Su padre no tenía la culpa de haberse quedado sin trabajo. Había sido por la recesión. Pescaba para ellos, ¿no? Limpiaba la casa y le preparaba huevos en los que podía untar pan y hacía judías para cenar. Pero su madre lo único que hacía era tratarlo mal y gritarle. Su madre nunca había gritado antes, ninguno de los dos gritaba. Solían reírse, ver programas en la tele e ir en autobús a la playa. No a la playa con piedras y guijarros, sino a una de verdad, con arena.

Solían quererse.

Encendió el televisor, pero seguía oyendo el flujo y reflujo al otro lado de la puerta de la cocina. Finalmente, se abrió, y su padre pasó por delante del televisor dando grandes zancadas con las espuelas en la mano.

—¿Adónde vas? —le preguntó.

—A calmarme —contestó antes de mirar hacia la cocina y gritar—: ¡Antes de que haga algo de lo que me arrepienta!

Su madre apareció en la puerta con un paño en la mano y un plato que goteaba en la otra.

—¿Algo de lo que te arrepientas? ¿Y qué pasa con lo que me arrepiento yo? Vivir en este agujero deprimente. ¡Trabajar a todas horas mientras te vas a pescar y te disfrazas con tus amigos y compras juguetes idiotas en vez de cuidar de tu familia! ¡De eso me arrepiento yo!

—¡Si crees que te va a ir mejor, déjanos en casa a Rubes y a mí! —gritó su padre—. ¡Vete con tu amiguito!

Ruby soltó un grito.

Su padre abrió la puerta y la cerró con tanta fuerza que el perrito de porcelana tembló en la repisa de la chimenea.

—¡Que te den! —gritó su madre mientras le tiraba el paño, que cayó en la alfombra a mitad de camino.

Ruby se levantó y fue tras su padre.

—¡Quédate donde estás, Ruby Trick!

Ruby dudó y después abrió la puerta, con el corazón desbocado por haber desobedecido, y bajó corriendo la colina, tropezando y resbalando en los verdes adoquines con sus calcetines blancos del colegio.

Su padre ya estaba en el coche.

—¿Puedo ir contigo?

—No —contestó. Giró la llave en el contacto y puso en marcha el motor.

A la niña se le arrugó la cara.

—¡Por favor, papá! No quiero quedarme con ella.

Su padre apretó los dientes.

—Vale.

Ruby entró y se sentó a su lado.

—Ponte el cinturón.

Ruby obedeció.

Condujeron en silencio. Al principio hacia Bideford y después se alejaron del mar por carreteras oscuras en las que los faros de los coches que iban hacia ellos se veían a muchos kilómetros de distancia e iluminaban el cielo por encima de los altos setos.

Ruby no sabía dónde estaban, pero le daba igual. Sus padres habían discutido antes, pero nunca se habían tirado cosas ni ninguno se había ido de casa ni habían pronunciado palabras soeces. Ni siquiera sabía que conocieran esas palabras. Imaginó a su madre besando a un amiguito y se le llenaron los ojos de unas lágrimas que convirtieron la noche en telas de araña color carbón.

—¡Odio a mamá! —dijo mientras lloraba en el brazo de su

padre—. Ni siquiera te ha dado las gracias por las flores —añadió con una nueva oleada de lloros.

Su padre la rodeó con el brazo.

—Las mujeres quieren un hombre que se ocupe de ellas, Rubes.

—Pero tú te ocupas de nosotras.

Su padre la apretó contra él y la dejó llorar.

Ruby levantó la vista cuando detuvo el coche en una carretera muy estrecha entre dos altos setos.

—¿Dónde estamos? —preguntó secándose los ojos.

—Por aquí —dijo su padre, indicando hacia una abertura en un seto—. ¿No te lo había enseñado nunca?

Al otro lado de la carretera había una pequeña caseta de guardia junto a una barrera roja y blanca. En el interior había luz, y Ruby vio a un hombre con una taza en la mano. El cuello del uniforme era demasiado grande y le hacía parecer una tortuga.

—¿Qué es esto?

—Es el sitio en el que estuve trabajando.

Ruby no entendió lo que le decía. En la caseta solo cabía una persona.

—¿Dónde?

—Allí —le indicó su padre.

Ruby miró más allá de la caseta. Por un momento pensó que estaba viendo el negro cielo, pero después se dio cuenta de que era una inmensa nave metálica —tan grande como cincuenta casas— que se alzaba en medio del paisaje.

—¡Guau! ¡Es enorme!

—Tenía que serlo, construíamos barcos muy grandes. Lo suficientemente grandes como para navegar por todo el mundo. Sudamérica, África, Brasil, sitios así. Barcos grandes de verdad.

—¿Más grandes que los que hay en el muelle?

—Algunos sí. Algunos pesaban hasta cincuenta mil toneladas.

—¡Guau! —exclamó de nuevo Ruby, a pesar de que no sabía qué era una tonelada. Cincuenta mil de ellas debían de ser muchísimo.

La nave era gigantesca; además, que estuviera en el campo

hacía que pareciera aún más grande y destacara por encima de los altos setos y las estrechas carreteras, al no haber edificios cercanos.

Ruby indicó hacia la carretera.

—¿Cómo llevaban los barcos al mar cuando estaban acabados?

Su padre se echó a reír y le dijo que salían por el otro lado de la nave y se deslizaban directamente al río goteando champán.

—¡Guau! ¡Cómo me gustaría verlo!

—A mí también —comentó con pena su padre contemplando la nave—. Nos reíamos mucho. Recuerdo que solíamos enviar a los novatos a las tiendas a comprar la junta de la trócola o la burbuja para el nivel.

—¿Por qué?

—Era una broma para divertirnos.

—Ah —dijo Ruby, que seguía sin entenderlo.

Bajó la ventanilla. Había dejado de llover, la noche olía a verde y a río, y en los setos se oía el crujido de pequeñas y secretas criaturas nocturnas.

—¿Papá? —preguntó Ruby.

—¿Sí?

—¿Mamá y tú os vais a… divorciar? —Le costaba tanto pronunciar esa palabra que lo hizo con un emotivo gritito.

—No, nunca. —Golpeó la punta del cigarrillo fuera de la ventanilla, la noche era tan silenciosa que Ruby oyó chisporrotear la ceniza cuando cayó al suelo—. No te preocupes, Rubes. Me ocuparé de ti. Ojalá mamá no tuviera que trabajar. Ojalá pudiera tenerla en casa en una caja de cristal.

—¿Como Blancanieves?

—Sí, como Blancanieves.

Ruby imaginó a su madre tumbada en una caja en la mesa de la cocina, con el pelo cepillado y un manojo de flores en el pecho.

Era tan romántico que le tembló el labio.

Volvieron por la carretera principal. Ruby reconoció enseguida las afueras de Bideford.

Su padre paró frente a una tienda y compró seis latas de Strongbow para él y un Twix para ella. Abrió una de las latas, dio varios tragos y después se limpió los labios con el dorso de la mano.

—Cómete la chocolatina y nos iremos a casa a tomar un vaso de leche caliente.

—¿Con azúcar?

—Sí.

Ruby le dio un mordisco. No era la que más le gustaba, pero no estaba mal.

—¿Te sientes mejor? —le preguntó su padre, y Ruby asintió—. Estupendo. Sujeta esto —le pidió dándole la lata para girar hacia la carretera que llevaba a casa.

Mientras conducía, estiró la mano de vez en cuando para que Ruby le diera la sidra. La acabó rápidamente. Ruby dejó la lata detrás del asiento.

Cuando salieron de Bideford, pasaron junto a una mujer que esperaba en la parada del autobús.

—¡Es la señorita Sharpe!

—¿Quién es la señorita Sharpe?

—Mi profesora. ¿Podemos llevarla?

—Quizá no quiera, Rubes. Las mujeres son un poco raras a la hora de aceptar que alguien las lleve en coche.

—Pero está lloviendo. ¡Por favor, papá!

Su padre pisó el freno y miró por el espejo retrovisor.

—Muy bien, ponte atrás.

El coche no tenía puertas para los asientos traseros, por lo que Ruby pasó entre los delanteros mientras daban marcha atrás. Cuando llegó a la parada, bajó la ventanilla unos centímetros.

—¿Quiere que la llevemos?

La señorita Sharpe lo miró con cara recelosa bajo el paraguas.

—No, gracias. Esperaré el autobús.

—Hola, señorita —la saludó Ruby inclinándose hacia delante entre los asientos.

La cara de la señorita Sharpe se relajó.

—Ah, hola, Ruby. No te había visto.

—Podemos llevarla a casa —la invitó entusiasmada.

59

—Tengo que ir a Fairy Cross —dijo la señorita Sharpe—. No quiero poneros en un compromiso.

—Nos queda de camino —replicó John Trick.

La señorita Sharpe pareció dudar. Miró la carretera en dirección a Bideford, como si esperara ver llegar el autobús, pero no lo vio.

—Bueno —aceptó. Se sentó en el asiento delantero y sacudió el paraguas en una alcantarilla. También llevaba una bolsa de deporte y una raqueta de bádminton—. Muchas gracias, es muy amable.

—De nada.

Durante un rato, en el coche solo se oyó el ruido de los limpiaparabrisas yendo de un lado a otro. Ruby se colocó entre los dos asientos delanteros para poder sonreír a la señorita Sharpe cuando volvía la cabeza.

—¿Le gustó mi diario, señorita?

—Sí, Ruby, estaba muy bien.

Ruby miró a su padre ilusionada, pero este no pareció haberla oído.

60

—¿Es una raqueta de tenis, señorita?

—No, es para jugar al bádminton.

—¿Qué es el bádminton?

—Bueno, es parecido al tenis, pero no se juega con una pelota, sino con una cosa que se llama volante.

—¿Y qué es un volante?

—Es como un cono pequeño hecho con plumas.

—¿Y vuela? —preguntó Ruby, y la señorita Sharpe se echó a reír.

—Solo cuando se le da con la raqueta.

—Ah —dijo Ruby, a la que se le hacía difícil imaginárselo. Darle a una de esas cosas con una raqueta debía de ser como golpear a un pájaro de dibujos animados, a los que se les caen las plumas al suelo.

Pasaron el indicador de Fairy Cross y Ford. Sabía que en la otra dirección ponía Ford y Fairy Cross, para ser justos.

—Puede dejarme pasado el *pub*, gracias —dijo la señorita Sharpe.

—Pero está lloviendo —intervino Ruby.

—No me cuesta nada dejarla en la puerta —añadió su padre.

—Es muy amable —agradeció la señorita Sharpe.

John Trick siguió un par de breves indicaciones y después paró frente a una corta hilera de casitas encaladas.

—Muchas gracias, señor Trick —dijo la señorita Sharpe cuando salió del coche—. Te veo el lunes, Ruby, bien temprano.

—Adiós, señorita.

La señorita Sharpe levantó el paraguas, despidió al coche con la raqueta y se pusieron en marcha.

Ruby se quedó entre los asientos delanteros y le habló a su padre del diario.

—La señorita Sharpe dijo que era excelente —mintió, aunque fue una pérdida de tiempo porque su padre había vuelto a quedarse callado, así que lo imitó. Se dio cuenta de que la situación no había mejorado porque hubieran dado una vuelta.

Su padre bebía otra lata, y Ruby se puso en el asiento delantero y se durmió el resto del viaje. Conocía el camino tan bien por los viajes de ida y vuelta al colegio que incluso medio dormida sabía por dónde iban. Notó el vaivén en las curvas en forma de S en Hoops Inn y que se iba hacia delante cuando el coche descendió casi en picado la colina hacia Limeburn.

Cuando finalmente llegaron al pequeño y adoquinado rectángulo a pocos pasos de la bajada hacia la playa, se estiró y bostezó.

Su padre permaneció sentado acabándose la segunda lata de Strongbow.

Ruby empezó a sentir frío, pero la ponía nerviosa la idea de entrar en casa sola y encontrarse con su madre.

Quizás a su padre le pasaba lo mismo, porque se bebió una tercera lata mientras miraba la luz de la ventana del dormitorio de El Retiro y el mar respiraba en la oscuridad.

—¿Sabes? —dijo su padre de repente—. Cuando nos casamos, tu madre solía decir que era su héroe, que la había rescatado.

—¿Como el príncipe de Blancanieves?

—Sí, igual.

—¿Tenías un caballo?

—No.

—Vaya. —Aquello fue una decepción—. ¿De qué la rescataste?

61

Su padre se encogió de hombros.

—Ya sabes, llegué como un príncipe y se enamoró de mí. —Su sonrisa desapareció—. Entonces me necesitaba, tenía trabajo.

—¿No puedes conseguir otro?

Su padre meneó la cabeza y soltó una amarga risita.

—No en esta situación económica.

Ruby asintió. Todavía tenía los calcetines mojados por los adoquines y los pies helados, pero sabía que su padre estaba pensando y no quería gimotear como una niña.

Finalmente, él soltó un hondo suspiro sin apartar la vista de El Retiro.

—Las mujeres no lo pueden remediar, ya sabes, Rubes.

—¿Remediar qué? —preguntó, aunque le castañeteaban los dientes.

Pero su padre siguió mirando la ventana del dormitorio mientras Ruby temblaba a su lado.

—¿Remediar qué?

11

Cuando la señorita Sharpe entró en casa, se dio cuenta de que, como la habían llevado en coche, disponía de media hora para hacer lo que quisiera.

Metió la ropa del bádminton en la lavadora y limpió la bandeja de *Harvey* mientras el gran conejo gris la seguía por la cocina. Después sacó los ejercicios que tenía que corregir y se sirvió media copa de vino blanco.

Servirse más sería una tontería, y ella no las hacía.

Era más sensata de lo que debería ser a los veintiséis años, y había sido así la mayor parte de su vida.

Georgia Sharpe supo desde muy joven que no era lo suficientemente guapa como para conquistar a un chico por su aspecto. Había creído al espejo cuando le dijo que su áspero pelo se encrespaba y despedía una especie de chispas marrones, que sus ojos eran pequeños y pálidos, y que la boca se curvaba hacia abajo a un lado y parecía que estaba enfadada. Pero la verdad nunca la había intimidado: cuando tenía dieciséis años, ya se alegraba de no tener que soportar la carga de la belleza. En ese tiempo vio a sus amigas más guapas rebajar su nivel intelectual para concordar con el de los idiotas de sus novios, y decidió que aquello no era para ella; saldría adelante con su cerebro y su buen carácter, incluso si eso implicaba quedarse soltera para toda la vida. Una solterona, decía su padre, pero ser soltera le parecía más emocionante y menos complicado que preocuparse por las esperanzas y sueños de lo que denominaba «cualquier hombre».

En vez de sucumbir a las convenciones inducidas por el

pánico, la señorita Sharpe lio el petate en el llano Norfolk y se mudó al sinuoso Devon, donde se había apuntado a un club de bádminton para hacer ejercicio, se había comprado un conejo para abrazarlo y, hasta que tuviera hijos, había decidido disfrutar de los niños de 5.º B de la Westmead Junior School de Bideford.

No era tonta, por lo que no esperaba que todos fueran adorables, y había acertado. Por cada Jamie Starke con sobresaliente en Lengua había un Jordan Whitefield, que entregaba los trabajos llenos de mocos. Y por cada dulce David Leather había un Shawn Loosemore, que les retorcía el brazo a los más pequeños cuando creía que no lo veía nadie.

Los niños también mentían. Esperaba que exageraran, pero la había sorprendido lo desmesuradas que podían ser sus historias. En los diarios de la primera semana, Shawn había domado a un «*semential* salvaje», y Connor Nuttal había hecho un triple salto mortal en gimnasia, que no había conseguido repetir ante un entregado grupo de niños, en el duro asfalto del patio.

64

Aún le quedaban un montón de ejercicios por corregir esa semana, pero Noah Jones ya había nadado desde Appledore a Instow, y Essie Littlejohn había encontrado una víbora. Esa semana estaba medio muerta, pero sospechaba que la siguiente estaría viva y (si no le decía nada) a la otra, la estaría haciendo salir de una cesta con una flauta.

Entendía por qué lo hacían. Cuanto más descabelladas eran las mentiras, más atención parecían despertar en sus compañeros de clase.

Sabía que su obligación era instruirlos contra ese tipo de embellecimientos, pero era reacia a mostrarse demasiado dictatorial porque las mentiras eran mucho más divertidas que la realidad. La mayoría de los diarios eran muy aburridos. Aparecían interminables sesiones de PlayStation, clases de kárate, deberes y arreglarse el peinado unas a otras. David Leather parecía practicar con el violín a todas horas. Y si volvía a oír una vez más que no había ponis en el cercado de Ruby Trick, se echaría a llorar. Incluso Jordan había dicho: «¿Otra vez?», antes de soltar un sonoro ronquido que había hecho reír al resto de la clase.

Pensó en la forma en que Ruby había intentado presumir delante de su padre aquella noche. Entendía que esa niña necesitara el elogio de su padre incluso en algo tan trivial como un diario. Ella había pasado los años en los que se formó intentando atraer la atención de su padre.

Sin embargo, tras la muerte de su madre, nada le había atraído realmente.

Se preguntó de dónde provendrían las cicatrices de la cara del señor Trick, unas feas y pálidas curvas que distorsionaban uno de sus ojos y su oscura ceja. No era el padre que esperaba encontrar, Ruby era pelirroja y tenía pecas. Por pura distracción había empezado a ponerse puntos de uno a diez por adivinar cómo serían los padres de los niños de su clase. Todavía no los conocía a todos y no había acertado con muchos. Solo se había dado un dos con el señor Trick. A diferencia de los padres de David Leather, con los que se había puesto un diez. Habían ido al colegio para decirle que los compañeros intimidaban a su hijo, y apenas pudieron pasar por la puerta. Eran buenas personas, pero, como padres de un niño acosado eran totalmente incapaces, eran demasiado amables y se sentían excesivamente a gusto con sus cinturas como para entender que lo que su voluminoso hijo necesitaba para sobrevivir en el colegio era ir de campamentos y no ir a clases de violín.

Los niños son esponjas que absorben lo que hay a su alrededor, sin esfuerzo e involuntariamente, ya sean prejuicios o comida. Piensan lo que piensan sus padres, dicen lo que ellos dicen y hacen lo que ellos hacen.

Comen lo que ellos comen.

Según esas conjeturas, David Leather estaba sentenciado.

Pero Ruby Trick no lo estaba. Todavía no. Su pelo rojo y sus calcetines sucios la diferenciaban. Lo sabía perfectamente.

Se acabó el vino. Quizá pudiera darle a Ruby el apoyo y el ánimo que ella no había tenido. Quizá podía cambiar su vida. Que la recordara con cariño. Recibir una postal cuando tuviera sesenta años en la que dijera: «Se lo debo todo a usted».

¿Acaso no era eso ser profesor?

Suspiró y se subió a *Harvey* al regazo. Sus orejas eran tan suaves que no parecían de verdad y murmuró suavemente hacia su sedosa cabeza: «¡Buen chico, *Harvey*!».

65

Se rio de aquel achispado disparate. *Harvey* era un conejo. Lo único que hacía era saltar, comer y evacuar, y ninguna de aquellas acciones precisaba de un comentario alentador.

Sin embargo, Ruby Trick era una niña solitaria sin aparente talento, atractivos o amigos.

Esa regordeta esponja necesitaba toda la ayuda que pudiera proporcionarle.

12

Ruby observó a su padre durante toda la semana como un perro mira a una persona que lleva un abrelatas en la mano. Por lo que decían en el colegio, siempre eran los padres los que se iban; y su estómago se contraía como un puño cada vez que él cogía las llaves.

A veces se llevaba la caña, pero volvía sin haber pescado; cuando subían la colina por la mañana, se oían rodar las latas de sidra vacías debajo del asiento del conductor.

Ruby se acomodó en el trozo seco que había bajo el alero del patio y observó cómo se apiñaban los otros niños alrededor de Shawn Loosemore, que había acariciado a una foca en la playa de Westward Ho!, y de Paul Powers, al que su padre le había comprado una moto de *cross*. Ruby conocía a Paul del autobús. A veces olía a humedad y se fijó en que sus zapatos seguían igual de rozados y pelados. Su padre debía de haberse gastado todo el dinero que tenían en esa moto.

Si tuviera cosas emocionantes que escribir en su diario, el resto de los niños se portarían con ella igual que con Paul. Antes de tener esa moto no le caía bien a nadie. Después tuvo montones de amigos que revoloteaban a su alrededor, le daban cosas y le pedían que fuera a jugar a su casa.

Ella no tenía una moto ni un poni, solo una madre enfadada y un padre silencioso. ¿Quién iba a querer ir hasta Limeburn para ver aquello?

El viento cambió de dirección y los niños que estaban bajo el alero fueron a buscar un lugar más seco hasta que sonara la campana. Ruby estaba demasiado triste como para darse cuenta.

—¿Por qué lloras? —le preguntó Essie Littlejohn.

—¡Calla la boca! ¡No estoy llorando!

Pero Essie inclinó la cabeza para verla mejor y dijo:

—¿Es porque no le caes bien a nadie?

—¡Calla, puta!

Ruby no sabía qué quería decir esa palabra.

Pero consiguió que Essie se callara.

A la vuelta del colegio, Ruby limpió el barro de las botas de andar de su padre, lo sacó del dibujo con la punta de un palo y lo retiró de la piel con una cuchara.

El martes pasó horas metiendo los anzuelos en cajitas de plástico, aunque se dio dos pinchazos en el pulgar que consiguieron que le cosquillearan hasta las orejas; de hecho, cuando salió una gota de sangre roja muy oscura, se puso a temblar.

El miércoles dejó de llover lo suficiente como para lavar el coche. Para empezar sacó toda la basura y la echó al cubo de la cocina. Había recibos, envolturas de caramelos y un pendiente de su madre en el compartimento de la puerta del pasajero, pero lo que más había eran latas vacías de Strongbow.

Tuvo que hacer dos viajes.

Utilizó cubos y cubos para lavar el coche, resbaló dos veces en los adoquines al intentar llegar al techo y se derramó agua helada en los pies.

Adam salió de su casa y le preguntó qué estaba haciendo.

—Lavar el coche de mi padre —contestó, se mordió el labio, se dio la vuelta y continuó limpiando porque no quería que la viera llorar.

Pero Adam no dijo nada más, lavó el techo por ella y la ayudó a escurrir las esponjas.

—Gracias —dijo sorbiéndose la nariz antes de irse toda mojada a casa.

Más tarde pegó el pequeño pendiente en forma de aro en su diario con cinta transparente. Debajo escribió cuidadosamente: «He encontrado este tesoro en el coche de mi padre cuando lo estaba limpiando. También lo he limpiado por fuera y he utilizado tres cubos».

El jueves grabó *Valor de ley* para su padre. La versión antigua, no la nueva, porque a su padre no le gustaba ningún vaquero que llevara el pelo largo o que no fuera John Wayne.

Su padre y su madre no se hablaban, excepto para decir «¿Me pasas la mantequilla?»; cuando Ruby volvía del colegio, su padre no solía estar en casa. A veces no estaba el coche y a veces no estaba él. En ocasiones, se iba por la noche, incluso cuando su madre estaba trabajando. Le pidió que no se lo dijera a su madre y no lo hizo, en parte porque estaba de su lado y en parte porque le daba vergüenza contarle a alguien que su padre la dejaba sola. ¿Y si se quemaba la casa? No le gustaba lo que sentía al pensar que algo malo podía suceder y que era demasiado pequeña y débil para detenerlo.

Su madre hacía muchos turnos extra; a menudo tenía que subir andando la colina para coger el autobús, pero Ruby pensaba que se lo merecía. Era por su culpa. De ella y de su amiguito. ¿Qué pasaría si su madre quería divorciarse? ¿Y si se iba su padre? ¿Y si se mudaban? ¿Cómo sería tener un padre que no le cayera bien?

Por la noche estaba despierta muchas horas y se esforzaba por entender las voces que provenían de la habitación contigua. Sentía una dulce amargura al detectar la cólera y el miedo, pero no el sentido, mientras el viento silbaba y aullaba a través de la ventana del baño, y ponía una fantasmal banda sonora a su sufrimiento.

El colegio era un lugar en el que pasaba siete horas al día sin saber dónde estaba su padre, por lo que intentaba no ir.

Le dolía el estómago, tenía un pie roto, y no podía ver con un ojo.

Su madre tenía todas las respuestas. Le dio una poción de pipermín para el estómago, le frotó los pies con crema para el dolor muscular y le lanzó un par de calcetines recogidos en forma de bola.

—¿Lo ves? —le dijo—. Si estuvieras ciega de un ojo, no los hubieras atrapado, no habrías tenido percepción de la profundidad.

Ruby se obstinó.

—Me duele el pecho —dijo. No le dolía en ese momento, pero sí lo hacía a menudo, así que no lo consideró mentira, sino un aplazamiento de la verdad.

Su madre no dijo nada. Retiró las cortinas, a pesar de que aquello no aportaba mucha luz a la habitación por lo espesas que eran las hojas y las ramas que crecían alrededor de la ventana. Después se sentó al pie de la cama y cogió la mano de su hija, pero esta la retiró.

—¿Estás contenta en el colegio, Ruby?

Dijo que sí, aunque contestar afirmativamente esa pregunta era una tontería. ¿Quién está contento en el colegio? Nadie, aparte de la señorita Sharpe, que ella supiera. Pero, si decía que no, su madre se daría cuenta de que no le dolía el pecho de verdad.

—No te acosa nadie, ¿verdad?

—No —contestó, porque, si decía que sí, su madre podría ir al colegio y montarles un número a Essie Littlejohn o a los chicos del autobús, o pedir una entrevista con sus padres. Y entonces se convertiría en un objetivo aún más obvio de lo que ya era.

—Vamos a ver qué te pasa en el pecho…

Ruby se subió la camiseta de Mickey Mouse hasta los sobacos y su madre le echó un vistazo.

—¿Por qué eres mala con papá?

Su madre pareció sorprendida. Permaneció callada un rato, le bajó la camiseta y le dio una palmadita en el estómago.

—A veces los mayores discuten, igual que los niños, ya sabes. Pero eso no quiere decir que no se quieran.

Meditó aquellas palabras un momento y después dijo:

—Papá me ha contado que era tu héroe.

Su madre asintió.

—Lo era. Apareció cuando más lo necesitaba.

—¿Ya no lo necesitas porque no tiene trabajo?

—Esto…

No consiguió continuar la frase.

—¿Qué?

—Nada. Mira, son cosas de mayores, Ruby. No quiero que te preocupes. Preocuparse es cosa de madres. —Intentaba hacer un chiste, pero Ruby no sonrió—. Ahora levántate.

—Pero me duele el estómago.

—Hace un momento era el pecho —replicó su madre, y se dio cuenta de que se había puesto en evidencia.

—Tienes que ir al colegio, Ruby. No querrás ser tonta de mayor, ¿verdad?

—Me da igual.

—Pero a mí no. Arriba.

Ruby suspiró y se levantó.

Su madre no lo entendía. No podía bajar del autobús.

13

*L*a señorita Sharpe compró una *Gazette* y fue leyendo la primera página de camino al colegio:

LA POLICÍA ALERTA TRAS LA SEGUNDA AGRESIÓN DE «ET»

La policía advierte que el hombre responsable de las agresiones a dos mujeres en el norte de Devon podría descontrolarse y cometer un delito aún más grave.
Durante su aterradora experiencia, las mujeres se vieron forzadas a desnudarse por las amenazas de parte de un hombre conocido como el agresor ET, porque obliga a sus víctimas a llamar a su casa.

La señorita Sharpe tardó un momento en resoplar burlonamente. Un hombre y su perro en la redacción de la *Gazette* lo conocería como «el agresor ET», pero nadie normal había dicho una tontería tan grande.

Ninguna sufrió daños físicos, pero ambas estaban traumatizadas por el trance al que las había sometido ese hombre, que llevaba un pasamontañas negro.

Una de las mujeres fue agredida en la playa de Westward Ho!; la otra, en un bosque cercano a Clovelly.

La comisaria Kirsty King, que llevaba la investigación, había comentado a la *Gazette*: «Han sido unas alarmantes y aterradoras agresiones a mujeres jóvenes a plena luz del día. Por suerte, ninguna ha sufrido daños físicos, pero nos preocupa que las agresiones se intensifiquen; tememos que ese individuo pueda herir a alguien. Hacemos un llamamiento para que se entregue y reciba la ayuda que necesite antes de que la situación se le vaya de las manos».

Sí, pensó la señorita Sharpe, seguro que lo hace.

Continuó leyendo.

> También instamos a las mujeres que vivan solas en zonas aisladas
> a que sean conscientes de las potenciales amenazas
> y a que eviten cualquier situación peligrosa.
> La policía ha informado de que es un hombre blanco
> con acento local que mide alrededor de un metro ochenta.

A pesar del bombo publicitario del periódico, la historia era preocupante. Se alegró de estar demasiado ocupada para ir a pasear a la playa o el bosque, y decidió que se fijaría en si las puertas estaban bien cerradas por la noche. En el campo resultaba fácil relajarse, pero había instalado una mirilla y nunca abría la puerta a nadie que no conociera. Quizá le pediría a la patrulla de vigilancia comunitaria que le instalara una cadena en la puerta. Estaba dándole demasiadas vueltas a aquel asunto, lo sabía, pero su lema había sido siempre «Más vale prevenir que curar».

—¡Eeeeh!

Un coche se detuvo a menos de medio metro de ella. El capó amarillo con dos anchas franjas negras se abrió por el repentino frenazo.

Se apartó inmediatamente. Ni siquiera se había dado cuenta de que estaba en medio de la carretera.

—¡Lo siento! —exclamó—. ¡Lo siento! —Pero el reflejo del cielo en el parabrisas le impidió enterarse de si el conductor la había perdonado.

Acabó de cruzar y el coche amarillo hizo un ruidoso viraje a su lado.

No la había perdonado.

Los nervios se le pusieron de punta. Casi la habían matado mientras planeaba cómo llevar una vida segura. Un despiste de una fracción de segundo y podría estar muerta, o paralítica, gravemente herida, tendida en la carretera con las piernas rotas y el asfalto bajo la mejilla.

Empezó a temblar.

Se había llevado un susto, pero también estaba enfadada con ella misma. ¿Cómo podía haber sido tan estúpida? No era normal en ella. Era el tipo de cosas que hacía otra gente. Gente que no era tan cuidadosa, que no era tan inteligente.

La gente que moría repentinamente.

Y salían en la *Gazette* al día siguiente.

14

—¡Mira! —dijo Ruby triunfalmente desde el triángulo de detrás del sofá.

—¿Qué es eso? —preguntó su padre.

—La tapa del mando a distancia.

Ruby trepó por el respaldo del sofá con el trozo de plástico y el guante.

—¡Muy bien, Ruby!

Su padre lo colocó en el mando, que apretó para poner *Valor de ley* en el televisor; durante un rato, vieron a un hombre tuerto ayudar a una joven a encontrar a los asesinos de su padre.

Ruby exageró las risas en los buenos momentos, pero su padre no. Jugueteó con el guante y se lo probó, pero era demasiado grande para él.

—¿Estaba detrás del sofá? —preguntó.

—Sí. También hay un tapón de bolígrafo. ¿Lo saco?

—No, déjalo.

Ruby se acurrucó bajo su brazo, pero su padre estaba muy inquieto. En medio de un tiroteo, le pidió que se levantara para mover el sofá y buscar el otro guante.

No estaba allí.

Su padre se quedó de pie un momento mirando la moqueta, después miró hacia la puerta y dijo:

—Vuelvo enseguida.

—¿Cuánto tardarás?

—No mucho. Pórtate bien.

Cerró la puerta y lo oyó coger el equipo de pesca en el porche. Apagó el televisor apretando el mando a distancia con tanta fuerza como pudo.

Se había portado bien y no había servido de nada.

Así que fue al piso de arriba y empezó a revolver la ropa de vaquero de su padre.

El cajón vaquero siempre se hinchaba con la humedad; Ruby se puso roja y empezó a sudar por el esfuerzo.

Una vez que lo abrió lo suficiente como para alcanzar lo que había dentro, se puso el cinturón con la pistolera y lo cerró hasta el último agujero, que era pequeño y estaba rígido. Era grande para ella, pero no demasiado; si separaba un poco las piernas, se mantenía en sus caderas. La pistolera le caía a la altura de la rodilla.

Después, el sombrero.

Levantó el Stetson negro y se lo colocó en la cabeza como si fuera una corona.

Las espuelas fueron más complicadas. No sabía cómo se ponían. Giró las ruedecitas para que sonaran y decidió que se las pondría en otra ocasión.

Sujetó el cinturón con una mano y fue andando con las piernas muy abiertas hasta el espejo que había detrás de la puerta.

Parecía una vaquera de verdad. Sus zapatillas de conejito estropeaban ligeramente la imagen, pero prefirió no mirarlas.

Su mano derecha caía de forma natural sobre la pistolera y sintió cierta decepción por no tener una pistola con la que jugar. Los palos estaban bien hasta que había algo real con lo que compararlos. En esa pistolera solo había habido palos. Una pistolera de verdad requería una pistola de verdad.

Apuntó con un dedo hacia el espejo: «Bang, bang, bang».

El retroceso hizo que se le cayera el sombrero a los ojos.

Lo retiró e intentó verse haciendo como que no miraba para ver qué aspecto tenía de verdad.

Seguía siendo alucinante.

La punta de la caña se dobló y se movió, pero John Trick ni se dio cuenta. Miraba más allá, al otro lado del mar gris pálido, a la imprecisa elevación de la isla Lundy en el borroso horizonte, y a un lugar aún más lejano, mientras los cangrejos se divertían con el cebo.

De niño apenas había ido a la escuela primaria, en la que se burlaron incansablemente de las cicatrices de su cara. Y, para cuando la abandonó, había aprendido a pegar primero y a dejar que los otros niños hicieran las preguntas luego, si les quedaban dientes que no les bailaran en la boca.

Después, en su primer día en el colegio de verdad, vio a Alison Jewell.

Se quedó prendado.

No había dejado de pelearse, pero fue al colegio todos los días que pudo los siguientes cuatro años solo para verla, para estar en el mismo lugar que ella. De vez en cuando, los otros chicos y él le gritaban cosas para intentar relacionarse con ella, pero nunca tuvo valor para decirle nada de verdad porque era de Clovelly y había oído decir que su madre era médica.

¡Su madre!

A pesar de que apenas hablaron mientras fueron compañeros de clase, aquella inesperada escolarización le sirvió a John Trick para que lo contrataran como aprendiz de soldador en el astillero.

Recordaba las madrugadas en las que se levantaba cuando aún era de noche y se sentía como un hombre. Conducía un ciclomotor por el pueblo, el intermitente parecía sonar muy alto en la oscuridad, para reunirse con sus compañeros. Comenzaban prácticamente solo con las manos y un plano, y construían un barco. Todos los días soldaban, moldeaban y fabricaban sus vidas, su orgullo, su futuro. Hablaban, gritaban y contaban chistes verdes, de los que se reían fueran divertidos o no. Llegaban juntos y se iban juntos, unidos por los horarios y el trabajo duro.

Con su primera paga se emborrachó lo suficiente como para subir a un autobús en Clovelly, llamar a varias puertas hasta que encontró la de Alison Jewell y pedirle que se casara con él.

Ella se echó a reír.

—Ni siquiera sabía que te gustaba —le dijo.

—No me gustas —dijo él—. Te quiero.

Alison frunció el entrecejo, como si no pudiera entender

que alguien con su aspecto pudiera amar a alguien como ella, por lo que se inclinó, le dio un beso con lengua y la tumbó en su cama bajo el cartel de Take That. Sus padres estaban en el piso de abajo, por lo que había intentado apartarlo, pero no con verdadero empeño, y él no estaba tan borracho como para no poder rematar la faena.

Quería contárselo al mundo entero, pero Alison lo convenció de que era más divertido si lo guardaban en secreto; procuró no decirlo en el colegio o en ningún otro sitio. Apenas dejaba que la viera ni mucho menos volver a tener relaciones sexuales, así de divertido pensaba ella que era su secreto, pero no pudieron mantenerlo oculto para siempre.

Ruby se encargó de ello.

Al principio, John no podía creer la mala suerte que tenía. ¡Haber dejado embarazada a Ali la primera vez! Pero resultó que esperar un bebé era como el comprobante de compra de una chica que jamás habría podido permitirse de otra forma.

El padre de Alison puso el grito en el cielo. Se subió por las paredes. De hecho, hasta lloró. Habría sido divertido de no haber sido tan ofensivo. Cuanto más se enfadaba Malcolm Jewell, más se obstinaba él. El señor Jewell exigió que abortara, algo que había descrito como «ocuparse de eso para que todo vuelva a la normalidad», pero Alison se negó en redondo. Incluso John se sorprendió de lo vehemente que se había mostrado por casarse con él; se emocionó por lo mucho que le quería.

Por primera vez en su vida había sentido que llevaba ventaja. Alison era suya. Iba a tener su bebé y él llevaría la voz cantante; si eso significaba pasar por el juzgado y comprar un traje en una tienda de obras benéficas, que así fuera. El padre de Alison podía ponerse hecho una furia, y su estirada madre podía llorar y protestar todo lo que quisiera, pero John disfrutó diciéndoles que no necesitaba su caridad.

—No es caridad —había dicho Rosemary Jewell con voz chillona y taimada, y con ojos saltones—, sino tradición.

John Trick resopló y abrió otra lata. Tradición, y una mierda, era posesión.

La posesión era lo que contaba.

Se casaron en el juzgado de Barnstaple. Alison llevó un sencillo vestido azul y su madre lloró durante toda la ceremonia. Él ni siquiera se lo dijo a la suya. Su madre había tenido que elegir hacía años, y no lo había elegido a él.

Cuando besó a la novia, esta se echó a llorar y le susurró: «Gracias».

Le parecía que había pasado mucho mucho tiempo. Últimamente ni siquiera eso de la posesión parecía ser lo que contaba.

Bajo la lenta llovizna, John miró el brillo dorado de la sidra y pensó en la posesión. Las posesiones eran cosas complicadas. A otra gente también les gustaban, y se las quitarían en cuanto pudieran.

Para empezar, a los padres de Alison les gustaría arrebatársela. Seguían pensando que era demasiado buena para él. Intentaba verlos solo en Navidades, pero lo notaba en el rígido apretón de manos de Malcolm y en la forma en que Rosemary le tocaba la mejilla buena con las suyas, secas y distantes a pesar del contacto. En secreto le daban dinero a Ali, lo sabía. No solamente por su cumpleaños y en Navidades, sino también en otras ocasiones. Ella intentaba ocultárselo, pero él tenía ojos. Había encontrado el recibo de una comida que no podían permitirse; se había fijado en los pantalones vaqueros nuevos que llevaba Ruby incluso cuando los viejos ni siquiera se habían desgastado en las rodillas. Intentaban volver a comprar a Alison, controlarla con dinero, aflojar su presa. Seguro que, cuando se quedó sin trabajo, pensaron que tenían alguna posibilidad.

Como si perder el trabajo le restara titularidad sobre su mujer.

También intentaban comprar a Ruby, aunque era lo más suyo que había tenido nunca. En su último cumpleaños le habían regalado una bicicleta, rosa, con borlas, el regalo más estúpido que se le puede hacer a una niña que vivía entre una colina y un acantilado. Malcolm Jewell había pasado horas resoplando arriba y abajo de la colina detrás de Ruby, sujetándole el sillín con la cara tan roja como su escaso pelo. Ruby ya no la utilizaba, John se alegró, pero regalársela había sido una falta de respeto.

Y lo peor de todo era que Alison les había permitido que le faltaran al respeto y les había mentido sobre él. Siempre lo notaba, por la forma en que se recogía el pelo detrás de la oreja.

79

Y algo extraño estaba sucediendo. Algo relacionado con aquel guante grande y con los zapatos nuevos que eran demasiado caros.

Alison le había mentido acerca del dinero. En ese momento, por primera vez en su vida, se preguntaba sobre en qué más podía mentirle su mujer.

Y se preguntó quién le había regalado realmente esos zapatos.

Y para qué.

15

$\mathcal{H}$abía dos cosas que Donald Moon odiaba con toda su alma: los liberales y los que tiran la basura en todas partes. En realidad, eran lo mismo. Sin liberales, no se tiraría basura. Ni se cometerían muchos delitos, se imaginó, porque sin liberales a los culpables de algún delito se les encerraría inmediatamente.

Y, si pudiera, los primeros serían los que tiraban basura.

En tiempos, había tenido setenta acres en la cima del acantilado, junto a la ruta costera, y había dedicado media vida a recoger bolsas de plástico y botellas para que sus corderos no se atragantaran, y la otra media a mirar con unos prismáticos con la esperanza de pillar a alguien *in fraganti* entrando objetos de contrabando. Nunca lo consiguió (parecían entrar solos), pero tampoco se rindió.

Donald y su mujer, Marion, habían cuidado de cien ovejas en peligro de extinción hasta que finalmente habían tenido que admitir que eran ellos los que se habían convertido en la raza con mayor peligro de extinción: la de los pequeños granjeros en un mundo en el que el ganado es un producto más, como el cartón o las galletas. Cada año que pasaba, su situación empeoraba; cuando los ingresos se convirtieron en gastos, vendió sesenta y cinco acres, así como noventa y siete ovejas, a otros entusiastas condenados al fracaso. Cultivó los cinco acres que le quedaban para ahorrar en la lista de la compra y utilizó las últimas tres Leicester de lana larga para conseguir un trabajo a media jornada en The Big Sheep en Bideford. Los turistas acudían en masa para ver exhibiciones de ovejas, de esquilado, y a las distintas razas que participaban en el Sheep Gran

National, que incluía saltos de balas de paja con pequeños yo-
queis de tela sujetos en el lomo, como si las ovejas fueran animales exóticos en un circo lanudo.

En cuanto se deshizo de las tierras y las ovejas, nada se interpuso para que la basura se convirtiera en el principal objetivo de Donald. Salía todos los sábados con la robusta Marion
por el norte de Devon, armados con bastones acabados en
punta con los que arponear papeles o recoger bolsas de supermercado en los setos. Llevaban chalecos fosforito idénticos
para que se les viera y cargaban grandes bolsas de basura verdes en las que metían las latas y el plástico que la gente tiraba
en el campo, y los pañales desechables abandonados en las
áreas de descanso, para que algún tipo de patrulla estatal de deposiciones se hiciera cargo de ellos.

Donald regresaba a casa del trabajo un sábado cuando vio
un periódico en el área de descanso de la carretera que entraba
en Abbotsham.

Los periódicos eran su bestia negra. Una sola copia del *Sun*
y una fuerte brisa podían ser la perdición de todo un pueblo:
escabrosos titulares agitándose en las alcantarillas, pegándose
en los setos, revoloteando en los árboles. Tetas de papel desha-
ciéndose con la lluvia.

Así que, a pesar de que apenas había luz y de que había llo-
vido todo el día y notaba que tenía el mono húmedo a la altura
de los muslos, cambió de sentido y entró en el área de descanso.

El periódico era un *Daily Mail*, más grueso que el *Sun* y,
por tanto, potencialmente incluso peor. El encarte *Coffee
Break* ya se había caído, había atravesado la verja de un campo
y se había esparcido a veinte metros de distancia.

Recogió la sección principal y fue a buscar el resto. Cuando
llegó a la verja, se dio cuenta de que el *Coffee Break* se había
deshojado y que varias páginas se habían dispersado por el
campo.

No le quedaba más remedio. Lo había visto y tenía que hacer algo al respecto. Masculló entre dientes y se subió a la verja.

Se dejó caer al suelo en la semipenumbra y aterrizó en algo
que rodó al contacto con sus pies e hizo que resbalara, cayera
sobre una rodilla y la otra pierna se torciera lo suficiente como
para que los ojos se le llenaran de lágrimas.

No solía jurar, pero no pudo contenerse y se sorprendió al comprobar (al contrario de lo que siempre afirmaba cuando estaba acompañado) que sí conseguía que uno se sintiera mejor.

Finalmente, recobró el aliento y se limpió la nariz con el índice y el pulgar.

Después miró en la oscuridad para ver qué había pisado.

Era la cara de una mujer.

16

CADÁVER DE UNA MUJER ABANDONADO
EN UN ÁREA DE DESCANSO.

*L*a señorita Sharpe había leído el titular de la *Gazette* en la puerta de la tienda de periódicos.

En el exiguo reportaje que acompañaba a las gigantescas letras, prácticamente solo había consejos y jerga policial. La policía no decía quién era ni cómo había muerto. Ni siquiera si había sido un asesinato. Todavía. Se limitaba a pedir a todo el que hubiera visto a una mujer haciendo autoestop entre Bideford y Northam que se pusiera en contacto con ellos. En una fotografía se veía una verja con cinco barras y un campo detrás.

Más tarde, cuando estaba en la ventana de la sala de profesores con una taza en una mano y un platillo en la otra, sintió que la invadía una oleada de melancolía.

La imagen de una pobre mujer tirada en un área de descanso (quizá durante días y sin que nadie la encontrara) la había afectado profundamente.

Sin cara ni nombre, la víctima podía ser cualquiera.

Al pensar que podía haber sido ella, sintió una punzada en el pecho.

Al fin y al cabo, ¿quién la echaría de menos? ¿Quién iba a llamar al colegio para decir que no había vuelto a casa la noche anterior? Hacía solo tres meses que se había mudado allí y no tenía marido ni novio. Su padre vivía en la otra punta del país y sus compañeros de trabajo eran agradables, pero no más allá del aparcamiento. Su compañero en el club de bádminton era un hombre de sesenta años llamado Edward al que en una ocasión se le había caído la dentadura postiza durante un movido peloteo y que solo hablaba con ella para gritarle: «¡Mía!» o «¡Baja a la red!». Quizás echara de menos sus dejadas, pero no a ella.

Si desapareciera, solo *Harvey* la añoraría, pero solo cuando se acabara la comida.

Un crujido como de madera interrumpió sus pensamientos. Detrás de ella, Dave Marshall había hecho su habitual ruido. Era el profesor de Educación Física y estaba tan acostumbrado a mover el equipo de gimnasia por todo el colegio que no conseguía sentarse a tomar una taza de té sin arrastrar la silla. Era el único miembro masculino del personal y trataba a todo el mundo —incluida la directora— como si fueran subalternos aniñados.

Supo que había cogido la *Gazette* sin siquiera volver la cabeza y que la abría como una lona durante un tifón.

—Idiota —dijo Dave esperando que le prestaran atención, como siempre.

No solía tolerar sus bravoconadas machistas, pero aquel día estaba triste por esa muerte y le lanzó una mirada indiferente.

—¿Perdona?

Su compañero levantó el periódico para que lo viera.

—Estaba haciendo dedo, ¿qué esperaba?

Un par de profesoras soltaron una risita ahogada, pero ella no. Si alguna vez se sorprendía haciéndolo, se daría una buena bofetada.

—Imagino —dijo con frialdad— que esperaba que alguien la recogiera y la acercara a casa. —Marshall soltó una carcajada—. ¿Qué es lo que esperarías tú?

—Lo que espere yo y lo que pudiera esperar ella son cosas distintas.

—¿A qué te refieres?

—Yo soy un hombre —recalcó, por si no se había fijado en que no llevaba desodorante—. Todo el mundo sabe que las mujeres no deberían hacer autostop.

Lo sabía bien, pero, aun así, no pudo evitar que los pelos se le pusieran de punta.

—Eso es como decir que merecía que la asesinaran. Supongo que las mujeres tampoco deberían llevar minifaldas, ¿no? O enseñar los tobillos.

Marshall soltó otra carcajada.

—No te pongas nerviosa, Emily Pankhurst.

—Emmeline —le corrigió.

—¡Por Dios! Era una broma —aseguró antes de levantar las cejas y poner los ojos en blanco.

Estuvo a punto de derramar el té sobre su estúpida y enorme cabeza. Conocía esa cara. Su padre empezó a ponerla a menudo después de la muerte de su madre. Era una cara que quería decir que se estaba comportando de forma irracional, pero que no iba a discutir con ella porque comportarse de forma irracional era lo que hacían las mujeres y no iba a desperdiciar su cordura con ella.

Controló aquel impulso y le dio la espalda a Dave Marshall.

No se estaba comportando de forma irracional. Habían asesinado a una joven (como ella) y la habían abandonado en un área de descanso cual envoltorio de comida rápida, y tenía que soportar a un hombre adulto diciendo que se lo merecía.

¿No era razón más que suficiente para estar enfadada?

17

*L*a mujer cuya cara había pisado Donald Moon con su bota del cuarenta y cuatro resultó ser Frannie Hatton, una camarera/adicta de veintidós años cuya desaparición se había denunciado cuando no fue a trabajar al Patch & Parrot de Bideford.

Y la policía, que no se había mostrado muy interesada en una yonqui desaparecida, sí lo estaba, y mucho, por una muerta...

El agente Calvin Bridge se miró en el espejo retrovisor para asegurarse de que tenía aspecto de policía.

Porque nunca había sentido que lo fuera.

Como esa mañana. Esa mañana, cualquier policía de verdad hubiera estado contento. Ahí estaba él, llevando a la comisaria Kirsty King a Old Town para hablar con la madre de Frannie Hatton. Era todo un éxito para un joven agente que solo llevaba seis meses vistiendo de paisano. La comisaria King era una mujer impresionante. En ese momento, todo el mundo intentaba llamar su atención porque se avecinaba una promoción. El subinspector Franklin había aceptado la jubilación anticipada por cuestiones de salud... y por llenar el coche de su mujer con gasolina de la policía. En cualquier caso, había muchas posibilidades de que, gracias al vacío que había dejado, un par de personas de Bideford ascendieran en el escalafón, la forma de ascenso preferida por Calvin desde que salió de la guardería.

Solo había solicitado vestir de paisano porque llevar el uniforme limpio, planchado y reluciente le costaba muchísimo trabajo.

Así que llevar en coche a la comisaria King durante la investigación de un asesinato era un triunfo personal, aunque, en realidad, solo fuera porque había conocido a Frannie en persona, superficialmente. Iba unos cursos por detrás de él en el colegio y estaba a años luz por delante en todo lo demás.

Pensaba que debería estar en el séptimo cielo.

Entonces, ¿por qué se sentía como un hombre con un traje de lana en un día caluroso?

El vehículo que había detrás tocó el claxon; la comisaria King levantó la vista del informe de Patología que llevaba en el regazo y dijo:

—Verde.

—Perdón —se excusó Calvin, y levantó la mano para disculparse antes de reanudar la marcha, apenas a la velocidad de los frenéticos limpiaparabrisas.

Mantuvo una larga conversación consigo mismo durante toda la calle Meddon: «No seas tan cochinamente desagradecido, Calvin. Eres joven, solvente y estás sano. Mira a Frannie Hatton. Muerta en una zanja. ¿No crees que se cambiaría por ti? ¡Ponte las pilas!».

Calvin siempre oía la voz de su madre en su cabeza cuando hablaba consigo mismo, porque ella sí que sabía lo que era mejor para él.

Igual que su novia, Shirley.

Shirley llevaba los pantalones en su relación. A Calvin no le importaba, era demasiado vago para llevarlos él. Shirley era una chica imperturbable y sensata de veintinueve años, cinco años mayor que él, acostumbrada a salirse con la suya.

A Calvin no le importaba.

La mayoría de las veces.

Sin embargo, el fin de semana anterior, había dado un giro inesperado a lo de llevar los pantalones.

Lo había pillado desprevenido mientras veía un programa de Fórmula 1 en el apartamento de ella. Se había acurrucado junto a él en el sofá; justo en el momento en el que se apagaron las luces rojas, le dijo:

—¿Por qué no nos casamos?

—¿Qué?

Hamilton estaba en la primera línea, pero Vettel salió como un rayo por la parte interior y los dos entraron en la primera curva a un centímetro el uno del otro y a ciento ochenta por hora. Apasionante.

—¿Por qué no nos casamos? —repitió.

Calvin tuvo que pensar con rapidez. Si decía que no o dudaba, tendrían una bronca o se quedarían en silencio, y tendría que irse del apartamento para volver al suyo, con lo que se perdería veinte vueltas decisivas. Treinta si se le ponía un tractor delante.

Así que respondió: «Buena idea», con la esperanza de que su respuesta fuera lo suficientemente ambigua como para evitar que siguiera presionándolo, al menos hasta el final de la carrera.

Sin embargo, en vez de ello, a Shirley la invadió un inusitado frenesí que se manifestó en chillidos y besos en la oreja, llamadas a su madre y a cada una de sus hermanas y a su madre otra vez.

Al parecer le había propuesto matrimonio.

Al principio se había sentido un poco incómodo, pero en la vuelta treinta y dos ya se había acostumbrado a la idea. ¿Por qué no casarse con Shirley? Más le valía. Hacía tres años que salían juntos y se llevaban bien. La quería, suponía, aunque no sabía cómo se calculaban esas cosas.

Shirley era corpulenta, pero limpia, autosuficiente y le encantaba acostarse con él, tenía todo lo que a Calvin le gustaba en una mujer. Nunca discutían porque él siempre cedía y normalmente lo que quería hacer acababa siendo agradable. Iban tres veces por semana al pub o al cine, y hacían el amor semanalmente, ya fuera en la cama o en su sofá de cuero, aunque nunca en el de pana de ella, porque era más difícil de limpiar.

En cualquier caso, cuando le enseñaron la bandera a cuadros a Vettel, Calvin ya había decidido que el matrimonio seguramente sería casi lo mismo, pero sin el agobio del día de san Valentín. El año anterior le había comprado un rallador de queso y estuvo dos semanas sin acostarse con él, ni aun después de enseñarle el recibo. No era un rallador cual-

89

quiera, sino el que recomendaba su chef favorito de la televisión, y había pagado una fortuna por un trozo de metal con agujeros.

De repente, casarse le pareció la opción más sencilla y se preguntó por qué no se le había ocurrido antes.

—Se ha pasado —le indicó la comisaria King.

—¿Qué?

—Que se ha pasado —repitió dando golpecitos en la ventanilla—. Es ahí detrás.

—Lo siento —se excusó Calvin mientras buscaba un lugar en el que dar la vuelta.

La señora Hatton vivía en una destartalada casa adosada con jardín delantero de cemento cuarteado. Calvin calculó que no tendría más de cincuenta años, pero aparentaba setenta. Llevaba una chaqueta larga de punto color avena y zapatillas granates de felpa. Una de ellas dejaba ver la punta del dedo gordo.

Calvin preparó té. No había leche, pero no se amedrentó. El té era vital para la investigación, la gente decía cosas tomándose una taza que no confesaría bajo tortura.

La pequeña cocina olía a desagüe y las desportilladas y desiguales tazas parecían provenir de una tienda de beneficencia: Suministros para la construcción RGB, la Sirenita y un pitufo. Evidentemente, él bebería en la de RGB, pero vaciló sobre a quién adjudicar las otras dos. Ninguna parecía adecuada para una experimentada investigadora y una madre desconsolada.

Las puso en una bandeja para que decidiera el destino.

—Estaba llorando —contaba la señora Hatton cuando Calvin volvió—. Dijo adiós una y otra vez, y te quiero.

—¿Al teléfono? —preguntó la comisaria King.

La señora Hatton asintió y cogió la taza del pitufo.

—¿Estaba Frannie sola cuando la llamó?

—Oí la voz de un hombre.

Calvin pensó en Kelly Bradley y Katie Squire. Era inevitable. La mayoría del trabajo policial en aquellos pequeños pueblos era tan sencillo como había esperado y a menudo tenía relación con las tres D: drogas, deudas y deseo de beber. Dos mujeres forzadas a desnudarse y a llamar a casa era algo diferente; sin duda se quedaría grabado en todas las mentes, incluso en la suya, que era una válvula estanca para todo lo que no fuera deporte.

La mano de la comisaria King pasó por encima de la taza de la Sirenita y cogió su taza RGB.

—¿Era Mark? —preguntó.

Mark Spade era el novio de Frannie. Lo habían detenido y le estaban haciendo llorar. Sobre todo porque no podía conseguirse un pico.

—No lo sé —contestó la señora Hatton—. Se oía muy mal y estoy un poco sorda.

—¿Pudo ver a alguien?

—Estaba al teléfono.

—¿No tiene un teléfono inteligente? —intervino Calvin.

—¿Qué es eso?

La comisaria King levantó las cejas en dirección a Calvin y este echó un vistazo al deprimente salón con moqueta sucia, adornos de porcelana reparados con pegamento y olor a perro mojado, y se dio cuenta de lo estúpida que había sido su pregunta. La señora Hatton solo tenía un televisor, uno enorme y anticuado sobre una caja de madera, que parecía provenir del arca. Que parecía el arca.

Quizá sería mejor que se callara.

—¿Puedo ver su teléfono, señora Hatton?

Esta le entregó el modelo más antiguo de Nokia a la comisaria King, que se lo pasó a Calvin.

—¿Puedes encontrar la llamada, por favor?

Calvin no había visto un teléfono tan grande en su vida, era como un ladrillo con funda de plástico. ¡Tenía antena! Revisó las llamadas entrantes, pero la señora Hatton no parecía saber cómo asignar nombres a sus contactos.

Tras apretar algunas teclas y hacer un paréntesis para que la señora Hatton buscara las gafas (que había llevado colgadas al cuello todo el tiempo), encontró el número de Frannie.

—Hay dos llamadas —dijo—. Seguidas.

—No recibí otra llamada y, en cualquier caso, tampoco contesté.

—¿Por qué no? —preguntó King.

Aquella mujer de cara grisácea se encogió de hombros

frente a la pared de encima de la repisa de la chimenea; un recuadro limpio sobre el papel pintado evidenciaba que allí faltaba de un cuadro. O quizás un espejo.

—¿Dijo Frannie algo más? —continuó King.

—Dijo que la iba a matar.

La comisaria King ladeó la cabeza.

—¿Perdone?

La señora Hatton se aclaró la garganta.

—Dijo que la iba a matar.

Se produjo un tenso silencio antes de que King preguntara:

—¿Llamó a la policía?

—No —contestó la señora Hatton, y suspiró como si se hubiera olvidado de comprar detergente en polvo en la tienda.

Calvin sintió un escalofrío. Frannie Hatton había llamado a su madre, le había dicho que la iban a matar y esta no había llamado a la policía. Ni siquiera había contestado la segunda llamada. Y solo lo había mencionado en ese momento, como si acabara de acordarse. Calvin no tenía hijos, ni quería tenerlos, pero incluso a él le pareció… injusto.

Estudió la habitación con nuevos ojos. ¿Qué había pasado para que una joven que había vivido allí hubiera acabado en un área de descanso y su madre hubiera hecho caso omiso a su última y desesperada súplica? ¿Sufría la señora Hatton un trastorno de la personalidad? ¿Una adicción? ¿Había tenido un novio que no podía contener sus sucias manos?

Demasiadas encrucijadas en un camino en el que todo había salido mal cuando debería de haber salido bien.

Suspiró. Seguramente nunca sabrían qué había pasado. Solo Frannie lo sabía, pero Frannie estaba muerta. La única pregunta realmente importante en ese momento era quién la había matado.

No había excusa, no podía haber excusa para la pasividad de la señora Hatton. Le invadió una intensa cólera.

La comisaria King se aclaró la garganta y moduló la voz para despojarla de cualquier tono que pudiera implicar que la estaba juzgando. Calvin se dio cuenta de lo que estaba haciendo y sintió admiración por ella. Junto con el té, era una de las cosas más útiles que había aprendido en el cuerpo. Lo utilizaba todo el tiempo.

—¿Por qué no llamó a la policía, señora Hatton, cuando dijo que ese hombre iba a matarla?

—No lo sé.

Ambos estaban seguros de que lo sabía, pero no dijeron nada durante el silencio cargado de té que se produjo.

Finalmente, la señora Hatton confesó.

—Decía cualquier cosa para sacarme dinero. Para quitarse, decía siempre; pero yo sabía que era para droga. Aunque tuviera intención de curarse, sabía que no lo haría. E, incluso si lo hubiera hecho, no habría durado.

Calvin Bridge dejó de sentir cólera y pensó que era un ingenuo. Lo que le había parecido injustificable resultaba obvio. Lo que le había parecido monstruoso era elemental. Era la espantosa montaña rusa de la adicción. Se abrigaban ligeras esperanzas y se defraudaban continuamente. Una y otra vez, hasta que desaparecía toda esperanza y solo quedaban corazones rotos y desconfianza.

—¿Le había dado dinero a Frannie? —le preguntó la comisaria King con delicadeza.

—¡Por supuesto! —contestó con repentina vehemencia—. Soy su madre. Le di todo lo que tenía —aseguró haciendo un gesto vago hacia la habitación. Daba la impresión de que alguien se hubiera mudado y solo quedara lo que había dejado.

—Lo siento —se excusó King—. No era mi intención…

El arrebato había agotado la exigua reserva de energía de la señora Hatton. Hizo un gesto con la mano ante la disculpa y después la puso en la cabeza del desvaído terrier que estaba a su lado en el sofá.

—Hubiera dado igual. Lo habría robado.

La opinión local sobre la desaparición de Frannie Hatton había sido que se había fugado con su novio adicto a la heroína; sin embargo, una vez muerta, la gente solo tenía cosas buenas que decir sobre ella.

Pobre chica.

Una monada.

Incapaz de matar una mosca.

—Era una señorita agradable y delgada —dijo Bombilla

Steele en la siguiente reunión de los Pistoleros—, pero tenía un buen par.

—Qué pérdida —concluyó Rasguño en nombre de todos.

Bombilla bebía en el Patch & Parrot y Navaja Riddle aseguró que conocía a Frannie «de hacía años». Ambos, calvo y peludo respectivamente, habían estado tomando copas toda la noche por ella.

—Por una buena propina te las movía en la cara —añadió Bombilla, y después suspiró como si echara de menos a un perro viejo.

Los Pistoleros sintieron esa parte de la pérdida de Frannie Hatton como algo más personal. Si hubieran ido al Patch & Parrot, quizá les hubiera meneado su buen par en la cara. Aquello ya no pasaría y pidieron otra ronda para ahogar la nueva pena.

Y después otra.

—¡Por Fannie![1] —farfulló Navaja lanzando su última sidra al aire, y después se oyó una protesta generalizada.

—¡Frannie, no Fannie, bruto!

—Creía que estabais muy unidos.

—Me debes una puta pinta, Navaja.

—No, chicos —dijo Paleto Trick levantando una mano para poner paz—. Estoy de acuerdo con Navaja. —Y cuando todos lo miraron desconcertados, levantó su pinta y dijo—: ¡Por Fannie!

Los hombres vitorearon, se rieron, repitieron el brindis, y Vaca mugió entusiasmado hasta que Jim Maxwell se acercó a ellos y les dijo que, o hacían menos ruido, o se iban a la calle. Lo pidió con educación, pues era consciente de que no debía alejar ese sol que le calentaba económicamente, pero ya les había prohibido la entrada durante una semana después de la pelea con Gatito Willows, por lo que sabían que volvería a hacerlo, y cambiaron sus risas por una serie de resoplidos y suspiros exagerados.

—Pues nada —dijo Rasguño en el recién estrenado silencio—. Que es una pena.

---

1. Pronunciación similar a *fanny*, que significa «coño». *(N. del T.)*

Una serie de gruñidos a su alrededor lo confirmaron.

—En el Oeste no habría pasado —añadió Tiznado.

A pesar de que estaban en el oeste, todos sabían que se refería al Salvaje Oeste.

—Es verdad —intervino Freidora—. Allí no harían algo así, no se atreverían, sabían que los colgarían.

Todos asintieron con entusiasmo. El linchamiento era un tema que los Pistoleros trillaban mucho cuando un delito los agraviaba en particular. No tenía por qué ser un asesinato, a menudo era el abuso sexual a los niños, a veces el atraco a una anciana, y tan solo dos semanas antes habían estado de acuerdo en que debería imponerse al cabrón que había rayado el coche de Tiznado en el aparcamiento del George.

—Una joven asesinada en nuestras narices —suspiró Látigo Hocking—, sin que podamos hacer nada al respecto.

Todos los hombres refunfuñaron, la rabia los acaloraba tanto como las risas.

—A menos que hubiera una patrulla —dijo Rasguño, y a su alrededor todos asintieron o gruñeron.

—Y un arma —añadió Látigo.

Sus palabras se quedaron flotando en el repentino silencio que se hizo en la barra.

Eran tan obvias que ni siquiera tenían que mostrar su acuerdo en voz alta.

En vez de ello, los Pistoleros cabecearon sombríamente ante sus vasos y dio la impresión de que sentían tanta nostalgia por un arma como por las tetas de Frannie Hatton.

95

La policía también hizo llorar a Donald Moon. Registraron su casa tres veces en una semana, le interrogaron a conciencia y continuamente, y solo se creyeron la historia de que había parado para recoger el *Daily Mail* cuando su mujer les enseñó los chalecos fosforito y los bastones acabados en punta.

Llevaron a cabo meticulosos rastreos forenses en el área de descanso y en el apartamento de la víctima, en Northam; en una rueda de prensa hicieron un llamamiento a quien pudiera haber encontrado el bolso de Frannie, que contenía efectos personales y la paga de una semana.

La profunda investigación de la *Gazette* sacó a la luz el contenido de la página de Facebook de Frannie Hatton; publicaron la única foto en la que no aparecía haciendo un gesto obsceno o con una sustancia ilegal. Era una imagen desenfocada del día que fue dama de honor, con un vestido tan rosa y unas mangas tan abombadas que parecía un mariscal de campo homosexual.

Fue la que utilizó la policía en los carteles que colocó en lugares públicos y en farolas, por lo que empezó a resultarle familiar a la gente que no la había conocido y empezaron a llamarla Frannie en vez de «esa chica».

La gente dejó ramos de flores y ositos de peluche en el área de descanso y los clientes habituales del Patch & Parrot, que se sentían culpables por no haberse ofrecido a llevarla a casa en coche, hicieron una colecta para ayudar a su madre a costear el entierro.

En general, morirse había resultado muy favorable para Frannie Hatton.

18

*R*uby supo que su padre estaba de buen humor por la forma en que abrió la puerta.

—Eso son veinte libras de pescado —dijo cuando dejó el cazón en el escurridor.

—Parece una ballena —comentó Ruby, entusiasmada. Los había visto más grandes, pero el que su padre volviera a estar de buen humor lo cambiaba todo: todo parecía mejor que antes.

El cazón le había mordido cuando le había sacado el anzuelo, pero no le dio importancia. «He tenido peores mordeduras», dijo antes de ponerse un poco de sal para que no empeorara. Después lo midieron con la regla del colegio de Ruby. ¡Sesenta y ocho centímetros! Gran parte era cola, pero, aun así… Ruby pasó el dedo por la piel, suave hacia un lado y áspera hacia el otro, y por los dientes, hasta que el miedo le produjo un escalofrío y los dos se echaron a reír.

Cogió una silla en la que ponerse de rodillas mientras lo limpiaba. Las tripas eran de un rojo tan oscuro que parecían negras. Su padre las metió en el extremo de una media vieja de su madre, la anudó y la dejó en el congelador. Ruby sabía que la próxima vez que fuera al Gore las movería en el agua y, conforme se fueran descongelando, la sangre y los jugos se filtrarían y atraerían a más cazones, y a congrios también.

Su padre envolvió en plástico el resto del pescado y lo puso en el frigorífico. Después empezó a limpiar el escurridor y el fregadero. De repente, dijo sin mirarla:

—¿Me guardarás un secreto, Rubes?

—Sí —contestó al instante, porque quería que se lo contara.

—¿Lo juras?

Lo juró.

—Y que me muera ahora mismo si no es verdad —dijo—. ¿Qué es?

Su padre se quedó muy quieto. Miró hacia la puerta de la cocina como si pudiera haber alguien espiándolos. Ruby miró también mientras el ambiente se iba tensando en la sombría cocina y se acercó más a su padre para oír el secreto.

Habló en voz muy baja, apenas más alta que un susurro.

—Los Pistoleros están organizando una patrulla.

Era todo lo que necesitaba decir. La boca de Ruby se abrió de par en par y se sintió casi mareada conforme unas imágenes extrañas y familiares inundaban su cerebro. Un lugar cálido, con un interminable cielo que olía a verano. Vaqueros disparando sus armas al aire, piernas moviéndose, espuelas clavándose, crines desmandadas, nubes de polvo y niños arremolinados a su paso. Una patrulla era valiente y veloz. Una patrulla era la ley. Cuando un hombre malo llegaba al pueblo, la patrulla lo buscaba y se lo hacía pagar caro. Una patrulla nunca se rendía. El que su padre formara parte de una era emocionante.

—Vamos a capturar al hombre que mató a esa chica —continuó su padre en voz muy baja.

—¿Qué chica? —preguntó Ruby con el mismo tono.

—Esa chica, Frannie *nosequé*.

—Ah, sí. —Ruby la recordaba vagamente, había un cartel cerca de la puerta de la tienda, al lado del que anunciaba el desfile de los leprosos—. ¿Qué haréis cuando lo atrapéis?

—Bueno, se supone que tendríamos que avisar a la policía —contestó su padre encogiéndose de hombros—, pero ¿quién sabe? —añadió con acento vaquero. Imitó una pistola con el dedo, le apuntó con los ojos entrecerrados y después sopló la punta.

Embelesada, Ruby miró el dedo, como si realmente viera salir el humo haciendo volutas.

—¿Puedo ir contigo? —susurró—. En la patrulla...

—No es un juego, Rubes. Es un trabajo muy serio. De hombres.

—Lo sé.

Ruby arrugó el entrecejo. Pertenecía al sexo equivocado, de nuevo.

—Te ayudaré —sugirió—. Lo buscaré.

Su padre escurrió el trapo y unas gotas de agua ensangrentada aparecieron entre los nudillos.

—Mamá volverá pronto.

Ruby se dio cuenta de que estaba intentando cambiar de conversación, pero estaba resuelta a que no se saliera con la suya.

—Por favor, papá. Tú puedes buscar por un lado y yo buscaré por el otro. Así buscaremos por todas partes. Soy muy buena. Incluso con el rabillo del ojo. Mira. —Para demostrárselo apartó la vista de él y después movió los ojos hacia un extremo—. ¿Lo ves?

—No sé, Rubes… —El agua que desprendía el trapo ya estaba limpia.

Ruby se atropelló con las palabras.

—Por favor, papá, quiero ir con la patrulla. Seré muy muy buena y estaré callada. Te lo prometo.

Se produjo un minúsculo silencio.

—Te aburrirás.

—No —aseguró vehementemente—, no me aburriré. ¡Me encantará!

—Empezarás a lloriquear para que te traiga a casa.

—¡No lo haré! ¡No lloraré!

—Bueno, estaremos hasta muy tarde, ¿qué pasará si es un día que hay colegio? Mamá se enfadará mucho si se entera.

—Estará trabajando. Y no se lo diré. Lo prometo.

—¿Y si entra a darte un beso de buenas noches y no estás en la cama? Entonces me echará la bronca a mí.

Eso podría ser un problema. Su madre entraba y le daba un beso cuando volvía de trabajar. A veces se despertaba y protestaba.

Arrugó el entrecejo. Notó que iba a llevarse una aplastante decepción. Su madre era una auténtica aguafiestas.

—¿No podemos volver a casa antes que ella?

Su padre se encogió de hombros mientras limpiaba el fregadero.

—Podemos intentarlo, pero quizás encontremos una forma de hacerle creer que estás en la cama.

De repente, Ruby se sintió inspirada.

—Puedo poner al oso panda para que parezca que soy yo. Lo meteré debajo de las sábanas. Mamá ni se dará cuenta.

Era un truco que había visto en muchas películas del Oeste, el malo vaciaba el cargador sobre el héroe, que estaba tumbado junto al fuego, y después levantaba la manta y se daba cuenta de que debajo solo había piedras. Su osito panda era grande. Seguro que funcionaría.

Su padre se echó a reír.

—¡Buena idea, Rubes!

—Entonces, ¿puedo ir?

Su padre levantó las manos como si se estuviera rindiendo.

—Usted gana, ayudante.

Ruby empezó a chillar encantada y enterró la cara en el viejo jersey azul de su padre, que olía a sal y a humo.

19

*E*l agente Calvin Bridge miró a Frannie Hatton y pensó que era su tipo.

Si hubiera estado viva, claro, no era un maniaco.

Morena, pequeña, pero con buenas tetas —si se hacía caso omiso a la incisión en forma de Y en el pecho— y un cuidado huerto de Venus.

Miró la entrepierna y pensó que Shirley debería poner un poco más de atención a esa zona. Lo había hecho cuando empezaron a salir juntos hacía tres años, pero después, suerte tenía si se afeitaba las piernas, por no hablar de sus partes. Nunca lo comentaba, pero ver la desperdiciada depilación brasileña de Frannie Hatton le hizo pensar si su relación con Shirley no se estaba acelerando demasiado. De entrada no le incomodaba casarse con ella, pero sí la velocidad que estaba adquiriendo todo ese asunto.

Pero cómo iba a mencionar el tema sin que Shirley lo malinterpretara.

No podía.

¿Podía alguien?

Suspiró.

—¿Un día duro, Calvin? —preguntó con sarcasmo la comisaria King.

—¿Perdone? —contestó el chico—. Estaba pensando en otra cosa.

—Pues no lo haga —le indicó bruscamente—. Lo necesito aquí.

Se puso colorado. Tenía tendencia a ensimismarse, pero

sabía que, si quería causar buena impresión, debía concentrarse.

—¿Sufrió alguna agresión sexual? —preguntó King.

—No hay nada que lo indique —contestó el doctor Shorthand, que llevaba una carpeta de color manila en una mano y un sándwich de queso con ensalada de col en la otra. A Calvin le llegó el olor del formaldehído y la mayonesa, el médico llevaba un trozo de col en la barba.

—Y, sin embargo, estaba desnuda —reflexionó King en voz alta. Después se inclinó hacia la cara de Frannie Hatton y apuntó hacia una pequeña marca oscura en un lado de la nariz—. ¿Qué es eso?

—Ah —exclamó el patólogo—. Mire —le pidió a King. Le entregó la carpeta, sacó una aguja y la introdujo con toda naturalidad en el diminuto agujero.

Calvin tragó saliva, de repente se había mareado.

—¿Un pendiente? —preguntó King, que le devolvió la carpeta y se inclinó más para ver mejor el agujero.

—Supongo que sí —contestó Shorthand—. No es reciente.

Calvin se recompuso.

—En Facebook aparecía con un aro en la nariz.

Ambos se volvieron para mirarle.

—No hemos encontrado ningún aro. Haremos otro rastreo en la zona. —Se dio la vuelta para estudiar la cara de la chica de nuevo y preguntó—: ¿La asfixiaron?

—Sí —contestó el doctor Shorthand antes de dar un gran mordisco al sándwich—. Aunque se la encontró boca arriba, hay marcas que podrían ser de dedos en la parte posterior de la cabeza, el cuello, la parte superior de los brazos, los hombros, contusiones en la nariz y los labios, y barro en los dientes, los ojos y los orificios nasales. —No abrió la fina carpeta porque en la otra mano llevaba el sándwich, pero la movió mientras hablaba, al parecer para dar a entender que todo lo que decía estaba dentro, si no le creían.

—Así que alguien la sujetó bocabajo en el barro hasta que murió —dijo King.

—Esa es mi conclusión.

—Tras una pelea, a juzgar por el resto de las magulladuras.

—Sí, no cabe duda de que se resistió.

King volvió a inclinarse para mirar la cara de Frannie. Bajo la descarnada luz del laboratorio de patología, su piel parecía translúcida. Llevaba un piercing en una ceja, otro en el ombligo y un brazalete tatuado en un bíceps.

Calvin dudó si la muerte de Frannie Hatton había sido fruto de la casualidad o si todo respondía a una obsesión.

King miró a su alrededor, cogió lo que parecía una cuchara de mango largo de la fila de instrumentos que había en una encimera cercana y abrió los labios de Frannie. En los dientes había puntos oscuros, como trocitos de espinaca marrón.

—¿Es barro del escenario del crimen?

Buena pregunta, pensó Calvin.

—Buena pregunta —dijo Shorthand—. Pero la respuesta es que no lo sé.

—Así que podrían haberla asesinado en un sitio y después haberla arrojado en otro.

—Es posible.

—¡Mierda! —exclamó King antes de enderezarse.

—Pues sí —corroboró Shorthand.

Calvin lo pilló medio minuto después. Dos escenarios del crimen, uno desconocido. El cadáver no los estaba ayudando a limitar las opciones.

—¿Alguna idea de dónde proviene el barro que hay en los dientes?

—No.

Los tres miraron el cadáver en silencio.

La comisaria King suspiró y después levantó aquel instrumento similar a una cuchara. La parte ancha estaba agujereada, por lo que parecía una pequeña raqueta metálica de *squash*.

—¿Qué es esto?

—Una cucharilla para cálculos biliares.

—¿Puedo quedármela?

El doctor Shorthand pareció sorprendido.

—Si cree que le puede ser útil…

—Gracias. —La comisaria King la metió en uno de los múltiples bolsillos de la chaqueta ajustada con cinturón que se ponía con todo: faldas, vestidos, pantalones, vaqueros. Le quedaba bien siempre, pensó Calvin, y tenía buen culo para llevar vaqueros.

—¿Qué piensa, Calvin?

Este parpadeó.

—¿A qué se refiere?

—A la vida, el universo y todo —contestó King con voz tan apagada que por un momento estuvo a punto de decirle que no creía en Dios, pero sí que esperaba que hubiera otra vida y un sistema de peso y contrapeso espiritual que evaluara sus acciones como ser corpóreo.

Entonces se dio cuenta de que lo había pillado mirándole el culo.

Sonó un teléfono, y el doctor Shorthand se excusó para poder irse con el resto del sándwich.

—Venga, ayúdeme a darle la vuelta —le pidió la comisaria King.

Calvin miró con recelo hacia la puerta por la que había salido el doctor Shorthand.

—Eh —le dijo King—. Soy la agente al mando de esta investigación. Si quiero darle la vuelta al cadáver, no necesito una autorización de mi madre.

Calvin se ruborizó y la ayudó a darle la vuelta a Frannie. De espaldas parecía una niña y sintió remordimientos por haberla mirado de forma poco respetuosa.

King empezó a dar vueltas alrededor de la mesa, se inclinó ligeramente para verla mejor y más de cerca. De vez en cuando se paraba, apartaba el cabello de Frannie o cambiaba el ángulo de visión. Tocaba una marca o un lunar. Después se quedó quieta pensando.

—¿Qué es eso? —preguntó, y Calvin siguió su dedo hacia uno de los omóplatos blancos como la cera de Frannie, en el que había dos marcas borrosas, quizá de unos tres cuartos de centímetro.

—¿Magulladuras?

—Así es.

Comprobó el mapa del cuerpo que el doctor Shorthand había metido en la carpeta y leyó sus notas: «Dos contusiones curvadas pequeñas en el omóplato derecho. Posiblemente causadas al entrar en contacto con un material duro indeterminado, inmediatamente ante mortem».

Había muchas magulladuras en los brazos de Frannie, pero

solo unas pocas en la espalda, una grande en el hombro izquierdo y esas dos pequeñas.

—Así pues —continuó Calvin—, se produjeron durante el forcejeo. O cuando la transportó. ¿Quizá piedras pequeñas o algo que estuviera bajo la espalda en algún momento?

—Quizá —dijo asintiendo King—. Mire esto.

Calvin se inclinó hacia ella y miró el brazalete del Celtic tatuado en el brazo derecho de Frannie.

—¿Dónde?

King puso un dedo en una marca difícil de distinguir, escondida bajo la tinta. Incluso Calvin la vio, resultaba difícil saber qué era, pero se parecía a las que tenía en el omóplato, a pesar de tener el contorno más pronunciado.

—Parece que las hizo el mismo objeto, ¿no le parece?

—Sí —admitió Calvin.

—Curvadas, ¿quizás una uña? —King puso las manos alrededor del bíceps de Frannie, primero la izquierda y después la derecha, e intentó que su uña encajara en la magulladura de varias formas, pero ninguna parecía natural.

—Es más pronunciada —comentó pensativa—. Más afilada.

—Porque no llevaba mangas —dijo Calvin sorprendido de haberlo recordado—. ¿No dijeron los testigos del Patch & Parrot que llevaba un top que era muy… —imitó un par de tetas antes de frenarse a sí mismo y después se metió rápidamente las manos bajo los sobacos y terminó la frase diciendo— atrevido?

King se limitó a mirarlo muy seria y a decir:

—Eso tiene sentido.

Ambos volvieron a estudiar la diminuta marca oculta bajo el dibujo de color añil.

—Así que, si este caso tiene relación y sigue la pauta de las anteriores agresiones, esas magulladuras pudieron hacerse antes de que estuviera desnuda —dijo King.

Calvin asintió con vehemencia.

—¿Y qué quiere decir eso? —preguntó.

—¿Quién sabe? Pero todo ayuda.

Y

La comisaria King asumió la tarea de la conducción, algo que a Calvin Bridge le pareció reconfortante en vez de insultante. En su corta experiencia, a los superiores les encantaba tener un chófer, y no tanto un colega, y en raras ocasiones se ensuciaban las manos con el volante.

Además conducía bien. En Tiverton salieron de la calzada de dos carriles y para su sorpresa King se alejó de la carretera de enlace y eligió la antigua carretera a Bideford, que en algunos tramos de sus sesenta y cinco kilómetros apenas tenía un carril.

A los pocos minutos supo por qué la había elegido. No había mucho tráfico y disfrutaba con las curvas. No superaba el límite de velocidad entre los altos setos, pero lo apuraba y, de vez en cuando, tuvo que resistir la tentación de poner la mano en el salpicadero. La comisaria King tenía las manos en la parte superior del volante y gesto de concentración en la cara, como si estuviera desafiando al mundo a que la ralentizara.

—Cuando lleguemos, quiero que llame al catedrático Mike Crew en la Universidad de Falmouth. Está en el Departamento de Geología —le pidió.

Lo anotó en su libreta de notas. Mike Crew, Geología, Falmouth.

—Lo sabe todo sobre el barro —continuó King—. De qué está compuesto, de dónde procede, cómo llegó hasta allí…

—Muy interesante —comentó, aunque no se lo pareciera.

—Es el hombre más aburrido del planeta, y he conocido a muchos. Recogeremos una muestra de los dientes de Frannie Hatton y se la enviaremos. Veremos qué nos dice sobre dónde pudo haber muerto.

—Sí, señora.

King lo miró y le dijo:

—Sea siempre sincero conmigo, Calvin. No me cuente historias ni lo que crea que quiero oír.

—Sí, señora.

—No pasa nada si no sabe algo —continuó—. Es un agente de la policía de Devon y Cornualles, no el maldito Stephen Hawking.

—Sí, señora.

—Y si tiene alguna corazonada, cuéntemela. Las corazonadas están bien siempre que formen parte de un buen trabajo policial y no lo sustituyan.

—Sí, señora.

—Muy bien, ¿alguna pregunta?

En realidad, sí que quería hacerle una pregunta. No estaba seguro de si era importante o no, pero tomó como premisa que no era Stephen Hawking y la formuló.

—Tengo curiosidad por algo, señora —confesó con cierta reserva—. ¿Qué importancia tiene la cucharilla para los cálculos biliares?

La comisaria King soltó una risita y después redujo a una marcha mucho más ruidosa.

Calvin suspiró, evidentemente no se había enterado de algo fundamental. Empezaba a preguntarse si tenía madera de detective.

Quizá cuidar del uniforme habría sido más fácil.

20

*E*ra la noche vaquera y su madre y su padre estaban fuera, igual que el mar. Ruby no podía verlo desde casa porque el gran horno de cal bloqueaba la vista desde las casitas, pero notaba en las tripas que la marea estaba baja. La tranquilizaba saber que estaba lejos y no golpeando los acantilados o entrando en la grada.

Cuando era pequeña, el agua llegó hasta la plaza que había entre las casitas durante una tormenta. Subió hasta media altura en los hornos de cal y se agarró a la pernera de su padre en la verja del jardín y vio el mar susurrando en los adoquines hacia ellos. Recordaba el hedor y la rata que el agua había desalojado de su nido en uno de los hornos escabulléndose frenéticamente por el nuevo borde e irguiéndose de vez en cuando para mirar ansiosa hacia el mar y sus perdidas crías. Su padre se colocó detrás de ella, y Ruby se puso muy nerviosa, pero la rata no pareció preocuparse, ni siquiera cuando la atizó con una pala.

Ruby se colocó de lado en la alfombra de pelo.

Le dolía el pecho. Podía ser cáncer o algo parecido, pero su madre seguía sin darle importancia por la carta de la directora.

Su padre no la obligaría a ir al colegio.

—Yo no te obligaría a ir —le había dicho—, pero las mujeres siempre se apoyan las unas a las otras. Como tu madre y la señorita Marimandona.

—La señorita Bryant —le había aclarado riéndose, y su padre le había guiñado un ojo.

—Es lo que he dicho.

Volvió a colocarse bien y suspiró frente al *Poni & Rider*. A pesar del estimulante titular: «HACER TRENZAS ES FÁCIL», el artículo conseguía dar la impresión de que eran dificilísimas de hacer. Ruby había estudiado tres veces cada fotografía numerada, pero seguía creyendo que faltaba una. En un momento dado, la crin del poni estaba llena de mechones, dedos y hebras que colgaban y, de repente, aparecía con una escarapela perfecta con las puntas hacia dentro. En vez de darle ánimos, el artículo solo había aumentado su preocupación, llegado el momento tendría notables carencias en cuestión de trenzas.

Alguien llamó a la puerta; levantó la cabeza como accionada por un resorte.

Sus padres tenían llaves. Nunca llamaban. Nadie llamaba porque a Limeburn no iban personas desconocidas, ni siquiera testigos de Jehová.

Sin embargo, en una ocasión había pasado un buhonero.

Sintió un escalofrío.

Atravesó la habitación de puntillas y apretó la oreja contra la puerta. Oyó que alguien llamaba en ese momento y soltó un gritito.

—¿Ruby?

Miró la puerta. Esa persona sabía su nombre. ¿Era bueno o malo?

—¿Ruby?

—¿Sí? —susurró.

—Soy yo.

Ruby frunció el entrecejo.

—¿Adam?

—Tengo algo para ti —le explicó—. Abre.

Dudó. Se suponía que no podía dejar entrar a nadie cuando sus padres no estaban en casa. Pero seguro que no se referían a Adam. Y tenía algo para ella. Metió la llave en la cerradura a tientas, lo dejó entrar y de paso se mojó de lluvia toda la cara.

Adam llevaba la misma sudadera de color rojo con capucha que le había prestado en la casa encantada.

—¿Todo bien? —preguntó Adam.

—Hola.

Se miraron un momento.

—¿Estás bien? —Adam parecía nervioso.

—Sí —contestó.

Ella también estaba nerviosa. No sabía por qué. Hablaban mucho cuando estaban en el columpio o en la casa encantada. No sabía por qué era diferente en ese momento, pero lo era. Quizá porque era de noche y estaba sola, y porque Adam nunca había ido a su casa y le parecía un momento muy extraño para empezar a hacerlo.

—Llueve mucho.

—Sí.

Adam echó un vistazo a la habitación, y Ruby asumió plena consciencia de todas sus imperfecciones: el viejo y manchado sofá, la desgastada moqueta, la mancha oscura de humedad en una esquina del techo. La casa de Adam olía bien y estaba limpia, y había una silla tan antigua y valiosa que nadie podía sentarse en ella.

—Huele a pescado —dijo Adam.

—Sí, mi padre pesca en el Gut. —Adam asintió—. A veces vende el pescado en los hoteles —continuó solo por rellenar el silencio—. Vale mucho, pero solo le dan diez libras.

—Eso es muy poco —comentó Adam con buen juicio—. Debería hablar con mi padre. Sabe cómo hacer ganar dinero a la gente. Es a lo que se dedica.

—Ese es un buen trabajo —aprobó Ruby.

—Sí, pero viaja mucho.

Ella lo sabía. El señor Braund era un hombre alto y regordete que vestía trajes e iba a Londres todas las semanas, en un coche diferente cada año.

Se produjo un largo silencio.

—¿Quieres una galleta? —le ofreció Ruby.

—No, gracias.

—Vale —dijo Ruby, y después preguntó—: ¿Qué me has traído?

—Ah, sí. —Le entregó un paquete pequeño envuelto en papel de seda azul. Tenía la otra mano en el bolsillo del vaquero, como si no le diera importancia.

—¿Qué es?

—Ábrelo y lo verás —contestó encogiéndose de hombros.

Apartó el papel con cuidado. Dentro había un burro de plástico. El pelo era gris, pintado de beis alrededor de los ojos y el hocico, y estaba enganchado a un pequeño trineo de madera con el nombre de Clovelly pintado en un lateral.

Sintió que la inundaba una oleada de algo tan cálido y especial que casi se echó a llorar.

—¡Guau! —exclamó—. Es… increíble.

—No es nada —dijo Adam.

Aquello no era verdad. Era algo. Era más que algo.

—¿Lo has comprado en Clovelly?

—Sí, me acordé de que dijiste que querías un burro y… —Su voz se fue apagando. Después añadió—: Fui hasta allí y volví andando. Llovió todo el camino.

—Lo siento.

—No pasa nada.

—Pero ni siquiera es mi cumpleaños

—No es un regalo de cumpleaños. Es solo…, ya sabes, de cualquier día.

—Es el mejor regalo que me han hecho en mi vida. —Lo decía en serio; en ese momento no podía recordar ninguno mejor.

Adam se puso colorado, pero parecía muy contento.

111

—Lo voy a llamar Afortunado —dijo.

Adam se acercó y sus cabezas casi chocan. Tocó el trineo.

—He pensado que sería muy divertido poner unas zanahorias aquí, detrás del burro.

—Sí —dijo Ruby—. Eso será muy divertido. —No sabía por qué, pero estaba completamente de acuerdo—. Muchas gracias.

—De nada.

Se quedaron juntos un momento mirando el burro y después Adam dijo:

—Será mejor que me vaya. Tengo un montón de deberes.

—Yo también.

—Los míos son de carreteras romanas y acueductos.

—Los míos, un diario —explicó Ruby—. Tenemos que escribir algo todos los días.

—Eso es muy difícil.

—Sí. Normalmente lo hago todo el mismo día.

Adam hizo un gesto con la cabeza hacia el burro.

—Bueno, hoy puedes escribir sobre él.

—Lo haré —aseguró Ruby.

—Buenas noches.

—Buenas noches.

Ruby cerró la puerta con llave y después la sacó.

Subió al piso de arriba para acostarse, aunque no eran ni las nueve y media. Apartó cuidadosamente las tazas, los envoltorios de caramelos y los libros para hacer sitio en la mesilla y puso el burro allí.

No tenían zanahorias, así que cogió una patata del saco que había en la cocina y la colocó en el trineo de momento, como si fuera una roca marrón clara.

Escribió «VIERNES» en su diario.

> Adam me ha traído un burrito de Clovelly. Es el mejor regalo que me han hecho en la vida. Fue hasta allí y volvió andando bajo la lluvia. Tiene un trino y se llama Afortunado. Voy a poner zanahorias en el trino porque será muy divertido.

Intentó quedarse despierta y se esforzó por oír el coche de su padre aparcando en los adoquines, pero se quedó dormida mirando a Afortunado.

John Trick llegó tarde a casa porque alguien le había cortado el rabo a *Tonto*.

Cuando Bombilla, Nellie y él ayudaron a Látigo a montarse en su corcel, la mayoría de los Pistoleros se había ido haciendo eses por la calle Irsha.

El viejo caballo estaba junto al tubo de desagüe en el que lo había atado Látigo, comiendo una bolsita de salsa para ensalada Heinz.

Consiguieron una silla para que se subiera, le metieron la bota en el estribo y Paleto y Nellie empujaron mientras Bombilla daba la vuelta para que no se cayera por el otro lado. Les había pasado en alguna ocasión.

—¡Eh! —gritó Bombilla, pero los otros dos resoplaban y gruñían demasiado alto como para oírle—. ¡Eh! —volvió a gritar antes de volver donde estaban—. El rabo de *Tonto* ha desaparecido.

—No digas tonterías —replicó Nellie.

Pero era verdad.

Sacaron la bota de Bombilla del estribo, lo ayudaron a bajar de la silla y los Pistoleros contemplaron la cola corta, que era lo único que quedaba del ondulado rabo blanco de *Tonto*.

A veces la gente les gritaba que eran unos gilipollas. A veces los niños les tiraban piedras. Pero aquello era peor.

—¡Cabrones! —gritó Bombilla—. ¡Cabrones!

Paleto Trick meneó la cabeza.

—Primero rayan el coche de Tiznado y ahora esto.

Miraron bajo las mesas de madera e incluso fueron a gatas entre las patas de las sillas como si encontrar el rabo perdido pudiera remediar la situación.

Pero el rabo de *Tonto* había desaparecido.

113

$\mathcal{M}$ike Crew era el hombre más aburrido del mundo. Calvin Bridge solo había estado con él media hora y ya lo había colocado mentalmente en el primer puesto de esa lista, no sin antes lidiar una dura disputa con su antiguo profesor de Historia Europea, el señor Branch, y el sargento de la recepción, Tony Coral, que tenía una amplia colección de objetos relacionados con los trenes y le daba igual que se supiera.

—La gente cree que el barro solo es barro. No podían... estar... más... equivocados —dijo el catedrático Crew con el mismo entusiasmo que un miembro del Círculo de la Magia que hubiera decidido desvelar sus trucos.

Calvin miró a la comisaria King por el rabillo del ojo y descubrió una mirada vidriosa en su cara, que indicaba que estaba haciendo un esfuerzo monumental por parecer interesada. Él tendría que esmerarse a fondo para no perderse en sus pensamientos.

O echarse a reír.

¿Estaría muy mal? Hacía años que no se reía. La semana anterior había intentado contar un chiste sobre vestidos de novias, pero le había salido mal. Después había cometido el pecado mortal de no saber lo que era el franchipán. Creía que era una especie de pastel, pero Shirley lo acusó de ser «difícil». Cayó en la cuenta de que los pocos minutos en los que la comisaria King le había obligado a ayudarla con el cadáver de Frannie Hatton habían sido los más divertidos de toda aquella semana.

Aquello no podía estar bien.

—Estas son las dos muestras. —Crew sujetaba dos portaobjetos de cristal—. Me he tomado la libertad de etiquetarlos como SOC 2425 y 1265 interdental 45, que identifica la ubicación geográfica según el Servicio Oficial de Cartografía y la zona fisiológica en donde se ha extraído la muestra, en este caso interdentalmente, y, al final, he añadido un código relacionado con mis archivos y orden de trabajo, que en realidad es solo una referencia para mí.

—¿Y qué ha encontrado? —preguntó King frotándose las manos e inclinándose hacia delante ligeramente para decir en el lenguaje corporal universal: «Vayamos al grano».

Crew le puso una mano delante de la cara y dijo con voz profunda:

—Aluviones.

King lanzó una fría mirada a la palma.

—Es un viejo chiste de edafología —Mike Crew se echó a reír él solo, mientras King y Calvin intercambiaban tensas miradas. Después continuó—: La otra muestra la he etiquetado como SOC 2425 y 1265 verja 46.

Se calló casi como si estuviera desafiando a King a que le metiera prisa, pero Calvin notó que esta se mordía los labios mentalmente. Hay gente a la que no se puede acuciar. El catedrático Crew iba a decir lo que quería decir, y todo intento de retrasarlo solo prolongaría la agonía. Era como hablar de dónde se sentarían los invitados, que se había convertido en el cubo de Rubik de la boda. Todo el mundo era muy quisquilloso, podía ofenderse o guardaba rencor a alguien. Shirley le había asegurado que habría forma de hacerlo, pero que todavía no la habían encontrado.

¡Por Dios! La gente debería sentarse, callarse y estar agradecida por que le dieran una comida gratis.

—Así pues —dijo Crew—, la muestra SOC 2425 y 1265 interdental 45 es básicamente suelo arenoso con abundante arcilla e inclusiones mezcladas. Sin embargo, la muestra SOC 2425 y 1265 verja 46 es un suelo franco compuesto normalmente por podsólico marrón, una marga aluvial muy frecuente en las rocas de la zona entre Bideford y el pueblo de Abbotsham.

Volvió a callarse y los dos esperaron la siguiente entrega,

115

pero a Crew se le dibujó un gesto de decepción en la cara y dijo un tanto irritado:

—Eso es todo.

Al parecer se habían perdido algo.

—¡Ah! —exclamó King—. Perdone, estaba… distraída.

Aquello lo apaciguó.

—Lo sé —dijo de nuevo entusiasmado—. La pisamos todos los días, construimos nuestras casas sobre ella, cultivamos nuestra comida, enterramos nuestros muertos en ella y, sin embargo, ¿cuanta gente piensa realmente en la tierra? ¿A cuánta gente le importa de verdad?

Calvin tuvo que volver la cabeza para no ver los ojos de King.

—Así que son dos tierras diferentes —dijo King.

—Las finas fracciones de tierra son incompatibles —asintió Crew.

—Así que está diciendo que Frannie Hatton fue asesinada en otro lugar?

—Por supuesto. Como decimos en nuestro oficio, el barro no miente —dijo con una mala imitación de la voz de Al Jolson, pero la cara de King permaneció impasible. Interpretaba el papel de hombre mejor que Calvin. Se aclaró la garganta.

—¿Y tiene alguna idea de dónde puede estar ese otro lugar?

Crew explotó la pregunta, por supuesto. Con gran teatralidad, sacó un mapa del norte de Devon del Servicio Oficial de Cartografía; estaba sobre su escritorio. Después lo extendió encima de los bolígrafos, libros y bandejas, con lo que se quedó tan abultado y accidentado como su impresa superficie aseguraba que era.

Finalmente empezó a canturrear y movió un lápiz por encima como si fuera Harry Potter hasta que se decidió por una zona entre Westward Ho! y Appledore.

—Por aquí —dijo.

—Eso son los Burrows —intervino Calvin.

—¿Qué son los Burrows? —preguntó King.

—Es una especie de… zona plana. Detrás del talud de guijarros.

—¿Qué es el talud de guijarros? —preguntó King.

—Es un talud, señora —explicó Calvin—. De guijarros.

—¡Ah! —exclamó King sonriendo—. La clave estaba en el nombre.

Crew se afanó por recuperar el papel principal en esa obra.

—Si me envía una muestra, podría ser más específico. Dada la presencia de partículas de glucosamina en SOC 2425 y 1265, está cerca del mar.

—¿Azúcar? —preguntó Calvin.

—Conchas —dijo King.

—Así es. —Crew se apresuró a desarrollar la respuesta—. Diminutas partículas de crustáceos, ya sean fragmentarias o granuladas, intercaladas en la estructura pedogénica principal.

—Conchas molidas —tradujo King. Había recibido el mensaje y ya no necesitaba lisonjear al mensajero.

—Mire —pidió Crew, y, ante su apremio, Calvin se acercó al microscopio y miró por el ocular mientras el catedrático hacía girar algo.

El frotis que habían preparado con el barro extraído de los dientes incisivos de Frannie Hatton se hizo borroso, se volvió más nítido; de repente, estaba enfocado y era inesperadamente bonito, con miles de diminutos fragmentos que imaginó que habrían sido en tiempos conchas y que brillaban como estrellas de nácar en un cielo color chocolate.

A pesar de estar mirando una mancha de barro en un microscopio, se sintió, de repente, muy pequeño. Deseó ser tan pequeño, tan insignificante.

Tan difícil de encontrar.

—¿Están los Burrows cerca del mar? —preguntó King.

Calvin se enderezó.

—Sin el talud de guijarros, señora, los Burrows son el mar.

La comisaria King le miró mientras sacaba el Volvo del aparcamiento.

—No diga que no le había avisado.

—Sí que lo hizo —admitió Calvin—. Pero, aun así, no estaba preparado.

King se echó a reír.

—El barro excluye al novio, ¿no cree?

Calvin la miró sin entender qué decía. No tenía ni idea de por qué le preguntaba ni cuál podría ser la respuesta adecuada.

—Vivían juntos... —continuó King para animarlo, y después dejó de hablar para que retomara el hilo.

—Sí, lo que... significa... —empezó a hablar despacio para darse tiempo para pensar.

King le echó una mano.

—Si viviera con alguien y quisiera matarlo, ¿dónde hay más probabilidades de que lo hiciera?

Pensó en la posibilidad de asesinar a Shirley. Tendría que evitar el sofá de pana.

—¿En el cuarto de baño? ¿Con un chuchillo?

King arqueó las cejas.

—No me refería a sitios específicos. Pero lo haría en casa, ¿verdad?

—Seguramente —admitió.

—No llevaría a esa persona a un campo, le pondría la cara en el barro hasta que muriera, después cargaría el cadáver en el coche, conduciría hasta otro sitio y lo arrojaría allí, ¿no?

—Seguramente no —repitió. No le entusiasmaba la idea de que hubiera barro en su coche.

—Eso sería demasiado trabajo —continuó King—. Demasiado organizado.

—Sí, es verdad.

—Sobre todo para un yonqui que no tiene coche —remató, y Calvin empezó a entrever finalmente cómo funcionaba su mente.

Aparentemente de forma muy distinta a la suya.

De hecho, empezaba a preocuparse porque su mente funcionara de forma diferente que la del resto de los mortales.

Por ejemplo, el sábado anterior había ido a comprarle un anillo de compromiso a Shirley, pero, en vez de posponer sus planes durante un par de años, tal como había imaginado que sucedería, el anillo solo consiguió empeorar la situación. De repente había una iglesia reservada, le bombardeó con diseños de invitaciones de boda y algo llamado «muestrarios», y se suponía que tenía que estudiar minuciosamente *El libro de los nombres,* en vez de ver películas coreanas de gánsteres y hacer el amor en el sofá.

Se había comprometido con el anillo, pero no se había dado cuenta de que el anillo le había comprometido a prácticamente todo. Shirley aseguró que era así, incluidos tres hijos porque: «Es un número bonito y redondo». Él había querido señalar que el número tres es impar y primo, pero le asustó que Shirley estuviera de acuerdo y propusiera cuatro, en vez de rebajarlo a dos.

Había suspirado y pensado en cómo sería tener hijos. ¿Sería mejor o peor que tener cachorros? Seguramente, muy parecido, había concluido. Complicado y agotador al principio; pero, al cabo de unos meses, una vez aprendidas las rutinas diarias, mucho más llevadero.

Siempre podía hacer turnos extra y trabajar hasta las diez.

—¡Calvin!

Este parpadeó ante la comisaria King. Tuvo la impresión de que había repetido su nombre varias veces.

—¿Está sordo?

Aquello lo confirmó.

—No, señora.

—Entonces intente prestar atención. No quiero tener que repetirme como esos idiotas que llaman a sus perros en el parque.

—Perdone, señora.

Se pasó la manga por la frente. Ese ritmo de vida le estaba haciendo sudar.

22

*J*usto después de que su madre se fuera a trabajar, su padre apareció en la puerta del dormitorio, vestido de vaquero, aunque no fuera viernes.

—¿Quiere capturar a un asesino, ayudante?

Ruby soltó un gritito entusiasmada y su padre levantó un dedo para avisarla.

—No se lo digas a tu madre.

—Lo juro, y que me muera ahora mismo si no es verdad —dijo Ruby, que salió de la cama de un salto.

Ruby se estiraba hacia delante en el asiento, a pesar de que este parecía empeñado en echarla hacia atrás. Quería ser la primera en ver al asesino, ser la que lo encontrara, quería gritar «¡Ahí está!», señalarlo con el dedo y sentir que el coche daba un brusco giro para perseguirlo.

Si no lo capturaban esa noche, a la siguiente llevaría un cojín.

Miró a su padre.

—Deberías llevar una placa —sugirió, e inmediatamente añadió—: ¿Puedo llevar una yo?

—¿Qué tipo de placa?

—Una de ayudante. Tú deberías llevar una de *sheriff*.

—Ya veremos, Rubes. No creo que los pistoleros quieran que empiece a repartir placas hasta saber si aguantarás.

—Sí que aguantaré —aseguró.

—Entonces veremos.

Ruby iba sentada en el borde del asiento, a pesar de que ni siquiera habían llegado a Bideford. Pasaron por diminutas aldeas, algunas con dos o tres casas, pero las estudió con auténtica suspicacia.

Llegaron a las afueras del pueblo: el supermercado, las tiendas de descuento y unas pocas naves dedicadas a actividades industriales.

Vieron a gente dando una vuelta, paseando al perro, esperando en paradas de autobús o comiendo patatas fritas en cucuruchos de papel.

—¿Qué aspecto tiene un asesino? —se le ocurrió preguntar a Ruby finalmente.

—Según las noticias, es blanco y mide uno ochenta.

—¿Cuánto es uno ochenta?

Su padre abarcó unos centímetros entre el pulgar y el índice.

—Este poco más alto que yo.

—¿De qué color tiene el pelo?

—No lo sé.

—¿Y los ojos?

—No lo sé tampoco.

Arrugó la cara.

—Es muy difícil.

Su padre se echó a reír.

—Si no lo fuera, la policía ya lo habría detenido, imagino. Por eso hemos organizado una patrulla. Para tener los ojos abiertos.

—Creía que estábamos en la patrulla para capturarlo.

—Y lo hacemos, pero lo capturaremos así. Tendremos los ojos abiertos y, cuando lo localicemos, lo capturaremos. Lleva tiempo, Rubes. Te dije que no era un juego, ¿te acuerdas?

Ruby asintió.

Atravesaron Bideford haciendo zigzag y después continuaron hacia Westward Ho!, subieron lentamente la alta colina y la bajaron con rapidez, como si estuvieran haciendo surf en la playa.

—¿Dónde están los otros Pistoleros?

—Por aquí y por allí. Nos hemos dividido para abarcar una zona más amplia. Algunos estamos en esta parte del río; otros,

121

en la otra, cerca de Barnstaple. Freidora está cubriendo Torrington. Nadie sabe dónde actuará la próxima vez. Por eso tenemos que atraparlo.

Ruby asintió. Aquello tenía sentido, aunque se sentía defraudada por no ir todos en un convoy, tal como había imaginado. Por supuesto, aún se sentía más defraudada porque no iban a caballo, pero incluso ella sabía que eso era poco realista.

De vez en cuando, su padre saludaba a algún Pistolero con las luces o levantaba la mano cuando los veía pasar. También mencionaba sus nombres.

«Bombilla» decía. O «Látigo».

Nada más.

Veía pasar las siluetas de esos hombres y deseaba hacerle preguntas a su padre sobre Bombilla, Látigo, Tiznado o Vaca. Quería saber por qué tenían esos nombres, saludarlos y demostrarles que era una ayudante, a pesar de ser una niña de diez años. Pero los Pistoleros no se detenían para hablar, seguían su camino, a la caza del mismo asesino.

Era muy de mayores.

Serpentearon por Westward Ho! y después fueron por caminos hasta Appledore, pasaron el astillero y regresaron a Northam.

Redujeron velocidad varias veces al acercarse a hombres que caminaban solos o estaban en coches aparcados, y Ruby miró por la ventanilla y notó que el corazón le palpitaba en las orejas.

¿Qué vería? ¿Qué aspecto tenía un asesino? ¿Sería capaz de encontrarlo? Y si lo hacía, ¿sabría él que lo habían encontrado? La sola idea le provocaba escalofríos; en los momentos en que su padre levantó el pie del acelerador cuando pasaban junto a alguien extraño, deseó haber llevado sus pistolas. Aunque fueran palos, se habría sentido más segura con ellos en los bolsillos.

—¿Ves algo? —le preguntó su padre.

—No.

Algunos eran demasiado bajos para ser el asesino; otros, demasiado altos. Algunos eran demasiado gordos o iban con perros, o paraguas, o se estaban riendo, o iban de la mano de una chica.

—Todo el mundo parece... normal —decía Ruby.

—Bueno, lo son. Pero hasta la gente normal hace cosas malas.

A Ruby no le gustó aquello. De ser verdad, el asesino podría ser cualquiera; ese pensamiento le hacía sentir algo raro en su interior.

Cuando volvieron al muelle de Bideford, con las tiendas y los pubs a un lado de la carretera, y los mástiles, las jarcias y las timoneras al otro, Ruby empezó a cantar *Red River Valley* y su padre la imitó.

Después cantaron *Mama, don't let your babies grow up to be cowboys,* y cuando estaban a mitad de camino de Westward Ho! los dos estaban cantando *Stand by your man* a voz en cuello. Su padre hizo el bum, bum, bum con una voz tan graciosa que la hizo reír tanto que casi se le corta la respiración.

Entonces su padre dejó de cantar.

—¡Papá! —Ruby se rio—. ¡No has hecho los bum!

Este miraba a una joven que andaba hacia Northam con el pulgar sacado.

—Mírala —dijo meneando la cabeza.

Comprobó los retrovisores exteriores y dio la vuelta en la carretera.

—¿Qué haces? —preguntó Ruby.

—Voy a ocuparme de ella antes de que lo haga alguien.

—¿Y dónde me siento yo?

—En la parte de atrás.

Puso mala cara.

—No quiero. Desde detrás no podré ver bien al asesino.

—Ocuparse de la gente forma parte del trabajo, Ruby —le explicó su padre con voz tajante—. No eches a perder la noche.

Ruby frunció los labios y se cruzó de brazos. No quería echar a perder la noche, pero tampoco quería sentarse en la parte de detrás. No era justo. La parte de detrás era donde se sentaba cuando era niña y sus padres la acompañaban al colegio, no cuando era ayudante en una patrulla de vaqueros.

La joven miró a su alrededor con el entrecejo arrugado cuando el coche paró a su lado y después se inclinó al ver que la ventanilla bajaba chirriando. Era eléctrica, pero no funcionaba muy bien.

—Hola —saludó con recelo.

Era más joven de lo que parecía de espaldas, tendría unos dieciocho años y llevaba el pelo recogido en un moño tan tirante que las cejas le quedaban a kilómetros de distancia de los ojos.

Su padre se inclinó hacia ella por encima de Ruby.

—No deberías hacer autostop. Te llevaremos adonde vayas.

La chica lo miró, después miró a un lado y otro de la carretera, y finalmente a Ruby.

—¿Es su hija?

—Sí, se sentará en la parte de atrás si quieres que te llevemos a casa.

La chica miró a Ruby, sonrió y dijo:

—Sí, claro. Gracias.

Ruby resopló, pasó entre los asientos para que la chica pudiera sentarse delante y se pusieron en marcha.

Se llamaba Becks. Volvía de casa de su abuela en Appledore y tenía que hacer cinco kilómetros a pie hasta Bideford.

—¿Por qué no has cogido el autobús? —le preguntó su padre.

—Lo hago cuando llueve.

Su padre se echó hacia delante con mucha teatralidad para mirar hacia el negro cielo a través de los limpiaparabrisas.

—Cuesta tres libras cada viaje —se corrigió.

—Aun así —continuó su padre—. Ya sabes que asesinaron a Frannie cerca de aquí.

—Sí —confirmó la chica encogiéndose de hombros como si dudara de que aquello tuviera importancia—. Pero todo el mundo sabe que fue el drogueta de su novio, y seis libras son seis libras, ¿no?

—Lo son —aceptó su padre—. ¿Vas a llamar a tu abuela para decirle que has llegado bien?

—No tengo teléfono.

—¿Quieres usar el mío?

—No, no se preocupe. A estas horas ya estará en la cama, gracias.

Redujeron velocidad en una curva, y Ruby se agarró a los asientos delanteros. No pudo contenerse y dijo:

—Vamos a capturar al asesino.

—¿Sí? —dijo la chica antes de mirar a John Trick con nuevos ojos—. ¿Es policía?

—Solo estamos ayudando. La policía no tiene suficiente personal.

—Yo soy ayudante —intervino Ruby—. Pronto me darán una placa.

—¿Y qué hace un ayudante?

Ruby puso cara de circunstancias.

—Ayuda al *sheriff*.

—Eso es muy amable por tu parte —la alabó Becks—. Debería haber más gente que se preocupara por los demás.

Ruby le hizo cosquillas en el cuello a su padre. Una disculpa que agradeció con una sonrisa.

Después entraron en Bideford en silencio hasta que Becks indicó un camino:

—Es ahí.

Torcieron a la derecha en el asfalto que discurría por detrás de Blackmore's Coal y se detuvieron a mitad de camino.

—Espera —dijo su padre—. Está lloviendo. Hay un paraguas en el maletero.

—No hace falta —aseguró la chica, pero su padre insistió en ir al maletero, sacar un amplio paraguas de golf y acompañarla hasta la puerta. Mientras lo hacía, Ruby volvió a colocarse en el asiento del pasajero con una sensación de alivio.

Su padre volvió, abrió el maletero y Ruby consiguió verlo sacudir el paraguas verde y blanco antes de meterlo y cerrar la puerta a través de una estrecha franja. Después entró, dio la vuelta al coche y empezaron a hacer otro largo y serpenteante circuito.

—Era maja —dijo Ruby.

—Era una insensata —aseguró su padre—. Podía haberla recogido cualquiera y haberle hecho lo que quisiera. Cuando hacen autostop, las mujeres lo están pidiendo, Rubes. Quiero que me prometas que no lo harás nunca.

—Vale, no lo haré. —Empezó a cantar *Red River Valley*, pero su padre la cortó bruscamente.

—¡Prométemelo!

—Lo prometo —dijo Ruby, sorprendida. Se sintió algo intimidada. Normalmente no le gritaba.

Su padre la miró y se calmó.

—Es solo porque te quiero mucho, Rubes. Eres mi vaquerita y no quiero que te pase nada, eso es todo.

—Lo sé. —Ruby asintió y le apretó el brazo—. Yo también te quiero mucho.

Eran pasadas las diez cuando su padre paró frente al Blue Dolphin y compró patatas fritas para los dos. Solo el olor te llevaba al cielo; la explosión de aceite, sal y vinagre en la lengua de Ruby fue casi demasiado para ella. Su madre nunca las preparaba en casa, las llamaba «tapones de arterias».

Condujeron hasta el final del muelle y aparcaron en una esquina junto a la estatua que tenía un cono de carretera por sombrero. Había un pequeño grupo de aprendices de motorista, que admiraban las motos de sus compañeros bajo la llovizna, y un deportivo amarillo con franjas negras en la delantera. De vez en cuando tocaba el claxon y se oían los primeros acordes de *Dixie*. Ruby se echó a reír, pero su padre exclamó «¡Menudo imbécil!», y a partir de entonces pensó que era muy molesto.

Acabó las patatas antes de que su padre se comiera la mitad de las suyas. Le dio las que le quedaban y miró en la parte de atrás para coger una lata de sidra.

Le pasó una Ribena. Bueno, no era Ribena de verdad, sino refresco de grosella en una botella de agua.

—La he traído para ti.

—Gracias —dijo antes de beberse la mitad de un trago. Tenía mucha sed—. ¡Qué rico! —exclamó, y se limpió la boca tal como hacía su padre—. Es la mejor patrulla del mundo.

Su padre se echó a reír.

Ruby comía, pero no apartó la vista de la gente que pasaba por allí. Grupitos de chicas borrachas o jóvenes que gritaban; dos adolescentes que meaban en la pared del Centro de Arte, y un hombre que se tambaleaba ligeramente y que se puso a cantar en voz alta cuando apareció por Rope Walk aprovechando el eco que le brindaban las altas paredes de los almacenes.

Cuando Ruby terminó las patatas, su padre se bajó del coche para tirar el envoltorio y volvió limpiándose las manos en los vaqueros.

—Estás haciendo un excelente trabajo, ayudante. ¿Lista para la tercera ronda?

Ruby bostezó ruidosamente, pero asintió y dijo:

—Estupendo. —Estaba cansada, pero no quería que su padre pensara que era demasiado joven para ir de patrulla.

—No quería ser Em.

Pero la tercera ronda resultó ser más parecida a un servicio de taxi gratuito que a patrullar la zona. La gente salía de los pubs, y recogieron a otras dos mujeres para llevarlas a casa. A una de ellas, de una parada de autobús en Northam a East-the-Water; y a la otra, de Bideford a Abbotsham. En ambos casos, su padre se aseguró de que llegaban sanas y salvas, y secas bajo el paraguas. En ambas ocasiones, Ruby tuvo que sentarse en el asiento de atrás. Durante un rato hizo todo lo que pudo por encontrar al asesino, pero le resultó mucho más difícil, sobre todo porque se le cerraban los ojos. La última vez que alguien salió del coche ni siquiera dijo adiós. Estaba acurrucada en la parte de atrás, dormida.

Las patrullas eran agotadoras.

127

*E*l segundo asesinato fue de libro.

Asesinato para principiantes.

Una chica de veinticinco años llamada Jody Reeves sacó el pulgar y pensó un tanto achispada: «Si me viera mi madre me mataría».

De no haber discutido con su novio en el pub, haber hecho una escenita y haber salido hecha una furia, no tendría por qué haberlo hecho.

Su madre le había dicho siempre que no hiciera autostop. Y jamás lo habría hecho..., si no hubiera estado lloviendo, si los autobuses no hubieran dejado de circular y si tres kilómetros no le hubieran parecido un largo camino con aquellos ridículos tacones que elevaban su estatura pero acortaban su paso.

Jody era rubia, pero no tonta, conocía los peligros. Pero también sabía qué aspecto tenía un rarito con un hacha y cómo decir: «No, gracias», y esperar a que la recogiera una mujer, una familia o alguien que conociera.

Oyó que se acercaba un coche por detrás y giró la cabeza para mirar por encima del hombro.

Jody Reeves no tenía intención de correr ningún riesgo, pero, con un poco de suerte, estaría en casa al cabo de cinco minutos, su novio seguiría preocupado por ella y su madre no se enteraría.

Ann Reeves estaba viendo un programa de cámara oculta cuando su hija la llamó por última vez. El tema del programa parecía ser el de niños peleándose en una boda, porque todas las niñas llevaban vestido de fiesta; y los niños, fajas. Esa noche se había tomado dos vasos de tinto, con lo que los niños que empujaban a otros en las escaleras de una iglesia le parecían incluso más divertidos.

Y aún estaba riéndose cuando contestó la llamada de Jody.

—Hola, cariño. Estoy viendo un programa en el que salen unos niños que se están dando de lo lindo. ¡Huy! —Se rio—. Justo en el ojo. ¿Qué dices, cariño? No te oigo.

Ann apretó el botón para quitar el sonido del televisor. De repente, la habitación se quedó en silencio.

—Repítelo, cielo —le pidió sonriendo—. ¿A qué te refieres? —preguntó mirando la fotografía de su hija que había encima del piano. No era de cola, sino de pared, regalo de su madre. Había aprendido a tocar de oído, y Jody había demostrado tener talento desde pequeña. A veces se sentaban juntas y tocaban *Heart and soul* o *Bridge over troubled water*.

—¿Qué quieres decir, Jo? No entiendo… —Frunció el entrecejo en dirección a la fotografía, como si esta pudiera traducirle las palabras de la voz apagada, llorosa y entrecortada de ese contacto que el teléfono identificaba como su hija.

—Mamá, me va a matar.

Ann Reeves se quedó con el teléfono pegado a la oreja y sintió que la vida la abandonaba como una capa que resbalara de sus hombros.

Continuó adelante sin ella, que quedó arrugada en su estela, dejó atrás la noche en que nació Jody, el olor de su cuerpo, las enfermedades de su niñez, los ojos rosa, el pelo pegado, los granos —todos con una loción de manzanilla que formaba una costra a su alrededor—, las paperas, los resfriados, el helado después de la operación de anginas, el primer día de colegio con diadema y calcetines blancos largos, las bolsas de judías el día de los encuentros deportivos, las lágrimas por los deberes, los renacuajos en tarros de cristal y llevar a casa el hámster para las vacaciones. La primera discoteca, la primera cita, la primera regla, la primera pelea de adolescente.

«¡Te odio!»

«¡Yo también te odio a ti!»

Todo quedaba atrás.

129

Se estremeció al oír otra voz en el teléfono, después volvió a colocarse lentamente el teléfono en la oreja y susurró:

—¿Quién es usted y qué quiere?

Prestó atención a las respuestas sin vida en su interior, ni siquiera para rogarle. Estaba indefensa, pero tampoco tenía ya nada que defender.

El ruido de un forcejeo entró en su cabeza, atronador, violento.

—¡Mamá, ayúdame!

Dejó caer el teléfono. El horror se desbocó en su interior sin encontrar la salida. No pudo gritar. No pudo llorar. No pudo moverse. Era un circuito cerrado, un superacelerador en el que la única partícula de pensamiento consciente repetía incesantemente: «No puedo hacer nada».

Cuando Jody más la necesitaba. La única ocasión que realmente contaba. No podía hacer nada por ayudarla.

Le hirvió la bilis en la garganta y volvió la cabeza cuando le salió por la garganta y la nariz, y salpicó el aparador, el frutero, la vela perfumada.

Fue un desahogo. Una ruptura.

Una liberación.

Durante un largo y confuso momento, se quedó mirando una manzana que goteaba su bilis teñida de rosa. Golden, las preferidas de Jody.

Se había enamorado de Jody en el momento en que la vio. En cuerpo y alma. La idea de que estuviera asustada y alguien la maltratara era insoportable. Insoportable.

Entonces se dio cuenta de que podía hacer algo.

Inspiró.

Se inclinó.

Sus entumecidos dedos encontraron el teléfono y, finalmente, consiguió recogerlo y llevárselo a la oreja. La pelea continuaba. Su hijita seguía luchando por su vida.

Intentó hablar con voz ronca, pero se calló. Después se aclaró la garganta y dijo en voz alta y clara:

—Estoy aquí, Jody.

—¡Mamá! ¡Mamá!

Se tambaleó. Alargó una mano y se agarró al aparador para no caerse.

—Estoy aquí, Jody. No te preocupes por nada. No te dejaré. Nunca te dejaré.

Se oyó un gritito, un gruñido airado y el sonido de algo pesado cayendo al suelo.

—¡Mamá, te quiero!

—Yo también te quiero, mi preciosa niñita.

Soltó el aparador.

Después permaneció de pie —sostenida solo por su amor— y estuvo con su hija hasta que murió.

Al final solo paró un coche al lado de Jody Reeves.

Fue el único al que subió.

Fue el que la condujo a la muerte, y de allí a un lugar en el que ningún ser humano la encontraría.

De libro.

24

*L*os humanos son seres extraños y obsesivos. Era la conclusión a la que había llegado Calvin Bridge desde su ingreso en la policía.

Algunos de ellos gastaban los ahorros de toda una vida en juguetes que nunca utilizaban; otros tenían esposas en secreto que solo se conocían entre ellas en el entierro de su marido. Algunos pagaban una buena pasta a otros para que los atizaran en el culo con una raqueta de pimpón. Su hermano gemelo se afeitaba hasta hacerse sangrar, y eso que su cuerpo era tan lampiño como el de un calamar. El verano anterior habían estado de acampada en el Distrito de los Picos, y Louis se había depilado las espinillas a la luz de la hoguera con un par de pinzas rosas con borde fresado.

Lo que Calvin había aprendido fundamentalmente era que la gente sin manías y rarezas eran la excepción, más que la regla.

Pero obligar a una mujer a llamar a su madre mientras la estaba asesinando era una perversión que no conseguía entender.

Todavía no habían hallado su cuerpo, pero nadie esperaba encontrarla viva, ni la *Gazette* ni la policía, ni siquiera su madre.

Sobre todo su madre.

—Volverá a matar —le comentó Calvin a Shirley mientras veían un programa en la televisión.

—Shhh, van a dar los resultados del detector de mentiras.

Se calló, pero sabía que tenía razón.

La muerte de Jody Reeves no se parecía en nada a la de Frannie Hatton. Frannie había despertado un velado entusiasmo en la comisaría ante la idea de resolver un delito importante, en el que la mayoría de ellos habían unido fuerzas para resolverlo. Y en cuanto a Frannie, bueno, era una pena, por supuesto, pero los yonquis no suelen morir de viejos.

Sin embargo, Jody Reeves no era una yonqui, era una joven inteligente y trabajadora y, de pronto, lo que había despertado en la comisaría era miedo. A pesar de que Calvin y sus compañeros hacían su trabajo, se ocupaban de sus asuntos y seguían el procedimiento establecido, flotaba una alarmante sensación de que no eran ellos los que controlaban la situación. Y lo peor de todo era que el dónde, cuándo, quién y cómo ya se les había ido de las manos. La única pregunta verdadera que les quedaba era: «¿Cuántas?».

Shirley se volvió tan de repente hacia él que Calvin se estremeció.

—¿Has pedido los folletos del hotel?

—Sí —contestó.

Había empezado a decir sí antes de que acabara sus preguntas. Así se sentía más seguro. Tenía una lista de los posibles hoteles en los que Shirley y su madre querían hacer la recepción. Le había tocado encargarse de pedir folletos y listas de precios. Todavía no lo había hecho, pero aún quedaba mucho tiempo.

—Gracias, Pookie.

Era el nombre cariñoso que le había puesto. No sabía por qué.

La audiencia del programa abucheó.

—Lo sabía —dijo Shirley—. Siempre sé cuándo están mintiendo.

Se apoyó en su hombro, lo que a menudo quería decir que estaba abierta a sus propuestas, y estaban en el sofá de cuero…

Pero Calvin no estaba motivado.

Había un asesino suelto. No el aislado, torpe y accidental que habían esperado, sino uno cuyos asesinatos habían ido en aumento y cuya trayectoria podía trazarse y predecirse en una gráfica de coordenadas cartesianas.

Siempre en aumento.

Y

Todo el colegio comentaba el asesinato.

La señorita Sharpe se horrorizó al darse cuenta de que los niños de diez años hacían elucubraciones más escabrosas que los periodistas de los tabloides. Los niños se contaban la historia de Jody Reeves con los ojos muy abiertos, a pesar de que todos la sabían y casi todo en ella era falso. Después la volvían a contar de forma distinta, con mayor sensacionalismo.

Sus diarios daban prueba de que varios de ellos habían oído gritos a altas horas de la noche. Shawn Loosemore había estado patrullando con una escopeta de perdigones. «La utilizo para los conejos —había escrito—, pero haría un agujero en la cara si la pusiera muy cerca.» A Craig Hunter le había recogido un hombre muy «*extlaño*» con media «*barda*» cuando hacía autostop. Essie Littlejohn decía que había encontrado los zapatos de la mujer muerta en un seto e incluso Ruby Trick había tomado partido...

«Si estaba haciendo autostop, lo estaba pidiendo.»

Era un comentario que provenía directamente de la escuela de liberación sexual de Dave Marshall.

Incluso en la sala de profesores, sus compañeros se acercaban a Melanie Franklin, cuyo marido era primo de Jody Reeves. Gracias a ella se enteraban de todos los detalles de la mortífera llamada telefónica —utilizando té y galletas digestivas como astuto acicate—, mientras Dave Marshall permanecía cerca y hacía comentarios sin sentido en voz alta como: «Sé muy bien lo que le haría a ese cabrón» o «Que me dejen cinco minutos en una habitación a solas con ese tipo», que le garantizaban una rentabilidad sin riesgos a su vacío machismo.

A ella le habría encantado concederle esos cinco minutos en una habitación con un asesino en serie. Pensó que incluso podría vender entradas.

Suspiró y se volvió hacia la ventana para ver jugar a los niños. En el patio de alquitrán bajo la ventana de la sala de profesores los juegos del corre que te pillo, el fútbol y la rayuela estaban en pleno apogeo. Los niños se peleaban y reían, y una pelota blanca y negra resonó contra la portería dibujada en la pared de ladrillos. El pelo rojo de Ruby Trick atrajo su atención. Estaba sola, como de costumbre, pero, cuando la vio agacharse para repasar los cuadrados azules que se borraban con la llovizna, su reflejo en el cristal se relajó y se transformó en una sonrisa.

Había hecho lo mismo cuando tenía su edad. Con idénticos calcetines blancos largos.

Las cosas cambiaban, pero seguían siendo iguales.

Sus ojos recorrieron el patio con una sensación más animada. Se dio cuenta de la pauta que seguía un grupo de niños cerca de la puerta del colegio. Eran casi todos de 5.º B y se fijó en que jugaban a un tosco juego en el que se empujaban, tiraban unos de otros, se echaban a correr gritando y volvían riéndose. Un chico agarraba a una chica que gritaba por el cuello y la sujetaba mientras los demás se dispersaban. Entonces uno de ellos hablaba rápidamente poniéndole el puño en la cara y los otros iban corriendo, liberaban a la chica de las garras del chico y lo tiraban sin contemplaciones al suelo con las manos detrás de la espalda.

Después volvían a empezar.

De entrada no lo entendió. Después se le puso la carne de gallina al darse cuenta de que estaban jugando a asesinatos.

Dejó la taza y se abrió paso entre los morbosos. Se fue hecha una furia de la sala de profesores, recorrió el pasillo y salió a la lluvia.

Los gritos y el parloteo de una pajarera gigante inundaba el patio y, a pesar de que gritó «¡Parad!» tres veces, estaba casi a su lado cuando los niños la vieron. Connor apartó rápidamente la mano del cuello de Essie y volvieron a ponerle el abrigo sin dejar de reírse.

La señorita Sharpe estaba temblando.

—¿Qué os creéis que estáis haciendo? ¿A qué estáis jugando?

No contestó nadie. Sus ojos los taladraron uno a uno.

—Es un juego de muy mal gusto. ¿Me habéis entendido?

Sus caras reflejaron que lo entendían a medias.

—Han muerto dos mujeres —dijo bruscamente—. No es algo de lo que reírse en el patio ni de lo que contar mentiras en los diarios. Es algo muy muy serio.

Connor se echó a reír, pero después se calló. El resto de los

135

niños parecían incómodos y no la miraron a los ojos. Essie y Amanda Fitch empezaron a llorar. «Estupendo —pensó—. Son las favoritas del profesor y no están acostumbradas a que les chillen.»

—Si veo a alguien jugando a ese juego otra vez, me acompañará al despacho de la señorita Bryant. Todos vosotros. Y vuestros padres recibirán una carta. ¿Me habéis entendido?

Rose Featherstone, que vigilaba el recreo, se acercó y preguntó:

—¿Qué pasa?

—Nada —contestó la señorita Sharpe, que pasó rozándola para volver rápidamente al interior del colegio. Mientras lo hacía sintió que empezaban a caerle las lágrimas. Estaba equivocada: las cosas cambiaban, a peor. Y sin inocencia. Ya no.

—¿Estás bien? —le preguntó Dave Marshall cuando entró a la sala de profesores.

—Sí —contestó secamente, y después se encerró en el baño de los profesores y lloró hasta que sonó la campana que indicaba el final del recreo.

Niños jugando a los asesinatos.

«Ruby Trick no tomaba parte en ellos», pensó.

Los abuelos fueron a su casa con un ejemplar del periódico y un racimo de plátanos para Ruby, como si fuera un mono de compañía.

—¿Que se dice, Ruby? —la animó su madre.

—Gracias, abuelos —dijo Ruby, horrorizada.

—Tienen mucho potasio —le aseguró la abuela a la madre de Ruby—. Y, al menos, es azúcar sano. Sigue estando un poco regordeta, ¿no?

¡Lo había dicho delante de ella! Como si estuviera sorda o no se enterara. Odió a su abuela, con su voz estridente, su cuello de gallina y sus ojos saltones. Se alegró de que su madre dijera: «No, gracias» cuando sus abuelos se ofrecían a cuidar de ella las noches en que su padre salía y ella trabajaba, aunque tuviera que quedarse sola.

—Es gordura infantil. Se le irá —dijo su madre.

La abuela arqueó las cejas, después le enseñó el periódico y le preguntó:

—¿Te has enterado de lo que le ha pasado a esta pobre chica?

—Sí —contestó mirando a Ruby.

—¡La obligó a llamar a su madre mientras lo hacía!

—Ruby, ve a poner los plátanos en el frutero de la cocina —le pidió su madre.

Sabía que su madre no quería que oyera la conversación sobre el asesinato, aunque se había enterado de la noticia en el colegio y por los titulares del señor Preece. Era espeluznante, pero también impresionante.

Fue a la cocina y puso los plátanos en el frutero. Estaba lleno de llaves, bolígrafos viejos y manzanas arrugadas, y los plátanos desentonaban ligeramente.

—¿Quieres que te pele uno? —le preguntó su abuelo.

—No, gracias.

—¿Está segura, señorita? ¿No quieres un plátano cortado con un poco de crema encima?

Aquello no mejoraba mucho la oferta. Un plátano era un plátano, pero fingió que lo pensaba para no herir sus sentimientos.

—No, gracias abuelo.

Este le guiñó un ojo y bajó la voz para decir:

—Sé qué es un plátano. ¡Agh! —Ruby se echó a reír—. Pero tienen mucho potasio —añadió susurrando, y encogiéndose de hombros.

Estaba imitando a la abuela, era muy divertido.

—¿Hay pastel? —preguntó después.

—No —contestó Ruby con pena. Miró a la puerta y se aseguró de que nadie la oía—. Pero hay galletas.

—¡Estupendo! —exclamó el abuelo—. ¿Dónde están?

—No lo sé. Mamá las esconde.

—Tu madre no conseguirá que no las encuentre —aseguró guiñándole un ojo.

Buscaron en todos los armarios e incluso miraron en la basura, lo que provocó las risas de Ruby.

—¿Y encima de los armarios? —propuso el abuelo echándose hacia atrás para ver mejor.

—A lo mejor.

—¿Quiere ver lo que hay, señorita?

—Vale —aceptó cogiendo una silla, pero el abuelo la frenó.

—No hace falta —dijo cogiéndola por debajo de los brazos.

—¡No! —protestó Ruby.

Hacía años que no la levantaban así y no le apetecía que lo hiciera. Se puso tensa y los dedos del abuelo se clavaron en sus axilas. El abuelo se arrepintió de su propuesta, pues exclamó: «¡Vaya!», y casi la deja caer, antes de depositarla en la encimera resoplando y con las mejillas rojas.

—Ya no soy tan joven —dijo soltando una risita, pero la cara se le había puesto tan colorada que incluso se le notaba bajo el pelo rojo.

Ruby también se puso colorada por la vergüenza que le causaba el que su gordura hubiera estado a punto de matar a su abuelo. Pero la culpa era de él, le había dicho que no la cogiera.

El abuelo se quedó quieto un momento, para recobrar el aliento, y Ruby miró hacia la puerta para asegurarse de que nadie les había oído. En aquel silencio consiguió oír lo que decía su abuela sobre las chicas muertas.

«Lo que tuvo que soportar esa pobre mujer. No poder estar allí cuando su hija más la necesitaba…»

—Ponte de pie aquí —le pidió su abuelo, y Ruby se puso de rodillas y después de pie, en calcetines, sobre la encimera, con lo que pudo tantear encima de los armarios. El abuelo le puso las manos en el culo por si se caía.

—No hay nada.

—¿Qué estáis haciendo?

Los dos se sobresaltaron, y Ruby casi se cae del susto. Su madre había aparecido en la puerta.

—Nada —contestó el abuelo.

—El abuelo quería una galleta —dijo Ruby.

—Baja de ahí —le ordenó su madre. La cogió de la mano sin miramientos y la bajó rápidamente al suelo.

La abuela chasqueó la lengua y dijo:

—Lo último que necesita son galletas.

—¡Ya vale, mamá! —exclamó la madre de Ruby, y esta supo que lo decía en serio. Se le había tensado la cara y tenía los labios blancos. ¡Por unas galletas!

—Ve a tu cuarto —le ordenó a Ruby.

—¿Qué he hecho? —preguntó.

—Te he dicho que te vayas a tu habitación, ya.

—No es justo. Solo…

—¡¡¡Ya!!!

Ruby hizo tanto ruido como pudo mientras subía, para que todo el mundo se diera cuenta de que eso no era justo. Después cogió el ejemplar de la semana anterior de *Poni & Rider* y lo hojeó enfadada.

Los abuelos se fueron al poco, oyó ponerse en marcha su elegante coche en los adoquines y subir lentamente la carretera. Era rojo y en el maletero había una alfombra más bonita que la que había en su cuarto. ¡En el maletero!

Oyó que su madre limpiaba abajo y después el crujido de los peldaños de madera. Si su madre seguía enfadada con ella, la iba a oír. Le diría que la culpa era de ellos. De la abuela por llevar aquellos ridículos plátanos y del abuelo por querer galletas.

Pero su madre entró en la habitación con un vaso de leche y una galleta.

—Siento haberte gritado, Rubes.

Aquello calmó a la enojada Ruby.

—Vale.

Su madre suspiró.

—A veces la abuela me pone muy nerviosa.

—Lo sé. A mí también. —Dejó la revista y mordisqueó el extremo de la galleta.

Su madre sonrió y le puso la mano en la cabeza.

—¿De dónde has sacado eso?

—Me lo dio Adam. Se llama Afortunado.

Su madre lo cogió con cuidado y tocó las letras del trineo.

—Creía que te lo había dado el abuelo. Como es de Clovelly…

—Pues no —le aclaró—. Adam fue hasta allí y volvió andando, y llovía durante todo el camino.

—Eso está muy bien. ¿Por qué lleva una patata?

—Porque no tenemos zanahorias.

—¡Ah! —exclamó su madre, y se echó a reír. Después se acercó a la ventana, en la que las ramas de los árboles tocaban el cristal.

139

—Tu padre debería cortar esas ramas.

—No me importa, aunque hacen ruido.

—¿No te gustaría ver lo que hay fuera?

—Me da igual.

Su madre miró a través de las hojas hacia el espeso bosque que había más allá.

—A mí me gustaría verlo —aseguró, pero cerró las cortinas.

Los pocos Pistoleros que se habían preocupado por vestirse y salir ese viernes por la noche parecían decaídos.

El segundo asesinato los había despojado de su habitual arrogancia, como si su mera desaprobación debiera haber bastado para que aquello no volviera a ocurrir. Una fotografía de Jody Reeves los miró de forma acusatoria hasta que Vaca Yeo le dio la vuelta a la *Gazette* dando un corto y contrariado mugido.

La patrulla era una tontería, una soga no era suficiente.

Habían creído que podrían encontrar un abrevadero en el que sentirse normales si estaban juntos, pero este se había secado ante su impotencia, y contemplar el polvo de su fracaso no ayudaba.

No tenían mucho que beber ni mucho que decir.

Patata y Bombilla echaban una desganada partida de cartas en la que a la mitad perdieron la cuenta y les dio igual. A nadie se le ocurrió echar una moneda a la máquina de discos y sorbían sus sidras y alargaban sus chupitos al ritmo del alegre tintineo de *Barbie girl*.

No se quedaron hasta tarde; cuando Paleto Trick dio por terminada la reunión se fueron todos juntos.

Y por eso descubrieron a la vez que un hijo de puta les había roto los faros delanteros de los coches.

25

*L*os faros eran de plástico, pero cuando su padre se lo dijo a su madre al día siguiente durante el desayuno, esta se echó a llorar.

Ruby había visto llorar a su madre antes, pero no tan abiertamente. En las anteriores ocasiones siempre había intentado ocultarlo, pero en aquella estaba llorando como lo hizo David Leather cuando Shawn le tiró el violín al techo de los váteres, con lágrimas que se desbordaban en sus ojos y le corrían por la cara en brillantes ríos, gimiendo y temblando cada vez que inspiraba.

Se sintió violenta.

—Deja de llorar, mamá —le pidió, pero no le hizo caso.

—Venga —dijo su padre—. Solo es un faro viejo. Conseguiré otro en algún desguace. Solo es uno, puedo seguir conduciendo.

—No, no puedes —le interrumpió su madre—. La policía te parará y te multará, y entonces tendré que pagar la multa, además del faro.

Ruby miró preocupada a su padre, que frunció los labios y enseñó las palmas de las manos.

—No tuve la culpa. Alguien rompió los faros de todos los chicos mientras estábamos en el George.

—Lo sé —dijo su madre—. Sé que no tuviste la culpa, pero siempre es culpa de alguien, y siempre soy yo la que tiene que pagar.

Su padre se puso de pie enfadado.

—Contigo todo se reduce al dinero. —Cogió sus llaves y

atravesó la casa en dirección a la puerta, su madre ni intentó detenerlo, así que Ruby corrió detrás de él.

—¿Puedo ir contigo?

—No.

Lo miró un largo rato con esperanza de que cambiara de opinión y dijera que sí.

Sin embargo, como no lo hizo, arrugó la nariz muy enfadada. ¿Por qué su madre conseguía siempre que su padre se sintiera mal?

Empezó a ponerse el abrigo y las botas.

Su madre salió de la cocina a toda velocidad limpiándose las lágrimas y la nariz con un pañuelo de papel arrugado

—¿Adónde vas, Ruby?

—Al columpio.

—¿Por qué no te quedas a jugar en casa? —Intentaba no seguir llorando y procuró sonreír—. Aquí puedes hacer un montón de cosas divertidas. Si quieres, le decimos a Maggie que venga a tomar el té. Os preparé barritas de pescado. Podéis montar un escondrijo en el jardín.

Desconfió. Normalmente, su madre estaba deseando que saliera de casa. Siempre le daba la lata con el aire fresco, el ejercicio y las cosas que le sentaban bien. ¿Y el jardín? No había jugado en el jardín desde que había aprendido a andar.

—¿Por qué? —preguntó.

—Porque no quiero que estés en el bosque a todas horas. Está muy mojado y hay barro, Rubes. ¿Por qué no te quedas en casa? Estarás más… seca.

Había estado a punto de decir «a salvo».

Entonces lo entendió. Tenía miedo del asesino. Quería que estuviera en un lugar seguro. Quería que hiciera algo por ella y aprovechó la ocasión.

—Si me quedo a jugar en casa, ¿me darás una galleta?

Su madre dudó. Ruby sabía lo que estaba pensando, acababan de tomar el desayuno y se suponía que no podía comer galletas antes de la cena.

—Solo una —contestó su madre.

Se la comió mientras probaba cojines para la próxima patrulla. Eligió el tapizado de color azul del sillón. Era pequeño y duro, y estaría mucho más alta.

Después, cuando su madre subió al piso de arriba para deshacer las camas, salió de todas formas.

Se sentó en el húmedo banco que había junto al columpio y quitó la corteza de dos nuevas pistolas.

A su lado, Maggie se pintaba las uñas de color rojo. Ya se había pintado las de los pies y estaba sentada con los pies desnudos en el banco, salpicado con puntitos escarlata, y las chanclas en el barro.

—¿Vas a ir al desfile de los leprosos? —le preguntó, a pesar de que Maggie solo tenía siete años y no le importaba mucho lo que hiciera.

—Sí.

—Yo me pondré un saco y llevaré costras con sangre por todas partes.

—Yo voy a ser un hada —dijo Maggie.

Ruby arrugó la cara.

—No puedes ser un hada, tienes que ser una leprosa.

—Me da igual. Tengo el disfraz. Tiene alas y todo lo demás.

Ruby emitió un sonido que daba a entender que pensaba que Maggie era una idiota, igual que todas las niñas del colegio con sus pintalabios secretos, sus flechazos con las estrellas del pop y los lápices coronados con adornos de color rosa. Tenía que acordarse de decirle a su madre que comprara Krispies de arroz para hacer las costras.

—¡Mira! —dijo Maggie enseñándole la mano izquierda—. Como las de una señora.

Ruby soltó un gruñido.

—Mío —dijo Em cogiendo el esmalte de uñas—. Mío. —Acababa de empezar a hablar, pero ya dominaba las palabras clave: no, calla y, recientemente, mío.

—No —dijo Maggie apartando la mano de Em—. ¿Quieres que te pinte las tuyas, Ruby?

—No, mi padre dice que las chicas que se pintan las uñas son unas fulanas.

Maggie se encogió de hombros.

—¿La del pulgar entonces?

Ruby negó con la cabeza, y Maggie empezó con su otra

mano. No le estaba quedando tan bien como la primera. Ruby vio por el rabillo del ojo cómo doblaba y retorcía torpemente la mano izquierda intentando controlar el pequeño pincel. El esmalte le manchó los bordes de las uñas y se le escurrió por los dedos. Incluso le cayeron algunas gotas en el vestido.

—¡Mierda! —exclamó Maggie.

—Mier —dijo Em—. Mier, mier, mier.

Maggie se echó a reír y siguió pintándose las uñas.

—Mírala. Solo sabe decir tacos, ¿verdad, Em? Mierda y joder. Mierda y joder.

—Mier y jode —intentó repetir Em, y después se metió tanto un dedo en la nariz que Ruby tuvo que apartar la vista.

Acabó de quitarle la corteza al segundo palo, los levantó los dos como si fuera una pistolera y los movió para imitar el retroceso. Bang, bang, bang. Uno era mejor que el otro.

Se oyeron unas voces en el bosque y, al poco, aparecieron Adam y Chris.

Ruby no había hablado con Adam desde que le había regalado a Afortunado y no estaba segura de qué decirle.

—Hola —dijo, y ella respondió con otro hola.

—¿Qué hacéis? —preguntó Chris.

—Pintarnos las uñas —contestó Maggie.

—Yo no —dijo Ruby con desdén—. Yo estoy haciendo pistolas.

Adam se acercó a ella y le entregó los palos.

—Esta es buena —dijo Adam.

—Sí. La otra es la mejor que he encontrado.

No notó ninguna diferencia con la última vez que habían hablado y se sintió aliviada.

Adam le devolvió los palos.

—A ver si encuentro otra mejor en el bosque —dijo, indicando con la cabeza hacia la avenida con árboles que había más allá de la pasadera.

—¿Vas a ir a Clovelly? —le preguntó Ruby.

—Hoy no. —Adam sonrió, y Ruby se puso colorada.

—¡Mirad! —Maggie movió los dedos pintados de rojo ante los chicos.

Adam se rio y comentó:

—Muy de mayor.

—Me va a pintar las mías enseguida —intervino Ruby rápidamente.

Ella era la mayor, no Maggie.

—Mío —dijo Em agarrando una de las pistolas.

Ruby la sujetó y al soltarla Em cayó de culo y dejó escapar una nube de gases tóxicos del pañal.

—¡Es una bomba fétida! —gritó Chris, y los dos chicos echaron a correr riéndose y saltaron la pasadera.

Ruby se quedó mirándolos hasta que desaparecieron en una curva del camino.

—¿Lista? —preguntó Maggie.

Se dio la vuelta. Maggie había sacado el pincel y estaba deseando empezar. Ruby lo miró con recelo. Era tan rojo…

—Solo el pulgar. Y no te salgas de la uña.

Maggie se salió, pero poco. Ruby levantó el pulgar. Brillaba como un caramelo chupado. Era tan bonito que hacía que las otras uñas parecieran pálidas y desnudas.

—¿Te gusta? —preguntó Maggie.

—Bueno… —contestó. No quería que Maggie pensara que tenía razón.

—Si lo mueves, se te secará antes. Este esmalte se seca rápidamente.

Empezó a mover el dedo.

—¿Quieres que te las pinte todas?

Arrugó la cara.

—¿Cuánto tardarás?

—No mucho —dijo Maggie—. Y se quita fácilmente.

—¿Sí?

—Sí, solo hay que frotar con algodón. He visto cómo lo hace mi madre.

Dudó una eternidad y después dijo:

—Vale.

Estiró la mano derecha y Maggie se inclinó hacia ella.

Cuando Maggie levantó la cabeza, Ruby lamentó su decisión. Cinco dedos eran demasiados para pintarlos, sobre todo si se hacía mal. En vez de un pulgar que parecía una maravillosa y exótica joya, daba la impresión de que necesitaba primeros auxilios en la mano.

—Te has salido.

145

—Solo un poco.

—No me gusta, quítalo.

—Hay que frotarlo con algodón.

—Pues hazlo.

—No tengo.

—¿Y cómo me lo voy a quitar?

—Ya te lo quitará tu madre cuando llegues a casa. —Maggie se levantó y se colgó en la cuerda sobre el estómago—. A mí no me eches la culpa —dijo con voz ronca—. Tú has querido que te las pintara. —Miró hacia el bosque y añadió jadeando—. Ya vuelven.

Ruby se levantó y fue hasta la pasadera, pero no vio ni a Adam ni a Chris.

—No los veo.

Maggie se bajó de la cuerda y fue junto a ella.

—Los he oído.

El camino se alejaba unos treinta metros de la pasadera antes de hacer una curva pronunciada hacia el interior para bordear una hendidura en el acantilado. Era una estrecha franja de tierra compacta que se ablandaba al primer atisbo de lluvia.

Ruby se apoyó en la losa de pizarra de la pasadera. La sintió fría contra las costillas.

—Hola —gritó, y de repente tuvo la sensación de que algo se paraba. ¿Para oír?

—Quieren darnos un susto —susurró Maggie.

—Entonces les voy a dar un susto yo también —decidió Ruby, y sintió una peligrosa emoción al oír sus palabras.

Tenía prohibido ir más allá de la pasadera, pero ¿a quién le importaba lo que dijera su madre? Había estado en una patrulla de vaqueros, ¿no? Buscando al asesino. Podía ir al otro lado de la pasadera. Se escondería y se aparecería a los chicos en la curva que había a treinta metros sin siquiera perder de vista la pasadera, el banco y el columpio. Les daría un buen susto: Adam se daría cuenta de lo mayor que era y volverían todos juntos.

—No te dejan hacerlo —dijo Maggie.

—Calla, fulana —replicó. Pasó una pierna por la parte superior de la losa.

—Se lo diré a mi madre —la amenazó Maggie.

—Me da igual.

—Calla.

—Te callas tropecientos millones de veces y no vale contestar.

Como no podía replicar, Maggie cogió a Em de la mano y tiró de ella hacia el camino. Em empezó a berrear —como siempre— balanceándose detrás de su hermana y dejando ver el pañal manchado de barro por debajo de su sucia falda rosa.

Al verlas irse, Ruby sintió un estimulante aleteo en el estómago. Se encaramó torpemente a la pasadera y se dejó caer al otro lado.

Miró por encima del hombro. Apenas estaba a unos centímetros de la pasadera, pero el claro ya le parecía mucho más pequeño.

Se dio la vuelta y se alejó de allí.

Su confianza iba en aumento con cada paso que daba. ¡Lo estaba haciendo! Estaba al otro lado de la pasadera y andando por la ruta costera. Si seguía el camino, llegaría a Clovelly. Si quería, podía ir a casa de sus abuelos. Se quedarían impresionados al ver que había ido sola hasta allí. Tomarían té y galletas —no fruta—, volvería andando otra vez y su madre ni siquiera se enteraría.

Puso rectas las pistolas y empezó a caminar erguida. A lo lejos oyó ramitas que se quebraban, pero sus pisadas en el barro eran muy silenciosas.

La curva era el lugar perfecto para hacer una emboscada.

Corrió hacia ella de puntillas, con cuidado de no hacer ruido. Después se puso de rodillas y avanzó lentamente hasta que pudo ver más allá del espeso avellano y los helechos.

Al otro lado de la curva, el camino se enderezaba y seguía otros quince metros antes de torcer de nuevo a la derecha.

No había nadie.

Ruby se levantó un tanto confusa. ¡Había oído acercarse a alguien! Y Maggie también. Y el camino era el único…

Sintió un hormigueo en la nuca cuando vio una breve imagen a través de los árboles a su izquierda y oyó el crujido de la maleza.

Contuvo el aliento, y su mano derecha bajó a la pistola.

Allí no había camino. Nada, excepto árboles muy tupidos,

helechos y zarzas que obligaban a los corredores a hacer largos y accidentados rodeos. Pero algo se movía en el oscuro bosque y bajaba la colina hacia el pueblo. Hacia ella.

El asesino.

Se le secó la boca.

Se dio la vuelta y miró hacia la pasadera, y hacia el claro que había detrás de ella. Parecía estar a mucho más de treinta metros. ¿Lo conseguiría?

Sus piernas decidieron por ella.

Echó a correr.

Casi deseó no haberlo hecho. Correr hacía que todo pareciera más aterrador: la carrera de treinta metros, trepar a la pasadera, darse un golpe en las rodillas y caer sobre las manos, resbalar y deslizarse por el embarrado camino hacia el pueblo, unas veces con los pies y otras con el culo. Se le llenaron los oídos con el sonido del corazón y de su respirar. En una ocasión se dio la vuelta y vio algo grande entre los árboles. No eran los chicos y no estaba en el camino. Algo estaba a punto de atraparla.

148

Creyó oír su respiración.

Le ardía el pecho por la falta de aire. No iba a conseguir llegar a casa. No iba a llegar al pueblo.

¡La guarida del oso!

Se lanzó al interior, de cabeza y frenética, y después cerró la puerta como pudo.

No veía nada y sintió frío. El suelo de tierra estaba más bajo que el camino y se había convertido en barro.

Se horrorizó y empezó a temblar y después a sollozar. La oscuridad amortiguó el sonido y la envolvió en él como un espeso eco de nubes de caramelo.

Tenía que quedarse callada. Tenía que aguantar.

Se llevó las manos a las pistolas, pero se le habían caído de los bolsillos, así que levantó las rodillas y cerró las manos sobre el pecho, sin dejar de temblar.

Olía. Olía muy mal.

Algo le rozó la rodilla y lo apartó de un manotazo. ¿Qué había allí? «Nada, no seas tonta», se dijo a sí misma.

Al oír pasos en el exterior, se quedó inmóvil. Alguien se acercaba y emitía jadeos cortos y malhumorados. Una cadena hizo ruido. Ruby pensó en el buhonero bajo el hogar de la chimenea, todo huesos y venganza.

Algo se detuvo, frente a la puerta.

Ruby se tapó la boca con la mano. Unas cálidas lágrimas se estancaron en el extremo de sus dedos cuando miró al trozo de oscuridad en el que sabía que estaba la puerta. No tenía adónde ir, no tenía dónde esconderse. Si hacía ruido, la descubriría. La cosa le rozó la pierna de nuevo y se le escapó un gritito.

Después se produjo un interminable silencio en el que oyó hasta el latido de su corazón.

La puerta se abrió.

Y un oso se abalanzó dentro. Se abalanzó sobre la niña que había invadido su casa. Enorme y gruñendo, el brillo de sus blancos dientes resaltaba en su lengua roja como la sangre.

Ruby gritó y gritó y gritó.

Mucho después se dio cuenta de que era un perro.

Mucho después vio que un policía lo llevaba atado.

Cuatro perros buscaban el cuerpo de Jody Reeves. Dos grandes pastores alemanes y dos spaniel marrones y blancos.

Ruby los vio a través de la ventana delantera, envuelta en una manta, mientras tomaba té dulce, con una galleta de propina. Su madre había dejado la lata en la ancha repisa, por lo que podía comer cuantas quisiera, pero llevaba siglos con la que tenía en la mano.

El perro que tanto la había asustado se llamaba *Sable*. Su adiestrador había intentado que Ruby le estrechara la pata para que viera lo buen perro que era. *Sable* había movido la pata una y otra vez, pero Ruby había seguido llorando abrazada a la cintura de su madre, mientras Maggie, Em, Chris y Adam la rodeaban muy preocupados, junto con el resto del pueblo, que había ido corriendo al enterarse del revuelo que se había formado.

Ruby vio a *Sable* subir la grada con la cabeza baja, las orejas levantadas y el peludo rabo balanceándose. Lo odiaba por haberla asustado tanto. Sintió un escalofrío por enésima vez al recordar el miedo que había sentido en una fracción de segundo. Mucho tiempo.

149

Una vez que salieron del bosque, el perro había recorrido el pueblo como una jadeante bola de *flipper* que movía el rabo y había ido en zigzag de un lado al otro del camino, por las orillas del arroyo, entre las casas y alrededor de los coches. Los hombres le habían dicho a su madre que se dirigían a Westward Ho!, donde se reunirían con otro equipo que había salido desde allí.

Estaban pasando frente a su casa, y Ruby y su madre fueron a la ventana para verlos subir los resbaladizos escalones del camino a Peppercombe.

En cuanto desapareció el último perro y su adiestrador, la puerta se abrió de golpe y su padre gritó: «¡Ruby!». Esta volvió a echarse a llorar cuando su padre la abrazó, le preguntó si estaba bien y le miró las manos por si tenía alguna herida. Después volvió a abrazarla, mientras su madre le acariciaba la espalda.

A pesar de las lágrimas, Ruby pensó: «Así solíamos estar, juntos». Se quedó allí tanto como pudo y se sintió querida y a salvo.

Su madre arruinó aquella situación al preguntar:

—¿A qué huele?

—¿Oler?

Se separaron. Ruby olfateó. Sí que olía. El olor le quemaba la garganta y conseguía que las lágrimas se le agolparan en los ojos, igual que en los hornos de cal.

Su madre soltó un gritito ahogado al ver el barro en la alfombra.

—¿Dónde demonios has estado, John?

—Debe de ser alquitrán de la playa —contestó su padre—. Lo siento.

—¡Quítate los zapatos! ¡Has manchado toda la alfombra!

Su madre fue a la puerta de atrás, cogió el cubo que había fuera y volvió muy enfadada y haciendo todo el ruido que pudo. Cuando estaba frotando, miró el reloj y dijo:

—¡Tengo que estar en el trabajo dentro de veinte minutos!

—Ya he pedido perdón —dijo su padre—. Estaba preocupado por Ruby. El idiota de Tim Braund me ha dicho que le habían arrancado media mano.

—Creí que era un oso —intervino Ruby, cuyos ojos se volvieron a inundar de lágrimas al recordarlo, pero ninguno de los dos la miró.

Su madre echó la esponja en el cubo y lo vació en el fregadero de la cocina armando un gran estrépito.

—No es un idiota, y a Ruby no le mordieron, pero estaba muy asustada.

—¿A qué te refieres?

—¿A qué te refieres con a qué me refiero?

—Has dicho que no es un idiota, —Su padre fue hasta la cocina—. ¿A qué te refieres con eso?

—A nada. Solo he querido decir que se ha equivocado. Eso no significa que sea idiota. Eso es todo. No tiene importancia.

—Para mí sí la tiene.

Ruby los observó con preocupación.

Sabía que el señor Braund no era un idiota. Cuando su madre la había llevado a casa temblando y llorando, el señor Braund le había visto los dedos manchados de esmalte rojo para uñas.

«¿Le ha mordido?», había preguntado, y su madre había respondido: «Está bien, está bien», mientras subían la colina a toda prisa.

Después su madre había cogido algodón y algo que había debajo del fregadero y le había frotado los dedos y las uñas hasta que estuvieron limpios, aunque le escocían y olían a decoración.

Su madre intentó salir de la cocina, pero su padre se quedó en la puerta.

—Dime a qué te referías. Es lo único que te estoy preguntando.

—No me refería a nada, ya te lo he dicho. —Su madre se pasó las manos por el pelo y luego las colocó en las caderas y miró a la pared—. Por favor, John. Tengo que cambiarme y necesito que alguien me lleve a trabajar. Voy a llegar tarde.

Su padre la miró, ella miró a la pared y Ruby los miró a los dos.

Finalmente, su padre se apartó.

Su madre lo rozó al pasar, abrió la puerta blanca y corrió escaleras arriba.

Su padre miró la puerta como si todavía pudiera verla a través de la pintura que amarilleaba.

Ruby se quedó en la alfombra de pelo, sin saber muy bien qué hacer. Se acercó más la manta. Le habría gustado irse a la cama, pero seguir a su madre al piso de arriba podía dar la impresión de que se ponía de su parte.

Su padre se volvió hacia ella.

—¿Estás bien, Rubes? —Esta asintió—. Estupendo —dijo antes de susurrar—: Voy a por unas galletas y algo para beber. ¿Por qué no acuestas al osito panda?

¡Iban de patrulla!

Ruby arrugó la cara. El miedo que había pasado en la guarida del oso estaba todavía muy fresco en su memoria. Había muchas posibilidades de que volviera a sentirlo, que reviviera lo rápidamente que se había transformado de una arrogante vaquera a una asustada niña, y de ahí a un bebé que gritaba incapaz de dejar de llorar, a pesar de que Adam y su padre estaban al lado y la miraban.

No estaba de humor para ir a la caza de un asesino.

—Estoy muy cansada. Por el perro y correr, y todo lo demás. Ve tú. Yo iré la próxima vez.

Le estaba dejando en la estacada, lo leía en su cara.

—¿Tienes miedo, Rubes?

—No.

—No pasa nada por tenerlo. Puedes decírmelo.

—No tengo miedo, estoy cansada. —Había peleado tanto para que su padre la dejara ir con él. ¿Qué pasaría si pensaba que era una niña tonta y miedosa? Quizá ya no volvería a llevarla de patrulla.

O a ningún sitio.

Su padre se sentó en el sofá y dio un golpecito en el cojín que tenía al lado. Ruby se sentó y se apoyó en el espacio que había bajo su brazo, y en el que parecía encajar a la perfección.

—¿Sabes cómo me hice estas cicatrices, Rubes?

—Te mordió un perro, me lo dijo mamá.

—¿Sí? —Acarició la cicatriz que tenía en la ceja y miró pensativo la mesa.

—¿Te dolió?

—Me dolió muchísimo.

—¿Lloraste?

—Como un niño. Mucho más de lo que has llorado tú hoy. Y tuve mucho miedo.

—¿Se llevó el perro la policía?

—No.

—¿Por qué?

—Bueno, fue por mi culpa. Siempre estaba azuzando a ese perro. Mi madre decía a todas horas que un día me mordería.

—¡Ah! —exclamó Ruby asintiendo—. Pero yo no le había hecho nada al perro policía.

Su padre se rio sin sonreír.

—No se puede confiar en la policía, Rubes. Siempre están intentando pillarte, incluso sus perros.

Le cogió la mano. Había una motita roja en la base de la uña del pulgar izquierdo, pero no la vio.

—Lo que quería decirte es que sé lo que es estar asustado, Rubes. Pero ¿sabes lo que hice cuando me mordió el perro?

—¿Qué?

—Volví a montarme en el caballo.

Ruby aguzó las orejas.

—¿En qué caballo?

—Cuando te caes de un caballo, tienes que montarte en él enseguida, o empezarás a pensar que te vas a caer otra vez y no volverás a montar nunca.

Asintió.

Oyó que su madre bajaba las escaleras.

—Así que… —empezó a decir su padre con voz de vaquero—, ¿está preparada para la patrulla, ayudante?

Dudó.

—La próxima vez. Me montaré en el caballo la próxima vez.

153

26

*H*acía una noche oscura y lluviosa, y el último autobús llegaba tarde. O Becky Cobb lo había perdido. Estaba tan borracha que no sabía cuál de las dos posibilidades podía haber ocurrido.

Arrugó el entrecejo ante el reloj que le había regalado Jordan en su decimoctavo cumpleaños: se había parado. Movió la muñeca y se puso en marcha otra vez. Era una auténtica mierda, pero no podía dejar de llevarlo. Si no, le preguntaría dónde lo había dejado. Era un Rolex falso que había comprado en Marruecos a precio de supermercado y que daba el pego —a pesar de la marca verde que dejaba en la muñeca—, pero, en cuanto a decir la hora, era lo más inútil del mundo.

Becky sintió un escalofrío. En el Seizures Palace siempre hacía calor —avivado por los cuerpos que había en la pista y los que se arremolinaban en la barra—, por lo que vestía botas altas negras, una microminifalda y un jersey de cuello alto de color rosa que era todo cuello y prácticamente nada de jersey, pues dejaba al descubierto el ombligo. Era su última adquisición y, por lo tanto, tenía que enseñarlo, fuera cual fuese el precio que pagara su salud. En ese momento, el calor del resto de los cuerpos estaba desapareciendo rápidamente y se frotó los brazos mientras miraba a un lado y otro del muelle de Bideford, como si con eso pudiera hacer que apareciera un autobús por arte de magia.

Decidió llamar a Jordan. Se enfadaría por despertarlo, ya que trabajaba por turnos, pero la culpa era suya por haberle comprado un reloj falso, así que no sintió ningún complejo de culpa.

Por un momento pensó que ya lo había llamado y se preguntó cuánto tardaría en llegar, y si tendría tiempo de hacer pis detrás de un coche. Después se acordó de que no lo había llamado y de que necesitaba el teléfono si quería hacerlo.

Se tambaleó ligeramente después del esfuerzo de mirar dentro del bolso. ¿Por qué no hacían el interior blanco para poder tener alguna posibilidad? Sobre todo en la oscuridad.

«Perdona que te despierte, pero se me ha parado el reloj y he perdido el autobús», es lo que pensaba decirle cuando contestara.

Cuando contestara.

La llamada se desvió directamente al buzón de voz, así que colgó y lo intentó de nuevo.

Jordan tampoco contestó.

—¡Cabrón! —exclamó.

—¿Perdone? —dijo un hombre que paseaba un perro.

—Usted también.

El hombre meneó la cabeza y se alejó.

Volvió a llamar. Jordan tenía el sueño pesado. Una vez había tenido una buena bronca a gritos durante diez minutos con la vieja bruja que vivía al lado justo debajo del dormitorio y ni se había enterado. Pero en ese momento no oía el teléfono, había imaginado que estaría encima de la mesilla, pero cambió aquella imagen mental por la de la encimera de la cocina o el bolsillo de la chaqueta en el armario de la entrada. Aquellas posibilidades eran igual de factibles.

«Venga, Jordy, coge el teléfono», pensó.

No lo hizo.

Dejó un mensaje, colgó y sintió otro escalofrío.

Un coche se paró a su lado y el conductor bajó la ventanilla.

—¿Quieres que te lleve a algún sitio?

Puso una mano en el techo para no perder el equilibrio y miró al hombre a través de la ventanilla. No pudo verlo muy bien debido a la oscuridad, pero parecía lo suficientemente majo. Estaba medio tentada. Pero era un hombre solo en un coche, y ella una chica sola en una noche oscura y lluviosa, y todavía le quedaba alguna opción. Jordy podía llamarla en cualquier momento y seguramente podría coger un taxi.

—No, mejor que no.

155

—¿Segura? Llevas un buen rato esperando —dijo el hombre.

—¿Me has estado espiando? Eso es asqueroso. Mi novio te va a partir la cara.

—Como quieras —dijo el hombre, y al irse la dejó sin punto de apoyo. Se tambaleó y se habría caído de no ser por una farola.

Por supuesto, en cuanto se fue el coche, se dio cuenta de que el conductor no era un rarito con un hacha, que habría estado perfectamente a salvo en su compañía y deseó que volviera.

—¡Vuelve! —gritó—. ¡Eh!

No lo hizo y tenía que empezar de cero otra vez.

Jordan no llamó y, finalmente, tuvo que levantarse las tetas y cruzar la carretera como pudo hasta la empresa de taxis Key Cabs. Sabía que no tenía dinero suficiente, pero estaba segura de que la llevarían a casa si prometía pagar cuando llegaran. No tenía tan claro que Jordan tuviera dinero en efectivo, pero entonces sería problema del taxista, no suyo.

156

—No puedo hacerlo —dijo el hombre detrás del mostrador de formica de la minúscula oficina de Key Cabs.

—Venga —suplicó insinuándose—. Estoy segura de que lo hace a todas horas.

No logró persuadirlo. Dio un mordisco al kebab y meneó la cabeza.

—Nunca lo hago —aseguró dejando ver la mezcla de cordero y lechuga que tenía en la boca—. Me han estafado muchas veces.

No estaba acostumbrada a que le negaran nada cuando llevaba esa falda.

—¿No puede hacerme el favor? He perdido el último autobús.

—Cómprese un reloj.

—Ya tengo un reloj —dijo enseñándoselo y poniendo morritos—. Pero se ha parado.

El hombre lo miró y dijo:

—Cómprese uno que funcione —le sugirió antes de dar un mordisco más grande.

En esa ocasión, un trozo de lechuga se le quedó colgando en

los labios y una espesa salsa de color naranja se le escurrió por el mentón. Aspiró la lechuga haciendo ruido y se limpió la salsa con el dorso de la mano, que después pasó por el lateral de los pantalones por debajo del mostrador.

—Cerdo gordo —dijo Becky, a pesar de que así sabía que sellaba su destino.

El hombre se encogió de hombros y dijo:

—Disfruta del paseo, puta.

Se encaminó de nuevo hacia la parada del autobús porque no sabía adónde ir.

Intentó llamar a Jordan de nuevo y lo condenó al Infierno mentalmente por su pesado sueño y su cutre regalo. Tendría que buscarse otro novio, uno que fuera a buscarla cuando saliera con sus amigas. Cuando llegara a casa, quizá rompiera con Jordan.

Esperó unos cuantos minutos más. Deseó que pasara el último autobús, que el hombre de Key Cabs transigiera y le hiciera una seña al otro lado de la carretera, que Jordan se despertara, se preguntara dónde estaba y la llamara.

Pero no pasó nada de eso. Levantó el paraguas y echó a andar. ¡Qué demonios! Era joven, estaba sana y era capaz de caminar los seis kilómetros que había hasta Weare Gifford en cualquier momento. Estaba en una carretera comarcal oscura bordeada de árboles y sin arcén, pero solo tendría que prestar atención, nada más. No estaba tan borracha. No le pasaría nada.

Para cuando pasó la comisaría de policía, que estaba a cuatrocientos metros, empezó a sentirse menos segura. Sí que estaba tan borracha y hacía eses en el asfalto. Golpeó una basura para deposiciones de perro y soltó un grito porque lo tocó con las manos. Sus botas no estaban hechas para andar. Le habían costado treinta y cinco libras en las rebajas de New Look, pero ya empezaban a calarse y chapoteaba a cada paso que daba.

Apenas había dejado las luces de Bideford detrás cuando un coche se acercó y redujo velocidad hasta parar justo delante de donde estaba.

Aquello era fantástico. Casi gritó agradecida.

Se abrió una puerta, el conductor bajó, fue hacia ella y sintió que se le erizaba el pelo de todo el cuerpo.

157

Aquel hombre no tenía cabeza.

Durante un espantoso momento en caída libre pensó que iba a desmayarse de puro horror. Después se dio cuenta de que llevaba un pasamontañas. Negro y de lana, con agujeros para los ojos y la boca. Aquello no era mucho mejor. Se quedó paralizada, no podía moverse ni apartar la vista.

—Cuando te digo que te metas en el coche, te metes en el coche —le ordenó con firmeza—. Será más fácil para todos.

Le golpeó con el paraguas. No le hizo daño porque, al estar abierto, el aire frenó el impacto, pero le alcanzó en los brazos y evitó que consiguiera agarrarla. Becky se dio la vuelta y echó a correr por el medio de la oscura carretera hacia las luces. «¡Socorro!», gritó, horrorizada por lo débil que sonaba su voz. «¡Socorro!»

El hombre la derribó tan rápido que se quedó sin respiración cuando cayó al suelo, empezó a tirar de ella lejos de las luces hacia el coche y el húmedo asfalto le arañó la espalda y le levantó la microminifalda hasta las caderas mientras ella daba patadas y se resistía e intentaba en vano agarrarse a algo.

Llegaron al coche. Una de las ruedas traseras entró en su campo de visión periférica, se retorció, se agarró a ella y la abrazó como a un amante perdido mientras el hombre sin cabeza tiraba de sus brazos y le abría los dedos.

—¡Suéltala, puta! —La levantó para que ni sus brazos ni sus piernas tocaran el suelo, pero Becky no cedió. Se aferró a la rueda gritando y chillando con la mejilla pegada al neumático.

—¡Eh! —gritó alguien—. ¡Eh!

Volvió la cabeza, una persona corría hacia ellos; su silueta se recortaba gloriosamente en la luz de las últimas farolas de Bideford como Jesús en un rayo de sol.

El hombre la soltó.

Sin más.

De repente, un maniaco la estaba raptando y al momento siguiente la puerta del coche se cerró, el motor se puso en marcha y se quedó bocabajo en la carretera, mojada, sucia y sollozando como una niña indefensa.

A los pocos minutos estaba en la comisaría de policía esperando a que llegara la comisaria King y contándole al sargento de la recepción, Tony Coral, todo lo que recordaba.

Era sorprendente de cuántas cosas se acordaba, dado lo borracha que seguía estando.

Tony Coral apuntó todo lo que le dijo, de forma metódica y precisa. No recordaba haber oído una descripción tan detallada en los treinta y un años que llevaba en el cuerpo.

Por desgracia, no era la de un secuestrador, sino la de una rueda. Cuatro tornillos, un cable negro que sujetaba el tapacubos, una grieta en el plástico con forma de delfín, el capuchón metálico de la válvula y el dibujo en zigzag del neumático.

—Reconocería esa rueda en cualquier sitio —balbucía vehemente Becky cada vez que se despertaba—. En cualquier sitio.

27

*L*a señorita Sharpe cogió el diario de Ruby Trick, que estaba en la parte de arriba del montón. El título de la cubierta tenía muchas faltas, pero estaba escrito con tanto esmero que le dio pena corregirlo.

Leyó por encima las últimas entradas, corrigió algunas faltas de ortografía y puso algunas marcas. Sonrió al pensar si se libraría algún día del infantil placer que proporciona un bolígrafo rojo.

La última línea le hizo soltar un gritito ahogado.

Tuvo que leerla dos veces para asegurarse de que no lo había imaginado.

Cerró el cuaderno azul y se quedó un largo rato mirando las palabras: «Mi diario».

Después descolgó el teléfono para llamar a la madre de Ruby Trick.

Tal como Calvin Bridge había dicho, los Burrows eran un millar de acres de tierra llana que habrían sido una laguna de no ser por el talud de guijarros que se extendía a lo largo de casi dos kilómetros, alto como una casa.

No eran unos guijarros cualesquiera, de los que se cogen cómodamente con la mano o rebotan en el agua de un estanque. Eran los reyes de los guijarros. Emperadores de suave y gris piedra arenisca, a cual más redondeado y bonito, y del tamaño de una calabaza ganadora de concursos.

Y lo curioso era que el propio mar había creado la barrera

que después lo mantendría a raya. Durante cientos de miles de años, la marea había recogido y golpeado rocas puntiagudas del pie de acantilados tan lejanos como los de Clovelly. Las había frotado y arrastrado, y les había dado forma y las había hecho rodar por quince kilómetros de playa hasta que se habían desgastado y alcanzado su suave perfección. Finalmente, el mar las había apilado, había formado un muro natural y se habían formado poco a poco los Burrows, que acabaron anexionados por los lugareños para sus ovejas, sus ponis y posteriormente sus campos de golf.

Dos veces al día, el furioso mar volvía para reclamar los Burrows. Llegaba a hurtadillas al pie del talud para inspeccionar su resistencia y después, con toda la fuerza del Atlántico, se arrojaba sobre los guijarros, arañando, gruñendo y rugiendo en un intento por recuperar su legítima propiedad. Una vez al mes, la general Luna le ordenaba que sobrepasara el borde, vislumbrara lo que había perdido y lanzara insultos y espuma, pero en pocas ocasiones conseguía mucho más.

Una vez al año, los habitantes de la zona recorrían los destrozados bordes del talud a la luz de linternas, levantaban guijarros gigantes que habían caído a la arena y los volvían a colocar en lo alto del magnífico talud. Después hacían una fiesta en la playa, provocando al mar, desafiándolo a que volviera a hacerlo si creía que era tan fuerte.

A la luz del sol, los guijarros mostraban un exquisito gris pálido, algunos con elegantes rayas blancas cristalinas. Pero aquel día estaba lloviendo y tenían un color gris pizarra reluciente.

Calvin sabía que cualquier día le romperían a alguien el tobillo en cuanto lo vieran.

—¡Extraordinario! —exclamó la comisaria King mientras conducían por el otro lado del talud.

Calvin sintió que su orgullo protector se henchía ante el lugar más importante de su pueblo, como si lo hubiera construido él.

King bostezó.

Calvin no se lo tomó personalmente. Sabía que había estado despierta media noche con una chica a la que habían arrastrado por el culo en la carretera a Torrington.

161

—¿Ha habido suerte con la chica, señora?

—No nos va a servir de ayuda —contestó King, bostezando—. Ni siquiera sobria.

Dejaron el Volvo en un trozo de gravilla al pie del talud y echaron a andar. La hierba era tan lisa como el linóleo. Las ovejas y los ponis cortaban cualquier hoja que se atreviera a asomar la cabeza. También se veía alguna zanja de drenaje y algunas matas de puntiaguda hierba de pantano para recordarles que deberían estar bajo el agua. Calvin alargó la mano hacia un poni que pasaba. Este estiró el cuello y los labios, pero perdió todo interés cuando descubrió que lo único que le ofrecía eran dedos.

Se detuvieron en un charco de barro poco profundo, y Calvin se agachó para recoger una muestra en un bote de plástico.

—Mantenga los ojos abiertos por si ve el aro de Frannie —le recordó la comisaria King.

—Sí, señora —contestó Calvin, aunque los dos sabían que era prácticamente imposible.

—¿Cuándo es el gran día? —preguntó King.

—¿Qué gran día?

—La boda.

—Ah, el año que viene. El 13 de marzo.

—Día afortunado para algunos —dijo encogiéndose de hombros—. ¿Lo está deseando?

—Sí, claro —aseguró Calvin poniendo la tapa en el bote.

—¿Cómo se llama?

—¿Quién?

—Su prometida.

—¡Ah!, Shirley, es estupenda.

—Hace que parezca un spaniel.

Alguien gritó: «¡Cuidado!», y se agacharon. A una docena de metros, una pelota de golf golpeó suavemente en la hierba junto a una impasible oveja.

En los Burrows había muchos charcos de barro. Recogieron muestras en dos más antes de que empezara a llover intensamente y King decidiera que tenían suficiente para que Mike Crew lo comparara con la tierra que habían encontrado en los dientes de Frannie Hatton.

Volvieron al coche.

—Mañana lleve esas muestras a Mike Crew —le pidió King.

Calvin puso la indignada cara de un chaval de catorce años. King añadió alegremente:

—¿No es maravillosa la cadena de mando?

Puso el coche en marcha y salió del trozo de gravilla hacia la estrecha carretera.

Calvin miró por la ventanilla la mojada hierba y los charcos de barro, que se iban llenando lentamente de arenosa agua de lluvia marrón y soltó un profundo suspiro.

—¿Le asusta la boda? —preguntó King sin mala intención.

—No, no, no —dijo Calvin—. Sí.

King se echó a reír, pero él no, y dejó de hacerlo.

—Es que todo va muy rápido. —Puso lo que imaginó que sería una cara ridícula y movió las manos para demostrar que aceptaba la situación—. Es emocionante. Algo embrollado.

Soltó una torpe risa. King se aclaró la garganta, pero no dijo nada. Fue su invitación a que no dijera nada más.

Pero, en vez de aceptarla, a los dos minutos dijo:

—Todo parece diferente. La gente no es igual.

—¿Se refiere a que Shirley no es la misma?

—Sí, de repente ya no se trata de nosotros. Solo se preocupa de la boda, el viaje de novios y todos los niños que vamos a tener.

King arqueó las cejas y exclamó:

—¡Todos los niños!

Calvin asintió.

—Tres: Rosie, Charlotte y Digby.

—¿Digby? —King se rio—. ¡Cielo santo, Calvin! ¡Lárguese mientras pueda!

Calvin abrió la boca para decir que Shirley prefería Algie y que había conseguido cambiarlo por Digby en segunda instancia, pero se vio impulsado hacia delante con tanta fuerza que el cinturón de seguridad retráctil se bloqueó en su hombro y se apoyó con las manos en el salpicadero.

El Volvo coleó ligeramente y se paró dando un bandazo.

—¡Salga! —gritó King.

—¿Qué?

163

—¡Salga del coche! —exclamó dándole con un dedo en el brazo.

Confuso y preocupado, Calvin abrió la puerta, pero no se movió lo suficientemente rápido para King, que le dio dos veces más en la espalda mientras seguía gritando: «¡Salga!, ¡Salga!».

Así lo hizo. Dio unos cuantos pasos antes de darse la vuelta para mirar.

King salió por la puerta del conductor con la cara colorada.

—¡Así fue! ¡Las marcas en el brazo y la espalda de Frannie Hatton estaban en los sitios en los que estarían si alguien le hubiera estado dando con el dedo para que saliera del coche!

Calvin arrugó el entrecejo y se tocó el brazo en el punto en el que había puesto el índice la comisaria King. Seguro que tendría un moratón, a pesar de la chaqueta. Y las dos de la espalda estaban más bajas que las que tenía Frannie, pero él era mucho más alto.

—¡Sal! —dijo King—. Es lo que me hizo pensar en ello. Pero Frannie no quería salir. Debía saber que iba a pasarle algo malo. Así que le dio con el dedo, y las uñas dejaron esas marcas cortas y curvadas.

Iba de un lado a otro entusiasmada.

Calvin frunció el entrecejo.

—¿Qué pasa? —preguntó King inmediatamente.

—Bueno, un hombre no da con el dedo. Un hombre empuja.

King lo miró y después señaló el coche con un pulgar.

—Muy bien, póngase en el asiento del conductor y empújeme. Deje que lo vea.

Lo hizo y lo vio. Se sentó detrás del volante y la empujó con los dedos extendidos y la base de la mano. No le dio con el dedo.

—E incluso si lo hubiera hecho —dijo mirándose el dedo—, los hombres no llevan las uñas lo suficientemente largas para dejar marcas como las que tenía Frannie Hatton.

King hizo una mueca y dijo:

—Tiene razón.

—Y Katie Squire se fijó en que también tenía mordidas las uñas —continuó Calvin—. Está en el informe.

—Vuelve a tener razón. ¡Joder! —exclamó al recostarse en el asiento del pasajero.

Con aquello, Calvin había acertado tres veces en los últimos dos minutos. Pero nunca acertaba con los muestrarios.

—Quizá fue una pistola —sugirió King.

—¿En serio? —dijo Calvin.

Aquello era Devon. De vez en cuando, un granjero serraba los cañones de la escopeta de su abuelo para poder ponerse el extremo en la boca, pero las armas (pistolas) seguían siendo escasas gracias a Dios.

Pero King insistió:

—Sí, en serio. La parte de la punta. El...

—Silenciador —la ayudó.

—Sí, el silenciador. Eso habría dejado un pequeño moratón curvo. —Imitó una pistola con un dedo y le dio tres veces lentamente en el hombro—. ¿No... lo... cree?

—Sí, la habría dejado. —Hizo una pausa y continuó—: Pero ninguna de las chicas que escapó mencionó una pistola.

—Lo sé —dijo King—. Aunque Becky Cobb podría haber tenido un obús y seguramente ni lo habría visto.

—Y si tenía una pistola, ¿por qué no le pegó un tiro a Frannie Hatton?

—¿Por el ruido? —sugirió King encogiendo los hombros—. O quizás intentara escapar, él la cogió y perdió el control de la situación o de sí mismo. O se le cayó. O ella consiguió tirarla al suelo, y el asesino tuvo que improvisar. Tal vez se encasquilló. Puede rastrearse.

Calvin asintió. Todas sus sugerencias parecían obvias una vez que la comisaria King las expuso.

—O quizá simplemente le gusta la intimidad de la asfixia —añadió lentamente.

Calvin arrugó el entrecejo.

—Imagínelo —continuó King—. Poner las manos en el cuello de alguien o sujetarlo bocabajo sobre barro, arena o agua. Sentir que forcejea, después se debilita y, finalmente, se rinde y muere.

Calvin lo imaginó.

—Literalmente se tiene una vida en las manos —dijo la comisaria King con tono sombrío.

165

—Sí —asintió Calvin, y casi inconscientemente sus manos aferraron el volante y apretó con tanta fuerza que los nudillos se le pusieron blancos—. Realmente se tiene todo bajo control.

La comisaria King le lanzó una mirada muy seria.

—Por Dios, Calvin, dígale a Shirley que reduzca la puta velocidad. No tiene por qué morir nadie.

28

*R*uby observó el mar a treinta metros bajo ella. La marea estaba cambiando y la profunda agua verde se deslizaba en los acantilados y se quedaba allí sin nada que hacer hasta que llegaba la siguiente ola.

No había estado en la casa encantada desde la última vez que había ido con Adam. La losa de la chimenea la ponía nerviosa. Pero el recuerdo del columpio, la pasadera y los oscuros bosques que bordeaban el camino de Clovelly la agitaban y ponía aún más nerviosa.

Tenía la nariz apretada contra el suelo de madera. Olía a podrido. De vez en cuando, quitaba el ojo y ponía la nariz en el agujero para oler el aire marino. Otras veces le llegaba un olor a algas y a humedad que le recordaba su embarrado cercado desprovisto de caballos.

Pensó en la herradura del colgante de la pulsera de la señorita Sharpe tintineando cuando tocó con el dedo la página de su diario.

—¿Dónde has oído esta palabra, Ruby?

—No sé, señorita. Imagino que en el autobús.

—¿Sabes lo que significa?

—No, señorita.

—Pues no es una palabra bonita, Ruby. No la utilices, ¿vale?

—No pensaba hacerlo, señorita.

—Muy bien.

Estaba algo confusa. Había oído utilizarla a su padre y no podía ser tan fea porque le había pedido que la esperara después de clase y la señorita Sharpe no se había mostrado enfadada con ella, en absoluto. Le había preguntado por el columpio, el cercado, Adam y si todo iba bien en casa. Había contestado: «Sí, señorita», porque en su casa todo iba bien, excepto las manchas de humedad y la ventana del cuarto de baño. No tenía ni idea de por qué le preguntaba por su casa. Los mayores a menudo decían cosas muy extrañas.

Después le había dicho:

—Ya sabes que puedes hablar conmigo cuando quieras, Ruby.

—Sí, señorita.

—Incluso contarme tus secretos.

—Sí, señorita.

La señorita Sharpe había ladeado la cabeza como si estuviera esperando algo, pero Ruby no sabía qué era.

—Yo tengo un secreto. ¿Quieres oírlo?

—Vale, señorita.

—Bueno…, tengo un conejo que se llama *Harvey* y a veces hablo con él como si fuera una persona.

Ruby había sonreído porque la señorita Sharpe había sonreído, pero no había entendido por qué le daba importancia al hecho de hablar con un conejo. Ella hablaba con Afortunado a todas horas y era de plástico. Tuvo la impresión de que los mayores no conocían la diferencia entre los juegos y la realidad.

—¿Tienes algún secreto, Ruby?

—No, señorita.

Aquello era mentira. Pero ¿para qué servía tener secretos si se los decía a la primera persona que le preguntara por ellos? Dejarían de ser secretos.

Eso sí, deseó tener un conejo.

Un repentino crujido cerca de la oreja la sobresaltó.

—¡Mierda! —exclamó Adam—. Quería darte un susto. —Levantó el pie lentamente y el suelo volvió a crujir.

Los dos pusieron la misma cara de miedo y luego se echaron a reír.

Adam se sentó con las piernas cruzadas al lado de su agujero, como un esquimal que estuviera pescando.

—¿Estás bien? —le preguntó.

Se refería al día anterior, Ruby lo sabía, pero por alguna razón no sintió vergüenza, a pesar de que la había visto llorar.

—Sí.

—No te mordió, ¿verdad?

—No.

—Están entrenados para que no muerdan. Por lo menos hasta que lo diga el policía. Nos hicieron una demostración en el colegio.

—¿Sí? —Estaba sorprendida. La única demostración que les habían hecho en su colegio había sido la de una mujer policía con carreras en las medias que les enseñó a montar en bicicleta.

—Sí, había un tipo que llevaba un traje acolchado, y cuando el policía le decía al perro que le mordiera en el brazo, lo hacía, y cuando le decía que le mordiera en la pierna, también lo hacía. El perro solo hacía lo que le ordenaban. Si no, solo ladraba. Esos perros están bien entrenados.

—Los odio —aseguró Ruby.

Adam asintió.

—Sí, yo también los odiaría si uno me hubiera atrapado en la guarida del oso.

Se apoyó en el codo, después se estiró bocabajo junto a Ruby y puso el ojo en el agujero.

Apenas había olas y nada de espuma.

—Hoy está fatal —dijo Adam con la boca cerca de la madera.

Pero siguió mirando.

—¿Qué tal Afortunado?

—Está bien.

—¿Has conseguido zanahorias?

—No, pero he puesto una patata.

—¿Una patata?

—Mmm… —Se arrepintió de no haber conseguido zanahorias. Adam se lo había dicho y habría sido muy divertido—. Es como si fuera una roca.

—Eso también es divertido —aceptó Adam.

Sus pies se tocaron.

—Lo siento —se disculpó Adam.

—No pasa nada —dijo Ruby. Después se rio y le dio un golpecito.

—¡Eh!

Pelearon en broma un rato con los tobillos sin quitar los ojos de los agujeros. Después Adam se inclinó hacia ella y le dio en el hombro con el suyo.

—¡Ay!

—¿Te he hecho daño? —preguntó levantando la vista.

—No —contestó Ruby levantándola también.

Los dos se echaron a reír.

Cuando volvieron a poner los ojos en los agujeros sus hombros se tocaban. El ojo de Ruby estaba en el mar, pero su mente parecía pensar solamente en que el hombro de Adam estaba tocando el suyo. Sentía su calor a través de la camiseta.

El mar estaba de lo más aburrido, pero siguieron mirándolo.

Ruby quería darle las gracias a Adam, aunque no estaba segura de por qué. Por Afortunado o por decir que a él también le habían asustado los perros o solo por estar tumbado a su lado para mirar el mar juntos.

Pero expresarlo en palabras habría hecho mucho ruido, y no lo hizo.

Le empezaron a doler los codos. Tenía que levantarse y dejarlos descansar. Pero en vez de eso siguió tumbada, tocando el hombro de Adam con el suyo.

—Mi padre tiene novia —dijo Adam.

Ruby lo miró.

—¿Qué?

Adam no apartó el ojo del agujero.

—Mi padre tiene novia. He oído a mi madre diciéndoselo por teléfono a mi abuelo.

Ruby miró la oreja de Adam. Tenía el borde muy rojo. ¿Por qué? No estaba segura.

—¿Quién es su novia? —preguntó temiendo la respuesta.

Adam se puso de lado para quedar frente a ella, pero miró el suelo que los separaba y empezó a toquetearlo con una uña. Había una grieta donde había pisado antes, con el borde dentado.

—Alguien en Londres, creo. Siempre está allí.

Ruby no estaba muy segura de qué decir. Se alegró de enterarse de que no era su madre, pero lo sintió por Adam.

—Eso es horrible.

—Sí —dijo Adam asintiendo—. Es un cabrón.

Ruby se sorprendió al oírlo utilizar esa palabra con su padre. Debía de odiarlo.

—¿Va a abandonaros?

—No lo sé —contestó Adam suspirando—. Ni siquiera debería saberlo. Nadie sabe que lo sé.

—¿Lo sabe Chris?

—No creo.

Ruby empezó a toquetear la grieta también. La madera estaba tan podrida que era fácil arrancar trocitos, aún con los dedos.

—¿Con quién vivirás si se divorcian?

—No lo sé —contestó encogiéndose de hombros—. Con mi madre seguramente.

—Sí, los niños suelen quedarse con las madres —dijo Ruby con cierta autoridad—. Es lo que hacen todos los niños del colegio.

Adam asintió.

—Sí.

Siguió hurgando en la madera furiosamente hasta que Ruby le tocó la mano.

Adam la miró.

Entonces le dio un beso.

Aquello la cogió por sorpresa, pero solo se apartó ligeramente. Mantuvo los ojos abiertos, igual que los de Adam, mientras sus labios tocaban los suyos como si estuvieran cargados de electricidad. Durante un segundo se vio reflejada en sus pupilas.

Entonces oyó a Chris tropezando con algo y aplastándolo con el pie.

—¡Mierda para lo que sea!

Adam se dio la vuelta y volvió a poner el ojo ante el agujero.

—¡Adam!

—¡Qué!

—¡A cenar!

—Vale. —Suspiró, se puso de pie y dijo—: Adiós, Ruby.

Ruby se levantó, fue a la ventana y siguió con la vista a Adam, Chris y los perros mientras bajaban la colina hasta su casa.

29

*C*alvin Bridge estaba agotado.

Había imaginado que casarse sería prácticamente lo mismo, pero se estaba convirtiendo en nada de lo mismo. De hecho, parecía un proceso con el que deshacerse de todo lo que era lo mismo para rellenar el vacío con un montón de cosas nuevas que no eran lo mismo en absoluto. Cosas en las que no estaba interesado. Organización. Compromiso. Hijos.

Muestrarios.

¿Cómo había ocurrido? ¿Estaba exagerando? ¿Pasaba así simplemente? ¿Sería algo temporal? ¿Volvería a tener a la Shirley de siempre tras el trauma de la boda? ¿O era la Shirley que estaba metamorfoseándose en una persona completamente diferente a la verdadera Shirley? La que se casaría con él para el resto de sus vidas.

Sintió un escalofrío con solo pensarlo.

Echaba de menos las deudas, las drogas y el deseo de beber. Echaba de menos las películas de gánsteres coreanos y una «*pizza* festín de carne» para él solo.

Echaba de menos otra vida. Pero entre Shirley y la policía de Devon y Cornualles lo habían tenido dando vueltas en su vida como a un hámster en una rueda.

Además de tener que detener a un asesino en serie, el martes por la noche había tenido que apretarle la mano a Shirley cuando tuvo una crisis de manteles. Las opciones eran marfil, crema y vainilla. Eran lo mismo, pero tomar una decisión les había costado estar tres horas encorvados hacia un enorme y odioso muestrario, y dos largos y llorosos intervalos.

Y los muestrarios solo eran parte del todo. Shirley había convertido el apartamento de Calvin en su sala de denuncias particular, en el que se arremolinaban miles de muestras de papel, de tela, de tarta y de sabores e infinitas listas que debería memorizar. Era una reluciente marea de porno nupcial que costaba miles de veces más que el porno de verdad. Las invitaciones estaban impregnadas con lavanda y tenían los bordes cortados a mano, se suponía que por expertos dado el precio. Y los centros —que estaban hechos solo con flores— costaban lo mismo que una caja de cerveza medianamente buena. La tarta costaba más que el primer coche que tuvo él.

«¿Es de oro?», había preguntado, y Shirley se había echado a llorar por cien millonésima vez desde el Gran Premio de Italia.

—¿Sabe en lo que estoy pensando? —preguntó Kirsty King.

—No —suspiró Calvin—. No sé lo que piensa ninguna mujer. Nunca.

La comisaria King le lanzó una mirada socarrona. Estaban comiendo en la sala de denuncias, que también hacía las veces de sala de personal. Había máquinas con sándwiches con los bordes del pan levantados, chocolatinas calientes y un friso con pruebas en la pared; fotografías de Jody Reeves, de los Burrows y del área de descanso, y del cadáver de Frannie Hatton, la única que tenían de momento.

La mayoría del equipo de denuncias graves había salido a comprar patatas fritas, pero Calvin se estaba comiendo un sándwich de la máquina tan insípido que tuvo que mirarlo todo el tiempo para convencerse de que era de gambas. La comisaria King había llevado de casa la misma comida de siempre: pastel de cerdo y olivas, que sacaba de un alto bote de cristal con la cucharilla para cálculos biliares del doctor Shorthand.

Era perfecta para ese cometido.

King se metió una en la boca, hizo caso omiso a sus protestas y prosiguió donde lo había dejado.

—Estoy pensando que quizá las mujeres no fueran los objetivos.

Calvin arqueó las cejas.

—Frannie Hatton seguramente no estaría de acuerdo.

—*Touché* —aceptó King—. Eran objetivos, evidentemente, pero ¿qué pasaría si no fueran las personas a las que realmente quería herir?

Calvin no estaba seguro de adónde quería llegar, pero se alegró de estar con ella, aunque solo fuera porque no estaba hablando de alquilar un búho para que llevara los anillos.

—Tenemos muy poco en lo que basarnos —continuó King—. Pero teniendo en cuenta los ataques a Kelly y Katie, podemos establecer un *modus operandi* sistemático. —Empezó a enumerarlo con los dedos y utilizó la cucharilla para ayudarse—. Primero, se cubre la cara. Segundo, las obliga a desnudarse, pero no abusa sexualmente de ellas. Tercero, las obliga a llamar a sus madres.

Hizo una pausa. Calvin la miró esperando a que dijera «cuarto».

—Eso es —concluyó King—. Esas son las tres únicas cosas que sabemos a ciencia cierta. El resto son extrapolaciones o suposiciones.

—De acuerdo.

—Lo de cubrirse la cara resulta obvio. Pero ¿dígame, Calvin? ¿Por qué las obliga a desnudarse si ni siquiera las toca?

Calvin intentó pensar una respuesta, pero le pareció contrario a toda lógica. Una vez que una mujer se quitaba la ropa, la cuestión era tocarla. Si no, para el caso, mirabas una revista.

—No lo sé —hubo de admitir.

—Yo tampoco —reconoció King—. Es decir, sé que acabará apareciendo alguna extraña razón debida a alguna disfunción sexual o a algún incidente en su niñez o algo así. Pero lo que nos indica es que tiene un motivo, lo que nos dice que (al menos en las tres primeras agresiones) el motivo no era agredir sexualmente a esas mujeres. Incluso si hubiera estado preparando el terreno, imagino que lo habría conseguido con Frannie Hatton, ¿no? Es decir, si puedes asesinar a alguien, sin duda puedes agredirla sexualmente.

—Sí, tiene sentido —corroboró Calvin.

¿Lo tenía?, se preguntó. Lo que tenía sentido para un asesino quizá no lo tenía para King y para él, que comían en la comisaría de policía de Bideford.

—Pero «Llama a tu madre» es extraño y sistemático, muy

específico —continuó King—. Y lo ha estado haciendo desde el principio, así que debe de ser un elemento muy importante en el enfermizo juego al que esté jugando. Y eso me hace pensar que son lo suficientemente jóvenes como para tener madres a las que llamar, así que es posible que las madres sean la clave.

—Pero no hay ninguna relación entre las familias —dijo Calvin—. Las madres no se conocen, no tienen los mismos intereses, ingresos o estilo de vida. No van a los mismos sitios ni conocen a la misma gente.

—Así es, y por eso he empezado a pensar que las madres han sido el objetivo. No por quiénes son, sino por lo que son.

—¿Y qué son?

King lo miró.

—Son madres, Calvin.

Calvin arrugó el entrecejo.

—¿Y cómo pueden ser el objetivo si asesina a otras personas?

—Piénselo. ¿Quién sufre más, las víctimas o sus madres?

—Las víctimas —contestó Calvin encogiéndose de hombros—. Mueren.

King se dio unos golpecitos en los dientes con la cucharilla.

—Usted no tiene hijos, ¿verdad?

—Todavía no.

—Ni yo —admitió King. Golpeteó con la cucharilla en la mesa unas cuantas veces mientras pensaba, y después miró por encima del hombro hacia el sargento de la recepción, Tony Coral, que se estaba comiendo una empanada de queso y cebolla en la mesa que había detrás de ella—. Usted tiene hijos, ¿verdad, Tony?

—Dos chicos —contestó asintiendo el sargento Coral, al que se le cayeron algunas migajas de la empanada.

—¿Cómo se llaman?

—Ivor y Martin.

—¿Qué preferiría, morir usted o ver morir a Ivor y Martin?

—¡Por Dios! —exclamó, y tosió, pero King esperaba su respuesta—. ¿Y cómo iban a morir?

—De una muerte horrible.

Coral se limpió las migajas de la guerrera y meneó la cabeza.

—Santo cielo, no podría presenciarlo. Ni siquiera consigo imaginarlo.

—¿Así que preferiría morir que ver morir a sus hijos?

—Sí —dijo dejando la empanada en el plato con cara de que no iba a volver a cogerla.

—Gracias —dijo King antes de volverse hacia Calvin—. ¿Lo ve? ¿Y si el asesinato es solo una parte del todo? El que las obligue a desnudarse y a llamar a sus madres, el forzarlas a que sean testigos del asesinato. Las chicas sufren y mueren, pero las madres sufren y tienen que seguir viviendo.

Calvin frunció el ceño.

—Es una forma muy retorcida de herir a alguien.

—Quizá no es capaz de herir a su propia madre o ni siquiera sabe que quiere hacerlo, y por eso la toma con las madres de otras personas.

—Creo que los estadounidenses lo llaman exteriorización. Shirley ve esos programas en los que la gente culpa a sus padres de todo. Exteriorización. ¿O es portarse mal?

—No, eso lo hacen los niños de *Supernanny* —dijo King—. Pero, sea como sea el nombre que le den los estadounidenses, tiene sentido, ¿no?

Calvin se encogió de hombros.

—Tanto como cualquier otra cosa.

La comisaria King asintió y se recostó en la silla. Después dijo:

—Está arrojando querubines.

—¿Qué? —Siguió su mirada bajo la mesa hacia sus pies, unos diminutos querubines dorados y plateados de papel habían caído del dobladillo de los pantalones.

La maldita boda.

177

30

*E*staban viendo *Extreme Fishing* en la televisión porque a su padre le encantaba decirles a los hombres que salían en ese programa en qué se habían equivocado. Un hombre gordo con una gorra de béisbol roja estaba con el agua hasta la cadera en medio de un río. Parecía una boya de señalización.

Su padre estaba mirando el teléfono de su madre mientras esta se daba una ducha. La ducha siempre hacía temblar la pared trasera de la casa como si alguien estuviera conduciendo por un paso canadiense.

Su padre revisó los mensajes. Ruby lo observó con ojos vidriosos mientras las palabras pasaban en la pequeña pantalla al tacto del pulgar. De vez en cuando abría uno, lo cerraba y seguía buscando.

Era muy aburrido, no encontró nada interesante.

El hombre de la gorra roja no había pescado nada, tal como había vaticinado su padre.

—No ha pescado ni uno —comentó Ruby.

Su padre no dijo palabra.

Su madre bajó al piso de abajo. Se había puesto la ropa de trabajo, pero aún tenía el pelo mojado.

—¿Cuándo ibas a decírmelo? —le preguntó su padre dando golpecitos con el dedo en el teléfono.

—¿El qué?

—La reunión con la profesora de Ruby.

—¿Ese es mi teléfono? —preguntó su madre.

—¿Qué reunión? —intervino Ruby.

—¿Me estás mirando el teléfono? —dijo su madre.

—¿No crees que debería enterarme?

—¿Qué reunión? —repitió Ruby. ¿Por qué había pedido la señorita Sharpe que su madre fuera a una reunión? Iba a clase, ¿no?

Ninguno de los dos le hizo caso.

—Nunca vienes a nada que tenga que ver con el colegio.

Su padre se encogió de hombros.

—Pues ahora sí que voy a hacerlo.

—Estupendo —dijo su madre, e hizo un tímido intento de arrebatarle el teléfono, pero su padre se echó a reír, lo apartó y le sujetó la muñeca mientras seguía pasando mensajes—. ¿Por qué estás fisgando en mi teléfono?

—¿Hay alguna razón por la que no debería hacerlo?

—Quizá. —Su madre intentó zafarse, pero Ruby se dio cuenta de que no ponía mucho empeño. Estaba medio riéndose, al igual que su padre, y le entraron ganas de reírse también.

—¿Quién es T? —preguntó su padre.

—¿Quién?

Leyó el mensaje de texto.

—Te llamo luego, T. ¿Quién es T?

Su madre le sacó la lengua.

—Nadie que te incumba.

Ruby se dio cuenta de que su padre había dejado de jugar.

—¿Tim Braund?

—No seas idiota. Es Tina, la recepcionista. Me habló de un libro y me dijo que me llamaría para decirme el título.

—¿Qué libro?

—¿Cómo lo voy a saber? Todavía no me ha llamado.

—No te creo —aseguró.

Ruby tampoco la había creído.

—Pues no me creas. —Su madre se rio—. Suéltame.

—Ni hablar.

Pero la soltó y su madre se frotó la marca que le había dejado en la muñeca.

—Me has hecho daño.

—Lo siento —dijo su padre—. ¿Quieres que le dé un besito?

Su madre extendió la mano para que le diera el teléfono.

Su padre se lo entregó y después le guiñó un ojo a Ruby y le dijo al oído:

—Mete al osito panda en la cama.

Le dio un vuelco al corazón. ¡Iban a hacer otra patrulla! Subió corriendo las estrechas escaleras ayudándose con las manos para ir más deprisa.

Había tenido ese osito siempre, sus abuelos se lo habían regalado en su cumpleaños cero. Durante muchos años había sido más grande que ella, pero había encogido y se le había caído un brazo de tanto abrazarlo. Seguía estando en algún rincón del cajón de los calcetines, pero su madre nunca había tenido tiempo para volver a coserlo. Tampoco importaba para su último cometido, en el que solo tenía que estar en la cama y fingir que era ella. Con la ayuda y complicidad de una almohada, hacía un magnífico trabajo.

Lo metió en la cama, lo tapó con la colcha de manera que solo se le viera la punta de una oreja y fue a la ventana.

Los árboles lo tapaban todo, excepto una franja de cielo que tenía que mirar hacia arriba. Todavía estaba oscureciendo, pero ya era de noche en el bosque, un denso y siniestro muro de hojas y troncos que se alzaba a apenas cinco metros de El Retiro. De vez en cuando veía una ardilla o un pájaro en las ramas, pero la mayor parte del tiempo estaba calmado y en silencio.

Corrió las cortinas para que la habitación estuviera más a oscuras.

Su madre nunca se daría cuenta de que en la cama estaba el osito panda.

Alison Trick esperó a oír un crujido en el dormitorio de Ruby antes de decir en voz baja:

—No creo que debas salir con ella.

—¿Qué? —John miró a su mujer sorprendido—. ¿Por qué?

—No creo que le convenga ir en coche por el campo entre semana.

—Tú eres la que dices que ve mucha televisión.

—Esto es diferente.

—¿Por qué es diferente? Vamos a pescar juntos. Vemos la televisión juntos. Conducimos juntos. ¿Cuál es la diferencia?

Alison se encogió de hombros.

—No creo que esté bien. Tiene diez años. Debería estar en la cama y no dando vueltas por ahí con una panda de idiotas vestidos de vaqueros.

—No está con una panda de idiotas. Está conmigo. —Alison se encogió de hombros de nuevo—. Estás celosa.

—No, no lo estoy.

—Sí que lo estás —aseguró asintiendo—. Le encanta. Para ella es una gran aventura. Lo pasamos en grande. Hablamos, cantamos y comemos patatas fritas. Nos divertimos juntos. Nos divertimos sin ti, y eso no te gusta.

Alison se encogió de hombros.

—Sí que estoy un poco celosa. ¿Qué madre no lo estaría? No la estoy viendo crecer. Pero no se trata de mí, John. No quiero que deje de divertirse, solo quiero que duerma lo suficiente. No hay que ser un genio para entenderlo.

—¿Qué significa eso?

Alison suspiró.

—¿Qué?

—Lo de que no hay que ser un genio. ¿Estás diciendo que soy tonto?

—No.

—¿Solo porque no tengo un buen trabajo y un coche elegante como el puto Tim Braund?

Alison Trick miró el perro de porcelana que había en la repisa de la chimenea.

—¿Por qué quieres pelearte conmigo a todas horas? Ya no puedo decir nada.

—Puedes decir lo que quieras. Nadie te lo impide.

Alison cogió el bolso y metió el teléfono.

—¿Podemos irnos, por favor?

John Trick cogió las llaves.

Después de dejarla en la parada del autobús, volvió, la llamó desde el pie de las escaleras y dio una palmada.

—¿Lista, Rubes?

Ruby apareció en lo alto.

—No he cenado.

—Tengo zumo. Coge unas galletas y vamos.

No podía creer la suerte que tenía.

Bajó y buscaron las galletas. No estaban en ningún armario.

—Lleva pan o algo parecido.

—Pero has dicho que podía comer galletas.

Su padre se impacientó.

—A lo mejor se han acabado.

—No, hay una lata entera.

—Entonces, ¿por qué demonios las esconde esa idiota?

—No quiere que coma cosas buenas —le explicó—. Solo verdura.

—Te compraré patatas fritas. Vamos.

Su padre no compró patatas para él porque tenía sidra.

Mientras estaban en la puerta del Blue Dolphin apareció un grupo de mujeres riéndose por la calle Bridgeland, vestidas con medias de malla y unas camisetas de color rosa en las que ponía «LAS GALLINAS DE HANNAH BUSCAN GALLO».

—Míralas —dijo su padre meneando la cabeza.

Ruby sabía que eran unas fulanas y, de repente, le agradeció mucho a su madre que le hubiera limpiado el esmalte de las uñas antes de que lo hubiera visto su padre.

La lluvia amainó y a Ruby le resultó más fácil seguir vigilando cuando se pusieron en marcha otra vez, pero la única gente que pasó fueron un chico que empujaba una moto que no funcionaba y un hombre que paseaba con un perro blanco.

—¿Podemos tener un perro? —preguntó.

—No.

Se mordió el labio. Tonta. Había preguntado, le había dicho que no y ya no podría volver a preguntar en mucho tiempo. ¿Diría que sí a un conejo como el de la señorita Sharpe? Prefirió esperar a que estuviera de mejor humor. Quizá cuando fuera por la tercera lata de Strongbow. No entendía por qué seguía comprando algo que le ponía de mal humor. Al menos a ella las chocolatinas Mars y el *Pony & Rider* la hacían feliz.

Bajaron dos veces la colina en dirección a Bideford antes de encontrar a alguien que necesitara ayuda.

Era una joven que esperaba el autobús. Tenía el pelo corto y rubio, llevaba vaqueros y se llamaba Steffi. Solo quería cruzar el río hasta Instow, y preguntó si la podían dejar en Paul's Deli, en el paseo marítimo.

—Te llevaré a casa —dijo su padre—. No voy a dejarte en un sitio que no es seguro.

—Gracias —dijo Steffi—, pero trabajo allí y tengo que cobrar la paga. Siempre voy andando a casa desde allí. No queda lejos.

—Deberías tener más cuidado —dijo su padre muy serio—. Aceptar que te lleve un desconocido... Ya sabes que un loco anda suelto.

—Bueno —replicó Steffi encogiéndose de hombros—. Le acompaña su hijita y hace siglos que voy a Paul's.

—Me gustaría trabajar en una tienda de caramelos —intervino Ruby—. ¿Te los comes todos?

Steffi se echó a reír.

—No dejan. Si te los comes o lees las revistas, te despiden.

Ruby frunció el entrecejo.

—¿Incluso el *Pony & Rider*?

—¡Guau! —exclamó Steffi—. La leía siempre.

—¿Sí? —preguntó Ruby—. ¿Tienes un poni?

—Cuando era niña, sí. Se llamaba *Lundy Lad*, pero lo llamábamos *Laddie*.

—Ojalá tuviera uno —dijo Ruby con voz melancólica—, pero es muy caro.

—No es solo por el dinero —la cortó su padre—. Un caballo da mucho trabajo. No es solo el dinero, Ruby, eres como tu madre.

Ruby se echó hacia atrás. Se sintió herida. No era como su madre, ¡era como su padre!

Hicieron el resto del viaje en silencio.

Dejaron a Steffi en Paul's. Esta dio las gracias y le dijo adiós con la mano a Ruby antes de entrar en la tienda.

—Toma, Rubes —dijo su padre—. Entra y cómprate un helado.

Le dio una moneda de una libra. Ruby sabía que con ella

183

solo podría comprar un polo, no un helado de verdad, pero también sabía que se la había dado para disculparse, así que la aceptó, pasó entre los asientos y siguió a Steffi al interior de la tienda.

Desde el exterior Paul's parecía un establecimiento cutre, pero el interior era amplio, estaba bien iluminado, tenía un mostrador de *delicatessen*, dulces y una pared llena de revistas y cómics. Incluso había helados en el congelador.

Estaba eligiendo cuál pediría cuando Steffi apareció detrás de ella.

—¿Estás bien? —le preguntó.

—Sí, gracias.

—No quería enfadar a tu padre.

Ruby se encogió de hombros.

—Está enfadado porque no tiene trabajo.

—Ah, lo siento.

—No pasa nada —dijo Ruby antes de elegir un Fab.

—Espera —dijo Steffi de repente—. Guarda esto para el poni. —Sacó un billete de cinco libras de los vaqueros, se los dio a Ruby y después se fue.

Ruby se quedó tan sorprendida que ni siquiera le dio las gracias. Una vez su abuelo le había dado tres libras a cambio de un beso de cumpleaños, pero nunca había tenido un billete de cinco libras que fuera suyo.

¡Cinco libras!

Se lo gastó todo. En su mayoría en chocolatinas y patatas fritas, pero como era dinero extra también se compró una revista. Ya tenía el último número de *Pony & Rider*, así que se compró una que se llamaba *TeenBeats*. En la cubierta ponía: «SEIS FORMAS DE SABER SI REALMENTE TE QUIERE Y QUE TE BESE BIEN DESDE EL PRIMER MOMENTO» y llevaba pegado un sacapuntas de regalo. Sumó mentalmente todo lo que llevaba y completó los pocos peniques que le quedaban con unas bolitas de anís que había en un expositor junto a la caja registradora.

—¿De dónde has sacado todo eso? —le preguntó su padre en el coche.

—Me ha dado cinco libras.

—¿Quién?

—Esa chica, Steffi.

—¿Por qué?

—No sé, pero no he gastado la libra que me has dado.

Su padre la guardó sin decir nada.

Condujeron por el paseo marítimo con las luces de Appledore a la izquierda, reflejadas en el tranquilo río que había entre ellos y las grandes y elegantes casas a la derecha. Se veían extensos jardines y balcones de cristal, y el hotel Commodore, bajo y blanco iluminado por los focos de su espacioso césped.

—¡Mira! —dijo Ruby—. Ahí está el coche del claxon raro.

—Pasaron lentamente junto al coche amarillo con franjas negras que estaba aparcado en el paseo marítimo, y Ruby distinguió la oscura silueta del conductor detrás del volante.

—¡Idiota! —dijo su padre.

Ruby se echó a reír.

Su padre necesitaba ir al baño, que estaba en el aparcamiento cercano a las dunas, donde la carretera se alejaba del mar.

Era solamente un trozo de tierra plano encajonado entre las dunas, la playa y la carretera. En tiempos estaba asfaltado, pero en ese momento estaba cubierto de arena que crujió cuando dio la vuelta con el coche y dio marcha atrás limpiamente hacia los imponentes bancos de arena.

—Espera aquí, Rubes —le pidió.

—Vale —contestó. Tampoco es que quisiera ir a ningún sitio.

En cuanto salió del coche pasó al asiento de detrás, se tumbó, sacó una chocolatina Mars y abrió *TeenBeats*. Tenía que entrecerrar los ojos por la débil luz amarilla del interior, pero leer una revista sobre besos, con una chocolatina Mars gratis y zumo de grosella negra la hizo sentirse mayor.

Ruby se despertó al oír un ruido y un grito.

Se le aceleró el corazón y empezó a jadear como si hubiera estado corriendo. Sorbió la baba con zumo de grosella que se le había quedado en la comisura de los labios mientras estaba tumbada en el asiento de atrás.

El sonido del grito desapareció como un suspiro y volvió a reinar el silencio.

185

El coche no se movía, pero estaba inclinado. Se levantó lentamente esperando descubrir que estaba en los desiguales adoquines del patio de su casa. Pero no, seguían en las dunas.

—¿Papá?

Su padre no estaba allí. Se frotó los ojos, miró a su alrededor y después se puso de rodillas para mirar por la ventanilla.

Había alguien agachado al lado del coche.

—¿Papá?

La persona se levantó, se echó atrás y miró a su alrededor. Detrás de él había una farola, por lo que su cara estaba oscura. En un primer momento pensó que era su padre, pues llevaba sombrero vaquero, pero no lo era, estaba mucho más gordo y distinguió unas abultadas patillas a la luz de la farola.

Contuvo el aliento.

¿Qué estaba haciendo?

¿Y qué haría después?

Llevaba algo en la mano que brilló a la luz de la luna.

¿Un cuchillo?

Fue hacia ella, directamente hacia ella. Se apartó de la ventanilla y se acurrucó en el espacio para las piernas. Seguro que la veía. Y cuando lo hiciera abriría la puerta, la agarraría y la asesinaría. Le clavaría el cuchillo en el corazón. La cortaría en pedazos.

No había encontrado al asesino, el asesino la había encontrado a ella.

Estaba a pocos centímetros. Fue al cristal trasero, pero en vez de romperlo, entrar por allí, agarrarla y rebanarle el pescuezo, se inclinó y casi desapareció de su vista.

Encontró la voz.

—¡Papá! —gritó. Después se subió al asiento y empezó a golpear la ventanilla por encima de la cabeza del hombre—. ¡Papá! ¡Papá! ¡Papá!

El hombre se enderezó tambaleándose, dio un traspié y sus miradas se cruzaron durante un segundo a través del cristal. Después levantó una mano para cubrirse la cara.

—¡Eh! ¡Eh!

De repente echó a correr y su padre lo persiguió. Salió de la oscuridad y fue tras aquel desconocido. Sus pies golpeaban el suelo con un rítmico sonido, cruzó la calle y entró entre las casas, donde desaparecieron los dos en la noche como si nunca hubieran estado allí.

Ruby se quedó sentada, aturdida, con las manos y la frente apretadas contra el cristal como algo olvidado. Abandonada.

Después pasó entre los asientos y bajó el seguro de las dos puertas jadeando de miedo.

Esperó.

Esperó.

Debería salir, cruzar el aparcamiento y llamar en alguna de las casas para pedir que avisaran a la policía, pero estaba demasiado asustada como para hacerlo, estaba demasiado preocupada porque el hombre hubiera matado a su padre y volviera dando un rodeo por las dunas cercanas. Quizás incluso estuviera esperando a que saliera del coche.

El corazón le iba a la misma velocidad que la cabeza.

«Quizás haya matado a papá», pensó.

Se mordió el labio e intentó no llorar, pero dejó escapar un gemido de miedo sin darse cuenta.

Abrió la guantera para buscar un arma, pero solo había basura: papel para cigarrillos, bolígrafos, un encendedor Bic, un rollo de cinta negra y un bote con una medicina de color marrón con el tapón pegajoso.

Nada que pudiera utilizar contra el desconocido.

Incluso miró por el cristal trasero hacia las dunas que se elevaban detrás del coche. Si veía al hombre acercarse por la carretera, correría hacia las dunas y se escondería. La idea de abandonar el coche la aterraba, pero lo haría de ser necesario.

Una figura envuelta en sombras apareció en el oscuro túnel en el que se había convertido la calle que había entre las casas y se le pusieron los nervios de punta.

Accionó a tientas la manecilla de la puerta y cayó fuera del coche de rodillas. Después se puso de pie y fue corriendo a los brazos de su padre.

—Pensaba que no volverías nunca —dijo llorando—. Creía que estabas muerto.

Su padre la apretó con fuerza.

—Estoy bien. Shhh, estoy bien, Rubes.

—Creía que iba a matarme —sollozó contra sus costillas.

187

Su padre se echó a reír.

—No va a matar a nadie. Y mucho menos a mi mejor ayudante.

Empezaron a andar hacia el coche.

—¿Era el asesino?

Su padre meneó la cabeza.

—¿Ese imbécil? No, Rubes. ¿Has visto cómo ha echado a correr? Un asesino no huye como un niño. Un asesino se queda y pelea.

—Pero ¿qué estaba haciendo?

—¡Mierda! —Su padre se paró e indicó hacia el coche—. Eso.

Ruby no miró.

No podía. No podía apartar la vista de su padre. Se le entrecortó la respiración y notó que la húmeda brisa marina le llenaba la boca.

Su padre había extendido el brazo y señalaba el coche.

Con una pistola en la mano.

31

*L*a pistola era muy bonita. Ideal para la mano de un vaquero de verdad y del color del cielo encapotado.

Ruby y su padre se sentaron dentro del coche, inclinado por la rueda pinchada, y la contemplaron a la mortecina luz amarilla.

—¿Es de verdad? —susurró Ruby.

—No —contestó su padre, y la pistola perdió parte de su magia—. Pero lo parece, ¿verdad?

—Sí, sí que lo parece.

—Es un Colt.

—¡Guau! —exclamó Ruby—. Como los potros.

Aquello la hacía aún mejor. Olvidó las lágrimas y el miedo antes de que la sal se hubiera secado en sus mejillas. Se había desembarazado de toda sensación de peligro con la misma rapidez con la que su padre había salido en persecución de aquel desconocido. Estaba demasiado fascinada como para estar asustada.

—¿De dónde la has sacado?

Su padre se dio un golpecito en la nariz para hacerle ver que era ultrasecreto.

—¿Y qué pasa con las autoridades?

—Ojos que no ven...

—¿Me dejas verla? —pidió Ruby extendiendo la mano, pero su padre apartó la pistola.

—Puedes verla, pero no tocarla.

—¿Por qué no? No es de verdad.

Su padre se puso serio.

—Las armas son peligrosas, Rubes, aunque sean falsas.

Ruby arrugó la nariz.

—¿Por qué?

—Es lo suficientemente real como para darte un buen susto. Y lo suficientemente real como para darte malas ideas. Y si alguien te ve con ella, es lo suficientemente real como para que te peguen un tiro o te detenga algún policía idiota.

Asintió. Aquello tenía sentido.

Pero seguía queriendo tocarla.

—Es alucinante —dijo con voz deseosa.

Pero su padre la miró fijamente.

—Prométeme que no la tocarás nunca, Rubes.

—¿Nunca? —Le pareció una petición excesiva.

—Nunca. ¿Lo prometes?

Hizo un esfuerzo.

—Lo prometo —dijo con un mohín.

—Promete también que no se lo dirás a nadie.

—Lo prometo.

—Es un secreto trascendental, ayudante. Si alguien se entera de que la tengo, me puedo meter en un buen lío. No se lo digas a tu madre. No se lo digas a nadie. ¿Lo juras?

—Y que me muera ahora mismo.

—Muy bien. Ahora tengo que cambiar la rueda. Quédate en el coche y vigila la carretera.

Miró a su alrededor temerosa.

—¿Va a volver ese hombre?

—No creo.

Salió del coche y se llevó la pistola.

A su padre le costó una eternidad cambiar la rueda. En primer lugar, tuvo que buscar unas piedras en las dunas para ponerlas bajo las otras ruedas. Después hizo un montón de ruido con el maletero abierto, gruñó y refunfuñó, levantó el coche y después lo bajó. Cuando dejó la rueda en el maletero, el coche se inclinó hacia atrás.

Mientras tanto Ruby mantuvo una nerviosa vigilancia subida al cojín tapizado, yendo de un lado al otro del coche y observando la carretera por si volvía aquel canalla.

Por eso fue la primera en ver las luces azules de la policía.

—¡Papá! —lo llamó tras abrir la puerta—. ¡Pa…!

—¡Quédate ahí, Ruby! ¿Qué te he dicho?

Volvió a meter la pierna dentro muy nerviosa.

—Pero, papá, es la policía.

—¡Mierda!

Cerró el maletero de golpe, se limpió las manos en los vaqueros y entrecerró los ojos en dirección a las luces que se aproximaban. Eran tres coches. Dos se dirigieron hacia las casas. El tercero se acercó lentamente, se detuvo un momento fuera del aparcamiento y después fue despacio hacia ellos. Ruby oyó el rechinar de la arena bajo las ruedas, grano a grano.

El coche de policía paró frente a ellos a diez metros, con las luces encendidas.

No pasó nada.

—Papá…

—Shhh. Quédate en el coche y no digas nada.

—Pero…

Su padre cerró la puerta.

Estaba muy preocupada. Si no podía decir nada, esperaba que la policía no le preguntara nada. La policía siempre intentaba pillarte, incluso si no habías hecho nada malo.

Transcurrió lo que le pareció una eternidad sin que pasara nada. Siguió sentada, su padre estaba de pie y la policía no se movió de allí.

Finalmente, un policía salió del coche y fue hacia ellos.

—¿Buenas noches? —preguntó.

—¿Pasa algo? —preguntó su padre.

—¿Tiene problemas con el coche?

—He pinchado.

—¿Necesita ayuda?

—Ya he cambiado la rueda. Ha debido ser la gravilla —explicó dando una patada en las piedrecitas con la bota.

Ruby se preguntó por qué estaría mintiendo su padre. Él no tenía la culpa de que un canalla le hubiera reventado la rueda. Debería decírselo para que lo detuvieran.

—¿Le importa bajar la llave de cruceta, por favor, señor?

John Trick se dio cuenta de que la llevaba en la mano.

—Por supuesto, perdone —dijo mientras se agachaba para dejarla en el suelo al lado del coche.

La conversación sonó como cuando Ruby tenía la cabeza bajo el agua en la bañera. Como a distancia, a pesar de que estaban al lado.

—¿Puedo preguntarle su nombre, por favor, señor?

—John Trick.

El policía asintió y después miró hacia ella, que se agachó en el asiento.

—¿Quién es?

—Es mi hija.

—¿Cómo se llama?

—Ruby.

—¿Le importa si hablo un momento con ella?

—¿Por qué?

El policía sonrió.

—¿Le importa si hablo un momento con ella?

—Claro que no. No me importa.

El policía se acercó y dio un golpecito en la ventanilla.

—Gracias. ¿Le importaría esperar cerca del coche, señor?

Su padre lo miró un momento y después se alejó. Ruby se puso nerviosa al ver que se iba. Se detuvo a mitad de camino entre los dos vehículos y se dio la vuelta. Los focos recortaban su silueta.

El policía se acercó a ella y dio un golpecito en la ventanilla.

—Hola, Ruby. ¿Puedes abrir la puerta, por favor?

La abrió mínimamente.

El policía la abrió un poco más y se puso en cuclillas junto a ella.

—Hola. Me llamo Calvin. ¿Cómo te llamas tú?

Su padre le había pedido que no dijera nada, pero ¿cómo no iba a decirle cómo se llamaba a un policía? Era ilegal.

—Ruby Trick.

—Hola, Ruby —dijo el policía—. ¿Habéis estado en algún sitio bonito esta noche?

—Hemos ido a comer patatas fritas —contestó—. Después me he comprado caramelos y una revista en la tienda —le explicó enseñándole *TeenBeats*.

—Estupendo. Es tu padre, ¿verdad?

Asintió.

—¿Y dónde está tu madre?

—Trabajando.

—¿Dónde trabaja?

—En el hotel.

—¿Sabes el nombre del hotel?

Lo pensó un momento y arrugó la cara.

—Algo y manor.

—Eso está muy bien —dijo Calvin—. ¿Sabes tu dirección, Ruby?

—El Retiro, Limeburn, norte de Devon.

—Impresionante —la alabó Calvin mientras apuntaba la dirección.

—También sé el número de teléfono —aseguró orgullosa—. Lo sé hace siglos. Desde que era pequeña.

Calvin se echó a reír.

—¿Y cómo se llama tu madre?

—Alison Trick.

—¿Y tu padre?

—John Trick.

—Muy bien —El policía se irguió y metió la libreta de notas en un bolsillo—. Gracias, Ruby.

—Vale —dijo, encantada con el cumplido. Había contestado bien todas las preguntas y no había dicho nada sobre la patrulla, el faro roto o el vaquero con el cuchillo.

El policía fue a donde se encontraba John Trick.

—Es todo, gracias, señor Trick. Hemos recibido un aviso sobre una persona desaparecida.

—No hay de qué.

Miraron hacia la carretera. Los coches de policía habían aparcado en las estrechas calles detrás de las casas y las parpadeantes luces que iluminaban los tejados parecían las de la discoteca de un colegio.

—Espero que la encuentren —dijo John Trick.

—Yo también —se despidió el policía.

La carretera iba hacia ellos como una arenosa sábana negra, iluminada por un solo faro.

—¿Está la pistola en el maletero? —preguntó Ruby.

Su padre no contestó.

—¿Podré verla otra vez cuando lleguemos a casa?

—Déjalo, Rubes. Cuando lleguemos a casa, te irás directamente a la cama.

Su padre puso la radio y silbó con los dientes cerrados, como le gustaba a Ruby. Cuando era niña e iban de vacaciones a Cornualles, solía ir medio dormida en el asiento trasero oyendo silbar a su padre al tiempo que Kenny Rogers cantaba canciones sobre sus cuatrocientos hijos, sus cosechas y sus campos.

Pero aquella noche no podía dejar de pensar en la pistola. Se imaginó tocándola. No es que fuera a hacerlo. Se lo había prometido a su padre y mantenía sus promesas. Pero podía imaginarlo, ¿no? Podía imaginar cómo se miraría en el espejo, con el sombrero puesto y la pistolera con una pistola dentro. Se parecería a John Wayne. Sobre todo si se quitaba las zapatillas de conejito.

Se imaginó apuntando a Essie Littlejohn y viendo cómo se crispaba su mezquina carita por el terror y echaba a correr. Se imaginó apretando el gatillo. ¡Bang, bang, bang!

No contra ella.

Pero tampoco a mucha distancia de ella.

Sonrió al recrear esa escena y después frunció el entrecejo al oír un ruido amortiguado en la parte trasera del coche.

—¿Qué ha sido eso? —preguntó.

—¿El qué? —dijo su padre.

Bum, bum.

Se dio la vuelta para mirar hacia atrás. Por supuesto, no había nada, excepto los setos iluminados por el mortecino resplandor rojo de las luces traseras.

Bum.

—¿Qué es ese ruido? —volvió a preguntar.

—Yo no he oído nada —contestó su padre.

Ruby se puso nerviosa. El coche se estropearía cualquier día. ¿Por qué tenía que ser precisamente siendo tan tarde y estando tan cansada? ¿Qué pasaría si su madre llegaba a casa y encontraba al osito panda?

Bum, bum.

—¡Otra vez!

Su padre se encogió de hombros mirando hacia el espejo retrovisor.

—El gato se habrá soltado. Quizá no lo he sujetado bien.

—A lo mejor es la pistola.

—¿Quieres dejar en paz la puta pistola? ¡Por Dios, Ruby!

Ruby se estremeció horrorizada. Su padre dio un frenazo y giró hacia la entrada de una granja. Salió del coche, dio un portazo, fue a la parte de atrás y abrió el maletero.

Ruby se dio la vuelta en el asiento y miró por la estrecha franja que había entre la tapa del maletero y la parte trasera del coche. Un centímetro de brazos sujetando el gato.

Era por su culpa. Le había pedido que lo dejara y no lo había hecho. Debería haberse olvidado del asunto.

Su padre volvió a entrar en el coche, dio otro portazo e hinchó los carrillos como si hubiera subido una grada corriendo.

Lo miró nerviosa.

—Siento haberte gritado, Rubes. A veces me sacas de quicio.

—Lo siento, papá —dijo asintiendo.

Su padre meneó la cabeza, miró un momento por la ventanilla y ahogó lo que podría haber sido una risa.

—Debes de haberlo heredado. Cuando tenía tu edad, era igual que tú. Solía poner nerviosos a todos los novios de mi madre.

A Ruby le gustó que su padre y ella fueran iguales.

—¿Cómo los ponías nerviosos? —preguntó.

—De todas formas. Me ponía a bailar delante del televisor. O entre ellos y mi madre en el sofá. O ponía barro en la cama. Cosas para volverlos locos.

—¿Y qué hacían ellos?

—La mayoría de las veces nada. De vez en cuando me llevaba un cachete. Pero una vez salí de la bañera y me meé en el agua antes de que entrara él.

Ruby se rio con ganas y su padre sonrió.

—Fue muy divertido, me estuvo persiguiendo por toda la casa con el culo al aire.

Ruby se rio.

—¿Tuviste miedo?

—¡Y tanto! Tenía siete años y él estaba muy enfadado. Me atrapó en la cocina —le explicó su padre. Luego se calló, ajustó las manos en el volante y miró por el retrovisor.

Ruby esperó con impaciencia a que continuara, con una sonrisa en los labios.

—Me atrapó en la cocina —repitió su padre—, y me puso la cara contra el fogón, que estaba encendido.

A Ruby se le heló la sonrisa.

—¿De verdad?

—Sí.

Ruby miró la cara de su padre. Por primera vez en su vida se dio cuenta de que las cicatrices no eran unas simples arrugas, sino tres rugosos círculos rosas. Pensó en el calor que despedía el hornillo en espiral y sintió un escalofrío.

—Creía que te había mordido un perro —susurró.

Meneó la cabeza.

—Es lo que dijimos a la gente porque no queríamos que interviniera la policía. Estuve un mes sin ir al colegio, así que no fue tan malo.

Le guiñó un ojo, pero Ruby no se sintió con ánimo de sonreír.

—¿Cómo se llamaba?

—Kevin —contestó. Después frunció el entrecejo y añadió—: O Steve. O Dave. Uno de ellos. Todos tenían manos. —Volvió a reírse, pero Ruby no lo hizo.

—¿Dejó de verlo tu madre?

—No.

—¿Por qué?

—Ya te lo he dicho —contestó con impaciencia—. La culpa fue mía. Siempre estaba poniéndolos nerviosos. Es lo que intento hacerte entender. No pongas nerviosa a la gente. Cuando alguien te diga que lo dejes, lo dejas, ¿de acuerdo?

—De acuerdo —dijo Ruby rápidamente, aunque su cerebro estaba lleno de preguntas. Lo miró unos segundos para calcular de qué humor estaba, esperando a que se relajara, pero su padre siguió con la vista fija en la carretera y las manos fuertemente apretadas en el volante.

Después, al cabo de un kilómetro o dos, empezó a hablar como si no hubieran dejado de hacerlo.

—Necesitábamos que se quedara porque no teníamos nada y se ocupaba de nosotros.

Ruby asintió aunque no lo entendió. En absoluto.

—Las mujeres no pueden evitarlo —dijo encogiéndose de hombros.

Las mujeres no pueden evitarlo.

Su padre había dicho lo mismo de su madre la noche que habían discutido sobre las espuelas, el trabajo y el amiguito.

Asintió. Recordó lo que no podían evitar las mujeres.

Ser putas.

Cuando el coche se detuvo en la plaza, Ruby se había vuelto a quedar dormida.

Su padre salió y fue al lado que estaba ella. Le cogió la mano, tiró con suavidad y Ruby siguió su brazo fuera del coche hasta quedarse de pie sobre unas vacilantes piernas. Había dejado de llover, ya no hacía viento y Ruby notó el sabor del mar. Si mantenía los ojos cerrados, quizá podría ir hasta la cama sin despertarse del todo.

Para su sorpresa, su padre la cogió por la espalda y por debajo de las rodillas. Dejó que lo hiciera. Volvió la cara hacia su hombro y le puso un brazo en el cuello, no recordaba cuándo había sido la última vez que la había llevado así. Deseó que esa balanceante sensación de cuando alguien te levanta y te lleva como a un niño durara para siempre.

Su padre atravesó los adoquines cargado con ella y subió la cuesta hasta El Retiro.

Cuando llegaron al escalón, la bajó con cuidado y abrió la puerta.

—No despiertes a tu madre —susurró.

Asintió adormilada y susurró:

—¿Adónde vas?

—A limpiar el coche.

Le dio un fuerte abrazo.

—Te quiero mucho, papá.

Cerró la puerta.

Ruby subió como pudo las estrechas y curvadas escaleras. Le pesaban las piernas y los brazos le colgaban como cuerdas mojadas. No se lavó los dientes, no fue al baño. Ni siquiera tocó a Afortunado para que le diera suerte.

En los pocos segundos que transcurrieron antes de que se quedara dormida solo tuvo un pensamiento.

«Tengo que tocar la pistola.»

32

Steffi Cole estaba casi en casa cuando dejó de ser una persona para convertirse en un medio para conseguir algo.

Un poco más allá del restaurante Boat House sintió que algo duro le golpeaba en la espalda; cuando se volvió para increpar a algún gracioso, se encontró con un hombre sin cara que le dijo entre dientes:

—¡Sigue andando! ¡Llevo una pistola!

Así que Steffi Cole siguió andando. También intentó seguir pensando, pero tenía que andar mientras lo hacía, por la pistola.

¿Era un robo? Podía sobrellevarlo. Tenía sesenta y cinco libras en los vaqueros. No se lo diría, pero, si las encontraba, se las daría.

¿Era una violación? Se preparó mentalmente. Si se veía obligada, tendría que sobrellevarlo. Se dio cuenta de que mientras no le hiciera daño soportaría cualquier cosa.

Era curioso que las perspectivas cambiaran tan rápido como las circunstancias.

El hombre seguía clavándole la pistola en la espalda. Intentó distinguir si aquello se parecía a una pistola. ¡Como si lo supiera! Seguramente era mentira. Nadie tenía una. Al menos en Instow.

Pero ¿podía correr el riesgo? Steffi pensó en las posibles consecuencias de no correr más rápido que él. Que le pegara un tiro en la columna antes de que diera cinco pasos.

Vivir en una silla de ruedas. Mear en una bolsa.

Se imaginó cayéndose, que la atrapara, que se enfadara.

Pensó en la vergüenza de correr aterrorizada si en realidad era una broma y quedar como una tonta.

Cuanto más le gritaba su mente que aminorara el paso y permaneciera cerca de las casas y los pubs, más la obligaba la supuesta pistola a alejarse de ellos. Un piloto automático obediente y autodestructivo se había encendido en su interior y había perdido el control manual. Y antes de que se le ocurriera cómo escaparse, se quedó sin tiempo.

—¡Por ahí!

Otro golpe seco en la espalda, entre los omoplatos. Torció a la izquierda y entró en la fina arena de las dunas.

Subió la primera y sus pies se hundieron en la blanca arena.

—¿Adónde vamos? —preguntó.

El hombre no contestó durante unos cuantos pasos y después dijo:

—Vamos a llamar a tu madre.

Sintió que se le revolvía el estómago como si estuviera en una montaña rusa.

Sabía perfectamente a qué se refería.

No era un robo. No era una violación. Se sintió vacía e incrédula. No hacía ni diez minutos había recogido la paga y le había dicho a su jefe que lo vería al día siguiente, y en ese momento tenía una pistola en la espalda y alguien la empujaba hacia lo que el *Gazette* describía como un «horror indescriptible».

No podía entender por qué había seguido andando por el paseo marítimo como si no pasara nada. Tendría que haber echado a correr. Ese sí era un plan de escape. Quizá la hubiera salvado. Pero se lo había pensado demasiado.

Pensar mucho era natural en ella. Meter caramelos en bolsas y servir helados en Paul's era un trabajo ocasional. Su ilusión era sacarse una licenciatura en informática. Estaba en segundo curso en Bristol y bordaba los módulos de pirateo ético y contramedidas.

Contramedidas. La palabra pareció burlarse de ella cuando cayó en la blanda arena y se levantó agarrándose a una mata de duro carrizo. Jamás había ido a clases de defensa personal; jamás había visto una película de Jackie Chan, ni siquiera para reírse. Y rechazaba todas las ofertas de llevarla a casa en coche, por pura autocomplacencia. Se habría dado de bofetadas. Su futuro se basaba en ser más lista que sus oponentes y, sin embargo, allí estaba, en una duna oscura y desierta con lo que seguramente sería un asesino.

Si no lo era, se enfadaría muchísimo. Si se trataba de algún tipo de juego macabro para llevarla a una fiesta en la playa con sus amigos, ese tipo era hombre muerto. En el momento en el que se quitara el ridículo pasamontañas y dijera: «¡Sorpresa!», lo dejaría sin sentido.

Gritar.

Era otra cosa que podría haber hecho mientras estaba cerca de las casas, pero se había dado cuenta demasiado tarde.

Correr, gritar. Ambas acciones requerían instinto, no lógica.

Su lógica podía costarle la vida y, por un momento, se angustió por la injusticia que aquello suponía.

Después se controló. No debía dejar de pensar simplemente porque estuviera intentando recuperar sus instintos animales. La lógica le decía que aún podía encontrar la forma de salir de aquella situación. Estaban casi en lo alto de la duna. Las conocía como la palma de su mano. Había jugado de niña, había paseado el perro de la familia y la habían besado por primera vez en ellas. Había sido Barry Stoodley. Hubo demasiada saliva y estaba demasiado preocupada porque la vieran.

Otros cinco o seis pasos y llegaría a la cima.

Ese sería el momento de echarse a correr. Cuando pudiera aprovechar la aceleración de la bajada mientras ese gilipollas se esforzaba por subir. Sintió que el nerviosismo confirmaba que era lo que debía hacer. Lo visualizó, tal como hacía con su saque en el tenis. Era la clave del éxito en los deportes, la visualización. Sabía exactamente el momento en el que llegaría a lo alto de la duna. En ese preciso momento echaría a correr duna abajo. Estaría a diez metros de él antes de que llegara a la cima y empezara a perseguirla. Aquello bastaría. Aunque tuviera una pistola. Estaba oscuro y en la arena no podría apoyarse bien, además se acordó de que había leído algo sobre que normalmente la gente no consigue acertar con una escopeta en la puerta de un granero a diez pasos. Al parecer es más difícil de lo que parece.

Si conseguía bajar corriendo la duna...

Sabía todos los caminos y atajos, tenía que torcer a la derecha rápidamente y después tomar la curva pronunciada para hacerle creer que se dirigía hacia su salvación, de vuelta a las luces del Boat House. Pero también había una pequeña curva que le permitiría volver sobre sus pasos a través de una estrecha garganta en las dunas y salir a cien metros de distancia en arena dura y plana, excelente para correr.

Y en esa ocasión correría.

—¡Para!

—¿Qué?

—¡He dicho que te pares!

Se detuvo y miró el oscuro borde de la duna, seductoramente cerca.

No iba a dejarle llegar.

—¡Quítate la ropa!

—¿Qué quiere?

—¡Quítate la ropa!

El miedo la enfadó y el enfado la envalentonó. Decidió asumir el control y poner fin a aquella situación antes de que la inmovilizara el terror. No se trataba de cortar algo de raíz —la raíz ya se había extendido demasiado, así que era tarde para eso—, pero sí que podía detenerlo en cualquier momento, y si quería que la situación cambiara, necesitaba su calmado y científico cerebro. Necesitaba actuar como una universitaria y no como un extra prescindible en una película de asesinatos para adolescentes.

Reunió toda la confianza en ella misma que pudo.

—Voy a volverme, ¿vale?

—No, no lo vas a hacer.

—Voy a hacerlo muy lentamente —dijo con voz tranquilizadora.

Empezó a hacerlo y recibió un duro golpe en la cara.

Cayó, pero como la pendiente era tan pronunciada no había mucha distancia al suelo y aterrizó de culo en la suave arena frente al hombre.

—Ahora dame tu teléfono y quítate la ropa.

Lo miró envuelta en un extraño y entrecortado aturdimiento. Tenía una pistola, no había mentido al respecto. Pero

¿era el mismo hombre que había asesinado a Frannie? A ella no le habían disparado. La habían estrangulado o algo así. Había sido algo manual. Se olvidó del dolor en la mejilla y en la nariz, y se preguntó qué sería peor, si que le disparara o que la estrangulara. Lógicamente prefería que le disparara porque acabaría en un segundo y el terror desaparecería rápidamente, pero con las manos siempre cabía la oportunidad de escaparse. Podía pasar algo que la salvara. Había más posibilidades de que la rescataran o se produjera un milagro.

Con las manos podía ser mejor.

Empezaba a darse cuenta de que la lógica no tenía sentido en lo relativo al asesinato.

En cualquier caso, era demasiado tarde. La pistola era lo que la había obligado a caminar como un corderito cuando debería de haber corrido, gritado y escapado. Y eso era lo único que importaba.

Le entregó el teléfono y se quitó la ropa. Mientras doblaba la blusa de rayas blancas y verdes se preguntó si alguien la identificaría por la horrorosa foto del carné del sindicato de estudiantes. Aquello sería tan humillante en la muerte como lo era en la vida.

Quitarse los pantalones delante de un extraño era como llegar a un punto sin retorno. No había milagro ni caballero con armadura brillante; ningún repentino rescate *hollywoodiense*; ningún borracho playero que apareciera y asustara al hombre. Nada pasó para que dejara de bajarse la áspera tela hasta los muslos y se tambaleara sobre una pierna para quitárselos.

Nada pasó para que dejara de llorar.

Intentó dejar de desnudarse en las bragas, pero el hombre la miró hasta que se las quitó. Tembló y sollozó; intentó cubrirse las partes pudendas y los pechos, aunque tampoco parecían importarle, así que se abrazó.

—Tengo frío.

El hombre se echó a reír.

—No tanto como vas a estar.

Sintió un chirriante terror en la cabeza y el estómago. Seguía sin creer que su vida fuera a acabar así, necesitaba hacer algo rápidamente y no sabía qué. Tenía futuro. Tenía planes. Apenas tenía veinte años. Tenía una hermana llamada Maggie y un gato llamado *Ratón*, y todavía no le había comprado el regalo de cumpleaños a su padre. El último mes había ido un poco justa y había escrito un vale.

«Te debo un regalo de cumpleaños (cuando me den la beca). Beso, beso, beso.»

Pensó que era un bonito detalle. Él también lo pensó. En ese momento se daba cuenta de que no lo había sido, de que era egoísta. Había tenido dinero para cigarrillos, ¿no? Había tenido dinero para ir en autobús hasta Barnstaple para ver la última película de Johnny Depp. Pero no había tenido dinero para comprarle un regalo de cumpleaños a su padre.

¿Dónde estaba la lógica? No la había. Sollozó con más fuerza.

La obligó a sentarse.

La obligó a llamar a su madre.

Todo se convirtió en una nebulosa. Una paralizadora nebulosa de horror. Su madre estaba tan cerca. De no haber estado llorando tanto habría distinguido la luz del porche de su casa en el caleidoscopio eléctrico en que se había convertido Instow. Apenas podía hablar, su cuerpo era puro temblor. Le castañeteaban los dientes y las manos le temblaban tanto que el hombre tuvo que sujetarle el teléfono.

—Dile adiós —le pidió.

La madre se puso histérica. Steffi intentó calmarla e intentó calmarse a sí misma también. Todavía pensaba que había una salida. Seguía sin creerse todo aquello.

Pero entonces el hombre le cogió el pelo con la mano izquierda y la obligó a poner la cara en la arena.

A Frannie Hatton la habían asfixiado. Lo recordó de repente. Esa palabra evocaba una almohada, pero podía hacerse con cualquier cosa, podía hacerse con arena.

Era ese hombre. Era el asesino.

Sacó los brazos e intentó apoyarse en ellos, pero el hombre le dio una patada en el interior de un codo, que se cerró como si tuviera una bisagra.

Casi la estaba doblando, le apretaba la nariz y la boca contra la asfixiante arena con la rodilla en la espalda, una implacable mano en el pelo y la otra sujetando el teléfono para que su madre viera lo que estaba haciendo.

—¿Lo ves? —repetía una y otra vez—. ¿Lo ves?

Steffi acabó por creer que moriría en las dunas, con la playa en los dientes y ni siquiera a cien metros de su casa.

Su vejiga se rindió, igual que ella.

Con las últimas fuerzas que le quedaban, giró la cabeza para aspirar una última bocanada de aire.

—Dile a papá que siento lo del regalo.

Después se ahogó en la arena.

Y nadie la encontraría.

33

*S*teffi Cole pesaba menos que Jody Reeves, aunque no estaba tan delgada como Frannie Hatton.

Por enésima vez, John Trick se alegró de no haber matado a esa primera chica en la playa. Nunca había sido corpulento y la idea de ir andando por los precarios guijarros con el gordo culo de Kelly Bradley al hombro le resultaba cómica.

Una piedra se deslizó al pisarla y se paró para recuperar el equilibrio. Andar por la playa a la luz del día era suficientemente difícil. De noche y con peso, requería cuidado y paciencia.

Había aprendido a tenerla. La falta de paciencia casi había dado al traste con sus planes al principio…

Había dejado el coche al lado de Frannie Hatton en la carretera entre Bideford y Westward Ho! En un primer momento, le había agradecido que la llevara. Después, por alguna razón que no entendió, cambió de opinión. Se enderezó, se echó hacia atrás y dijo: «La verdad es que, gracias, pero creo que iré andando».

Putilla descarada. Con sus fibrosos brazos de yonqui, el pendiente en la nariz y los tatuajes. Decir que no, como si fuera superior a él.

Como si mandara ella.

Así que salió del coche para enseñarle quién llevaba la voz cantante. Allí mismo, a la luz de las farolas que conseguían que todo pareciera naranja y extraño.

Frannie Hatton observó cómo iba a la parte delantera del coche, con la boca abierta como un pez. No podía creer lo que estaba pasando. Él apenas podía creerlo tampoco.

Demasiado tarde, se echó a correr... Pero la agarró por el brazo.

En el momento en el que sus dedos se cerraron en el bíceps, John Trick, supo que iba a matarla. No había vuelta atrás, ni aunque hubiera querido frenarse. Que no quiso.

Así que siguió.

Había traspasado el límite y le había gustado.

Ella se había resistido, cómo no. Era solo pellejo, pero habían peleado como dos ratas dentro de una bolsa. Incluso le había mordido en la mano cuando la metía a empujones en el coche. Si hubiera pasado algún coche, todo habría acabado. Había tenido suerte. De eso también había aprendido.

Había conducido de forma errática por los Burrows. La había obligado a salir del coche pistola en mano. ¿Podía elegir? Después la había alejado del coche más allá del campo de golf hasta que llegaron a un charco poco profundo de barro.

No había dejado de llover en todo el verano y había barro por todas partes.

Frannie tenía un teléfono. Todo el mundo tiene un teléfono, aunque no tenga trabajo.

«¡Llama a tu madre!»

Esta había colgado incluso antes de que tuviera tiempo de hacer nada, lo que había sido demoledor para él, y después la puta insensible no había hecho caso a la segunda llamada. Pero cuando finalmente tuvo a Frannie Hatton bocabajo y sus dedos se aferraron con fuerza en el pelo y apretó hacia abajo, hacia abajo, hacia abajo...

Sintió que el control abandonaba el cuerpo y pasaba a través del brazo hacia él. Lo llenó de poder, lo hizo poderoso.

El simple recuerdo le hacía sentirse hombre.

John Trick soltó un gruñido, bajó a Steffi y miró los cuerpos desnudos que había a sus pies. Una rata salió corriendo de la apestosa oscuridad entre los pequeños y firmes pechos de Jody Reeves.

No se había sentido tan bien desde que había empezado a trabajar en el astillero cuando tenía dieciséis años. Algo en su interior se hinchó. Era una sensación parecida al orgullo. Orgullo de sí mismo y orgullo de Ruby. Había dudado sobre si llevarla con él, pero le había recompensado enormemente. Matar era mucho más fácil cuando estaba con su hija.

Había sido su vaquerita la que le había enseñado cómo debía hacerse. Recoger a la profesora en la parada del autobús había sido una genialidad. La forma en que el recelo se había transformado en aceptación agradecida en cuanto había visto a la niña que iba a dar una vuelta con su padre.

¿Quién no entraría en el coche?

Sería de mala educación no hacerlo.

El viento se llevó la carcajada que soltó.

Ruby era la clave. A veces se preguntaba si había sabido desde el primer momento lo que estaba haciendo. Que le estaba enseñando, como él le enseñaba a ella.

Como aquella noche, debería de haberse asegurado de que Steffi estaba muerta en las dunas, pero la voz aterrada de Ruby había disparado una alarma en su interior. Estaba en peligro. Su carne y su sangre necesitaban su ayuda. No era una excusa, era algo biológico.

Siempre que aprendiera de los errores, claro, eso era lo importante. Era como empezar un trabajo nuevo. Nadie espera que lo sepas hacer todo de entrada, pero cuando lo haces bien —cuando es de libro— la sensación de triunfo es abrumadora.

Adictiva.

El asesinato era aprendizaje. Pero cada vez lo hacía mejor.

$\mathcal{M}$ark Spade juró que se desengancharía de la heroína el día que encontraron asesinada a su novia Frannie, así que Calvin y King no se sorprendieron al encontrarlo serenamente colocado cuando llegaron con una orden de registro.

Ni siquiera tuvieron que enseñársela, le parecía bien todo lo que hicieran. Les dejó entrar en su deprimente y abarrotada habitación, y se quedó con la espalda apoyada en la pared mientras Calvin y King miraban la ropa y la basura que los rodeaba, esparcida hasta la altura de la rodilla en algunos rincones, y deseaban poder evitarse el registro con una sencilla pregunta.

—Estamos buscando el aro de la nariz de Frannie, Mark —dijo la comisaria King—. ¿Lo has visto?

Mark Spade no contestó y cuando Calvin se acercó a él un poco más se dio cuenta de por qué.

—Está dormido.

—No fastidies —dijo King—. ¡Está de pie!

—¡Eh, Mark! —exclamó Calvin dándole un golpecito en el hombro.

Spade abrió los ojos y dijo:

—Pregunten a mi agente de libertad condicional si no me creen.

King y Calvin se echaron a reír, los ojos de Spade se despejaron ligeramente y preguntó:

—¿Qué?

—Estamos buscando el aro de Frannie. —King lo intentó de nuevo—. ¿Te acuerdas? El que llevaba en la nariz.

—¡Ah, sí! —dijo asintiendo—. El aro de la nariz.

—Ese —continuó King—. ¿Sabes dónde está?

—En la nariz.

—No, no lo está, Mark. ¿No te acuerdas? No lo tenía en la nariz cuando la encontramos.

—Nunca se lo quita.

—Bueno, pues esta vez sí que lo hizo, Mark. O alguien se lo quitó. O a lo mejor se lo quitó aquí, por eso queremos asegurarnos. Si no está aquí, puede ser una buena pista para nosotros. Para encontrar al hombre que la asesinó.

—¡Ah, sí!

—¿Podemos echar un vistazo?

—¿En su nariz?

—En la habitación. ¿Podemos echar un vistazo en la habitación?

—¿En esta?

—Sí, en esta.

—Vale.

—Gracias —dijo King—. ¿Te acuerdas de cómo es?

—¿La habitación?

—El aro de la nariz.

—Es un aro. Lo lleva en la nariz.

—Muy bien. ¿De qué color es?

—¿Color?

—¿Es plateado o dorado?

—Sí.

—¿Cuál de los dos?

Mark Spade frunció el entrecejo y cerró los ojos para intentar acordarse del aro de la nariz.

Al cabo de un minuto, Calvin volvió a tocarlo, se despertó y dijo:

—Plateado.

—¿Utilizas agujas, Mark?

—Nada de agujas, cucharas.

—Así que no vamos a pincharnos, ¿verdad? Porque si el agente Bridge o yo nos pinchamos nos enfadaremos mucho.

—No, no, no —insistió levantándose las mangas para enseñarles los brazos—. Solo cucharas.

Calvin abrió un cajón en la destartalada zona que parecía

una cocina y sacó una cuchara doblada y torcida, trozos de papel de aluminio y unos cuantos mecheros Bic.

—Se la fuma, no se la pincha.

—Muy bien —dijo King poniéndose unos guantes de látex—. Supongo que deberíamos empezar.

Pasaron el día en la habitación. Mark Spade durmió en el sofá durante todo el tiempo, por lo que decidieron apilar lo que habían registrado en un lado y después moverlo para hacer lo mismo en el otro.

Era asqueroso, incluso con guantes.

Entre la ropa y la porquería encontraron varios platos de papel cubiertos con lo que parecía salsa de judías, docenas de paquetes sin abrir de fideos y varias partes esparcidas de lo que parecía la jaula de un hámster, con una rueda de plástico rota y virutas de madera. Todo en la habitación estaba rociado con pequeños excrementos en forma de bolita, como si a alguien se le hubiera caído una enorme caja de Tic-tacs de chocolate.

A la hora de comer, Mark Spade se despertó y pidió aros de pasta en una tostada. No había ni pan ni aros ni una sartén visible, por lo que Calvin fue a comprar tres raciones de pescado y patatas fritas. Cuando volvió, Mark estaba dormido otra vez.

King y Calvin comieron de pie. Mark estaba en el sofá, y la única silla que había estaba llena de cartones de huevos y tres botellas de Jack Daniels llenas de orina.

Después de comer se pusieron guantes nuevos y revisaron metódicamente montañas de basura apestosa, ropa sin lavar y excrementos, pero no encontraron el aro de la nariz. Unos tapones para la nariz no les hubieran ido mal.

—Auténticamente glamuroso.

Registraron el baño y el retrete durante una hora extra, que Calvin sabía que no le pagarían, y finalmente estuvieron razonablemente seguros de que no había un centímetro cuadrado de la habitación que no hubieran registrado.

Excepto el sofá, en el que Mark roncaba estrepitosamente.

—Deberíamos mirar en la parte de atrás —dijo King—. De hecho, ahora que lo pienso, es lo primero que deberíamos haber hecho.

211

Calvin se estremeció.

—¿No podemos despertarlo y pedirle que lo haga él?

—¡Venga! ¿Dónde está su espíritu aventurero?

—¿Mi espíritu aventurero?

—Sí —contestó King—. Evidentemente voy a aprovecharme de mi rango.

—¿No podemos echarlo a suertes?

—No —respondió King, y después añadió para animarlo—: Puede quedarse todo lo que encuentre.

Calvin suspiró, fue hacia el sofá y zarandeó a Mark Spade hasta que se dio cuenta de que no iba a despertarse. Después entre King y él arrastraron al durmiente hasta la moqueta cubierta de excrementos, y Calvin empezó a meter la mano por el lateral de los cojines. Se fijó en que el sofá estaba tapizado con pana y se dio cuenta de por qué Shirley no quería mantener relaciones en el suyo. Aquel era una bacanal de manchas sospechosas, extraños fragmentos y aros de pasta resecos.

Introdujo la mano en un lateral, la movió con cuidado y sacó todo lo que fuera sólido. Encontró tres bolígrafos, una galleta de *bourbon*, ochenta y ocho peniques en monedas sueltas, incontables sobrecitos de sal y una entrada de un concierto de The Killers.

Volvió a introducirla.

—¡Ja! —exclamó sacando un billete de cinco libras. Lo dobló en forma de triángulo—. ¡Mío!

—No puede quedarse nada de valor —especificó.

Calvin refunfuñó y empezó de nuevo.

Casi había acabado cuando de repente:

—¡Qué demonios! —exclamó sacando la mano con cara de asco.

King se acercó y observó el pegajoso y oscuro trozo de algo que se había quedado clavado en la punta de los dedos de Calvin. En un extremo había un desgarrado trozo de cuerda enmarañada.

Calvin lo olió y casi vomita.

—¿Qué demonios es esto?

—¡Un tampón!

Ambos se alarmaron y miraron a Mark Spade, que de pronto estaba despierto, espabilado y contentísimo.

—¿Un tampón? —comentó King, horrorizada.

—No es un tampón. Es *Tampón*. El ratón de Frannie. Desapareció hace años.

Calvin tenía un ratón muerto en los dedos.

—¡Mierda! —gritó—. ¡Mierda! ¡Mierda! ¡Mierda! —Dio un salto hacia atrás y fue corriendo hacia la zona de la cocina, donde se quitó el guante, lo tiró en el fregadero sobre unos platos cubiertos de moho y abrió el grifo—. ¡No hay jabón! —protestó mientras la comisaria King se reía como una colegiala.

—Sí que hay —aseguró Mark Spade con calma, se levantó y fue hacia donde Calvin estaba a punto de echarse a llorar.

Se inclinó, abrió el horno y sacó una caja grande de cartón todavía cerrada con cinta adhesiva. La abrió con una larga y sucia uña, y Calvin se asombró al ver que contenía unas cincuenta pastillas de jabón de diseño, todas envueltas individualmente con un delicado papel (no pudo dejar de fijarse) cortado a mano.

Spade las olió antes de entregárselas al desesperado Calvin.

—Canela y mirra.

—¿Tendrá suficiente? —preguntó King echando un vistazo a la caja.

Mark Spade la miró muy serio y dijo:

—Siempre viene bien tener jabón.

Se fueron de la habitación sin el aro, pero con una pastilla de jabón que les había regalado Mark Spade a pesar de sus protestas.

—Por Frannie —repitió varias veces—. Por Frannie.

El olor a canela y mirra inundó el Volvo mientras Kirsty King condujo de vuelta a Bideford. Aun así, Calvin estaba deseando llegar a casa, desnudarse y frotarse bajo una ducha de agua caliente hasta convertir el jabón en un resto de gloria perfumada.

En un inusual gesto solidario, la comisaria King le había permitido quedarse con las cinco libras, pero aquello no bastaba, ni mucho menos.

35

Ruby no podía dejar de pensar en la pistola. Tenía tantas ganas de contárselo a alguien que estaba a punto de explotar.

Miró por la ventana y vio que Adam y Chris subían el camino de Clovelly. Se puso rápidamente el abrigo y las botas, pero, cuando llegó resoplando al claro en el acantilado, habían desaparecido.

Maggie estaba en el columpio, colgada en la deshilachada cuerda como un trapo de cocina con las rodillas tocando el barro.

—¿Has visto a Adam?

—Han ido a la pasadera —gruñó Maggie.

Ruby casi se alegró. No podía contarle lo de la pistola a Adam. Decírselo habría sido un gran error, era un enorme secreto.

Tanto que su padre se lo había ocultado.

No quería admitir cuánto le había dolido aquello. Se suponía que guardaban secretos a su madre, no entre ellos.

La hacía sentirse…

La hacía sentirse…

No enfadada, pero sí…

Algo.

Se agachó y cogió un palo del suelo por pura costumbre. Le encajaba a la perfección en la mano, pero miró con repentino desdén aquel trozo de madera húmeda y nudosa. Solo una niña tonta creería que aquello era una pistola. Había visto una de verdad y ya no había vuelta atrás.

Algo en su interior echaba de menos ese palo, pero lo lanzó hacia el bosque.

Se dejó caer desconsolada en el banco. Los listones de madera estaban húmedos y llenos de diminutas flores de liquen. Las raspó con furia, las arrancó de su hogar y las tiró hacia el columpio.

Encontrar cosas no siempre era bueno.

La pistola lo era, pero había acabado con los palos para ella. Tener secretos era bueno, pero guardarlos era duro. Y crecer estaba bien, pero, al mismo tiempo, no quería perder la cálida sensación de seguridad que siente una niña cuando su padre la lleva en brazos.

Había estado impaciente por que todo cambiara y, cuando lo había conseguido, tenía la extraña sensación de querer ralentizarlo —incluso detenerlo— durante un tiempo, mientras decidía qué hacer.

Soltó un profundo suspiro, hinchó los carrillos y miró hacia el húmedo bosque.

—¡Eh! —exclamó de repente—. ¿Dónde está Em?

—Por allí —contestó Maggie indicando de forma imprecisa hacia el mar.

Atravesó el claro, apartó unas ramas y la encontró sentada en el borde del acantilado, a mucha altura sobre la playa, con las piernas desnudas, las brillantes botas de agua de color rosa colgando en el aire y el dobladillo del vestido tan arriba que distinguió el cierre azul de los pañales. Cantaba entre dientes de forma poco melodiosa y llevaba un ritmo imaginario con las piernas.

No vio a Ruby.

Ruby estiró la mano en silencio, tal como había hecho su padre en la playa, y vio a Em en la mira de la pistola que habían creado el pulgar y el índice. Imaginó la culata cómodamente alojada en la palma, el dedo curvado en el frío gatillo y la brillante curva de las balas titilando en el grueso y estriado cañón.

«Lo suficientemente real como para darte un buen susto. Y lo suficientemente real como para darte malas ideas.»

Imaginó la sacudida del disparo, el agudo grito de Em mientras caía hacia los grandes y negros guijarros que había a treinta metros de distancia.

Una de las botas se había bajado en su regordeta piernecita, y Em se había inclinado hacia delante para evitar que se le cayera.

—¿Ruby? —llamó Maggie desde el columpio.

Ruby abrió la boca para contestar… y después la cerró.

Y observó.

Em se tambaleó al intentar sujetar la parte de arriba de la bota de goma. La agarró precariamente, pero se le resbalaron los dedos y su cuerpo osciló adelante y atrás por el retroceso antes de quedarse quieta.

Ruby respiró.

Pero Em se inclinó una vez más, sin darse cuenta de que podía caerse, y gruñó por tener que hacer el esfuerzo de estirarse tanto para alcanzar algo que se había bajado incluso más en su pierna, con una pompa de mocos entrando y saliendo de su sonrosada nariz, mientras con la otra mano intentaba apartarse de los ojos el enmarañado pelo.

Ruby reprimió una débil punzada de sentimiento de culpa. Em no era su hermana. No la quería. Era una pesada que siempre les hacía ir más despacio, con piernas cortas y calcetines siempre arrugados en las botas de goma y un fétido hedor que a menudo emanaba de su trasero acolchado. Pasara lo que pasase no era culpa de Ruby. Nadie le echaría la culpa. Tendría algo interesante que escribir en su diario y todo el mundo querría ser su amigo.

Nada como un niño muerto.

Em volvió a gruñir frustrada, movió las piernas y la bota salió despedida. Se echó hacia delante para cogerla y, de repente, su centro de gravedad se inclinó demasiado.

Ruby agarró la capucha de Em y la apartó de un tirón del borde, la arrastró por el barro y las piedras con el corazón desbocado por lo a punto que había estado, lo a punto que había estado de dejar que sucediese.

Tuvo un subidón de adrenalina.

—¡¡¡No!!! —gritó a la cara de Em y sacudió su cuerpo con fuerza—. ¡No!

La cara de Em se arrugó y empezó a aullar asustada.

A Ruby le dio igual. Ella era la que debería estar aullando asustada. Merecía llevarse un buen susto. Era mejor que caerse por un acantilado, ¿no? Que llorara lo que quisiese. Estuvo a punto de darle una bofetada también, por ser tan tonta.

—¿Qué pasa? —preguntó Maggie, que había ido corriendo desde el claro.

—Casi se cae por el acantilado. La he agarrado justo a tiempo.

Maggie la miró y después miró a Em.

—¡Ah!, gracias. —Agarró la mano de Em con fuerza y también le dio una sacudida que provocó nuevos gritos—. ¡Te he dicho que no vayas cerca del borde! ¿Dónde está la otra bota?

—Se ha caído —le explicó Ruby.

Maggie puso la misma cara de circunstancias que Ruby había visto poner a la madre de Maggie.

—¡Vamos! —ordenó antes de empezar a bajar el camino tirando de la berreona de Em, cuyo arrugado calcetín ya estaba lleno de barro.

Cuando se fueron, se acercó al borde y se puso de rodillas para mirar. A lo lejos estaba la bota de Em, una diminuta L de color rosa en la playa.

Sin niña.

Estuvo largo tiempo mirándola.

No podía evitar sentirse defraudada.

36

*L*a señorita Sharpe dedicó una sonrisa a los señores Trick. Era la que le gustaba describir como su sonrisa para recibir a los padres: cabeza inclinada y cejas algo arqueadas, sin enseñar los dientes. Era una sonrisa que decía: su hijo es especial, único y maravilloso, pero…

Deseaba realmente tener tiempo para invitar a los padres y decirles que sus hijos se portaban bien y le entregaban los deberes a tiempo, habría sido agradable, para variar. Con todo, se alegraba de que los padres de Ruby hubieran ido. Que los padres se involucraran era gratificante.

Mientras los esperaba había puesto en práctica su juego personal de adivinanzas. Por supuesto, ya conocía al señor Trick. Era enjuto, fuerte y moreno, con patillas negras. Unas patillas que quizá eran demasiado largas. Casi como las de Elvis. Le gustaban los buenos imitadores de Elvis, pero Elvis era el rey, y el señor Trick evidentemente no era —aunque cuando llegaron llevaba botas negras, vaqueros negros y camisa negra— una manida reencarnación.

El señor Trick no se parecía en absoluto a Ruby, por lo que, para compensar, había imaginado que la señora Trick sería una robusta pelirroja con pecas. Pero, cuando entró Alison Trick, se concedió un uno y pensó que había sido generosa con ella misma. Ella nunca había sido especialmente guapa, pero había admirado la belleza en otras personas, y la madre de Ruby Trick lo había sido.

Si se obviaban las marcas de cansancio alrededor de los ojos, aún lo era.

Tenía una piel impecable, ese nítido y pálido cutis que solo se consigue con los genes adecuados hidratados por la lluvia. Su corta melena tenía el color del trigo maduro y sus ojos eran fríos y azules, rematados con unas largas y cobrizas pestañas.

Era tan diferente al señor Trick que se preguntó cómo era posible que hubiera tenido tanta suerte. Incluso ella se sentía confusa al respecto.

—Ahora ya sé de dónde ha sacado Ruby su bonito pelo rojo —la elogió, pero la señora Trick no sonrió. Se colocó el pelo detrás de una oreja con un movimiento reflejo.

—Lo ha heredado de mi familia —dijo.

La señora Trick no aceptaba cumplidos. Parecía desdeñosa, casi a la defensiva, y la señorita Sharpe decidió pasar rápidamente a otro tema.

—Siéntense, por favor —les pidió.

Todos se sentaron en sillas de niños; rápidamente pasaron a llamarse por sus nombres porque ya no estaban en la década de los cincuenta.

Alison y John.

—Muchas gracias por venir —empezó la señorita Sharpe—. Ruby es una chica encantadora.

Silencio.

Aquello era inusual. Era el momento en que los padres siempre decían: «Muchas gracias», «Sí, es un genio» o «Nos alegra que diga eso, porque en casa se porta fatal».

Algo.

Pero los padres de Ruby Trick no dijeron nada. Se limitaron a mirarla con cierta preocupación. No parecían tener interés en el «encantadora», solo en el «pero».

Así que aparcó la palabrería y fue al grano.

—Pero la razón por la que os he llamado es porque también estoy un poco preocupada por ella. Últimamente se la ve muy cansada en clase.

Se fijó en que Alison miraba a su marido, pero este no volvía la vista hacia ella.

—En casa parece estar bien.

—¿No se ha quejado ni se ha sentido mal?

Alison esbozó una tímida sonrisa.

—Todos los días. Al menos, lo intenta. Todos los niños lo hacen, ¿no?

—Sí, claro —dijo la señorita Sharpe. Sonrió y dudó antes de continuar—. Hay algo más que me preocupa. —Cogió el diario de Ruby, que estaba encima de la mesa—. A veces utiliza un lenguaje inapropiado.

—¿Dice tacos? —preguntó Alison.

—No. Bueno, sí, pero también demuestra sus actitudes —le explicó, y de repente deseó que John Trick no se hubiera sentido lo suficientemente comprometido como para acudir a la cita—. Ha empezado a utilizar palabras derogatorias como «fulana» y «puta», y cosas aún más improcedentes...

—¿Sí? —Alison Trick parecía realmente sorprendida.

—No muchas, pero da la impresión de que está empeorando.

—¿Puedo verlo?

Notó que se ponía roja en el momento en el que le entregaba con manos inseguras el cuaderno para que lo leyera, cosa que hizo, en voz alta.

«Papá quiere a mamá, a pesar de que es una puta.»

Se produjo un incómodo silencio.

Muy incómodo.

Un silencio absoluto.

Alison Trick le devolvió el cuaderno sin decir palabra, pero tenía dos pequeñas manchas rosadas en sus pálidas mejillas. Como las de una muñeca. No miró a su marido.

—Espero no haberte molestado —se disculpó.

Alison meneó la cabeza y la señorita Sharpe continuó.

—Por favor, no os preocupéis demasiado. Los niños escriben todo tipo de cosas en sus diarios. Tendría que vivir en las nubes para creer la mitad de las cosas que dicen. Tengo chicos en clase que aseguran estar en un circo... o en la cárcel. No se puede creer todo lo que escriben.

Sabía que estaba hablando demasiado, pero lo hacía porque ellos no decían palabra. No estaba acostumbrada a tratar con gente que no participaba en las conversaciones y no conseguía dejar de farfullar.

—Evidentemente, no quiero que los niños se sientan inhibidos a la hora de escribir sus diarios, pero esto es un poco inusual.

Alison esbozó una parca y breve sonrisa.

—Mi madre solía decir que con un poco de inhibición se consigue mucho.

Se sonrojó. Alison Trick tenía razón. Tendría que haber sido más estricta con los diarios. Más madura.

—¿Puedo verlo? —pidió John estirando la mano.

Trick hojeó el cuaderno azul mientras su cerebro bullía. Algunas palabras al azar resaltaban acusadoramente en las líneas azules. Putas, mujerzuelas y fulanas… Sus palabras y pensamientos volvían a él desde las páginas del diario de su hija.

«Las chicas que se pintan las uñas son unas fulanas.»

«Si estaba haciendo autoestop, lo estaba pidiendo.»

«Puta.»

«Adam.»

Se paró y leyó esa frase.

«Adam me ha traído un burrito de Clovelly. Es el mejor regalo que me han hecho en la vida.»

Adam Braund entrometiéndose. Como su padre. Tendría que vigilar más de cerca a ese capullo. No se podía confiar en nadie. Todo el mundo era…

«Mi padre tiene una pistola.»

John Trick se quedó petrificado. Miró estupefacto aquellas palabras.

«Mi padre tiene una pistola. No es de verdad, es de juguete, pero no me la deja tocar porque dice que es lo suficientemente real como para darte un buen susto. He prometido no decírselo a nadie, y cumplo mis promesas, y nadie está de parte de mi padre. Solo yo.»

La cabeza empezó a darle vueltas.

Había prometido no decirlo a nadie. Lo había prometido.

Al igual que Alison había prometido amar, honrar y obedecer.

Al igual que su madre había prometido echar a su novio…

Pero no lo había hecho. Ni siquiera cuando había llorado e intentado decirle lo que lo había asustado, que se había meado en las piernas cuando su fuerte mano le había empujado la cara hacia el ardiente fuego. Ni siquiera entonces se había dado cuenta. No había querido verlo.

«No lo entiendes, Johnny», le había dicho.

Pero él sí que lo había entendido.

Lo entendía cada noche cuando oía como follaba con su novio.

—¿John?

La voz de Alison nadó hacia John Trick en el mar de sus oídos.

El resto de la reunión fue un barullo de asentimientos, acuerdos, promesas de hablar con Ruby sobre ciertas cosas, gracias y adioses.

Estaban a punto de cerrar la puerta cuando la profesora dijo:

—¡Ah! El diario de Ruby…

Trick miró tontamente el cuaderno de ejercicios azul que tenía en la mano.

—¡Ah! Lo siento —se excusó.

La señorita Sharpe extendió la mano y él se lo devolvió.

En cuanto sus padres se fueron a ver a la señorita Sharpe, Ruby corrió escaleras arriba para buscar la pistola.

El cajón vaquero chirrió y crujió como si fuera un cerdo de madera y se quedó encajado a la mitad. Se puso de rodillas, se acercó y tanteó tan lejos como pudo llegar. Sus dedos rozaron la pistolera, pasaron por el ala del Stetson y movieron la corbata tejana de bolo. En la parte de atrás, sus dedos se cerraron en algo suave y sacó un gorro de lana negro.

No lo había visto nunca. Debía de utilizarlo para pescar en la playa en invierno, cuando hacía frío.

Se lo puso y le cubrió toda la cara. Se echó a reír y entonces se dio cuenta de que había un agujero. Se lo quitó rápidamente por miedo a haberlo hecho ella y a que su padre se enterara de que había estado tocando sus cosas, pero después descubrió que había tres agujeros. Uno para la boca y dos para los ojos. Volvió a ponérselo y se miró en el espejo. Vio un ojo, una mejilla y parte de la barbilla. Era una imagen muy divertida. Se rio y se lo dejó puesto mientras volvía a meter el brazo en el cajón.

Las espuelas resonaron, pero la pistola, que era lo único que le interesaba en ese momento, no estaba allí.

Frunció el entrecejo y se sentó en los talones. La pistola tendría que estar con las cosas vaqueras de su padre. ¿Dónde la habría puesto?

El gorro le daba calor y picaba, así que se lo quitó y lo metió en el cajón. Después miró en la ropa de su padre, buscó en los zapatos, palpó los bolsillos y levantó la ropa interior.

Nada.

Bajo la cama.

Nada, excepto pelusa del tamaño de un ratón.

Se limpió la camiseta, se sentó en la cama y torció el gesto.

Después registró toda la casa. La pistola no estaba en el ropero ni detrás del sofá ni en ninguno de los cajones o armarios de la cocina. Tampoco estaba en muchos otros sitios en los que buscó.

Con todo, encontró las galletas en la lavadora, así que no había desperdiciado la tarde.

223

Alison Trick consiguió llegar al coche antes de empezar a hablar.

—¿Mamá es una puta? —dijo.

—No sé de dónde lo ha sacado —contestó John—. A lo mejor de Maggie Beer. Esa señorita tiene una boca muy sucia. Igual que su madre.

Alison no lo miró. John metió marcha atrás y sacó el coche.

—No quiero que vuelvas a salir con Ruby por la noche.

—¿Qué?

—Ya me has oído. Va a clase muy cansada.

Giró hacia la carretera de la costa.

—Está bien. Tú misma lo has dicho.

—No quería discutir delante de su profesora.

—¿Quién está discutiendo? Tú eres la que está discutiendo.

—No estoy discutiendo. Estoy hablando.

—Puedes decir lo que quieras. Hemos salido alguna vez en el coche, ¿qué hay de malo en ello?

—Si tú y tus colegas queréis comportaros como niños, allá vosotros, pero Ruby sí que lo es y necesita dormir más.

—En tu opinión.

—Pues sí, y mi opinión cuenta porque soy su madre.

—Sí, pero también es mi hija.

John Trick le lanzó una iracunda mirada. Su mujer se retiró el pelo detrás de la oreja con ese movimiento reflejo que tan bien conocía, pero en aquel momento fue como si lo viera por primera vez. Su pálida mano, su liso pelo rubio rojizo, su delicada oreja con lóbulo de terciopelo.

La mano, el pelo, la oreja se ralentizaron mil veces y finalmente entendió que aquel gesto era la única verdad que decía Alison.

Lo hizo cuando se compró los zapatos con el dinero de otra gente. Lo había hecho esa tarde cuando la profesora había mencionado el pelo rojo de Ruby. Lo hacía cuando mentía.

Notó un espasmo y aferró con tanta fuerza el volante que el coche dio un brusco viraje y casi se salió a la cuneta.

Ruby no era su hija.

—¡Ten cuidado, John!

Enderezó la dirección y se esforzó por mantener la calma. Sintió que le habían dado un golpe a traición, una patada en los huevos. Lo habían tomado por tonto, y el darse cuenta lo había alterado.

Aquello explicaría muchas cosas.

Lo explicaría todo.

La falta de respeto.

El guante detrás del sofá.

La traición de Ruby.

Y, lo peor de todo, el que Alison no hubiera sido virgen.

Al menos no aquella vez, en su dormitorio, mientras sus padres veían *¿Quién quiere ser millonario?* Nunca habían hablado de ello, pero él sí había pensado en ello, durante muchos años.

Más de los que le habría gustado.

Alison era suya y era perfecta. Tan perfecta que se había convencido a sí mismo de que había perdido la virginidad montando en una bicicleta o en un poni. Eran las tonterías que hacía antes de casarse. Tonterías caras.

Pero, al menos, finalmente había visto la luz.

No era solo Tim Braund. No era algo que hubiera pasado

desde que había perdido el trabajo. Había estado sucediendo desde el principio. Alison se lo había follado en su primera cita. ¿Con cuántos más lo habría hecho? ¿Con cuántos habría estado antes y con cuántos habría estado después? ¿Con cuántos desde que lo «habían mantenido en secreto»? ¿Con cuántos desde que se había esclavizado en el astillero? ¿Con cuántos en el hotel mientras se suponía que estaba trabajando? ¿Con cuántos en el supermercado? ¿Con cuántos en su puta cama mientras pescaba en el Gore? ¿Con cuántos? ¿Con cuántos? ¿Con cuántos?

Hicieron el resto del viaje hasta Limeburn en absoluto silencio; cuando el coche se detuvo, Alison salió inmediatamente y subió a toda prisa la corta cuesta hasta El Retiro.

John Trick la siguió con la vista.

Quizá Ruby había heredado el pelo rojo de Alison o quizá no. Lo único que sabía era que no lo había heredado de él.

37

*A*l día siguiente salió el sol. Tras haber pasado el verano desperdiciando su calor tras las nubes, no le quedaba gran cosa que repartir en Limeburn, pero Ruby llegó a casa después del colegio, cogió su red de pescar de color naranja y corrió por la cuesta para aprovecharlo al máximo.

Se detuvo en los adoquines y volvió a intentar abrir las puertas y el maletero del coche.

Cerrado. Cerrado. Cerrado. Siempre estaba cerrado. Su padre no lo cerraba nunca, con la esperanza de que un día lo robaran y pudiera cobrar el dinero del seguro y comprarse otro mejor.

La pistola estaba dentro. Lo sabía.

Suspiró, fue hacia la grada, miró al otro lado de la playa y vio a su padre sentado en la silla de *camping*, pescando en el Gut.

—¡Ruby!

Había sido Maggie, que cruzaba la plaza arrastrando a Em. Maggie no podía llevar a su hermana a la playa desde que una inoportuna ola la levantó del suelo con tanta fuerza que le limpió el pañal. Había sido muy divertido, pero Maggie se llevó una buena tunda cuando llegó a casa y después solo las dejaban jugar en el acantilado.

Ruby decidió bajar la grada. No tuvo que ir muy rápido para dejarlas atrás. Quería estar con su padre. Quería recordarle que era una vaquera y que los vaqueros se mantenían unidos.

Le costó diez cuidadosos minutos cruzar la playa hasta el

Gut, pues tanteó todos los guijarros por si se movían antes de pisarlos.

—¡Hola, papá! —saludó.

Su padre la miró con una lata de Strongbow en la mano.

—Voy a pescar también —anunció enseñándole la red.

Su padre soltó un gruñido.

Tenía que portarse bien y no ponerlo nervioso.

Cerca había una gran charca entre las rocas, así que se quitó las zapatillas de deporte, se remangó los vaqueros y estuvo chapoteando un rato. Había decenas de caracolas y anémonas granate que cerraban sus dedos y se volvían suaves puños de goma cuando las tocaban. Había lapas que parecían ojos de gato y una pared llena de afilados mejillones, que colgaban de la piedra, llegaban hasta la charca y hacían imposible caminar descalzo por esa parte.

Cogió por sorpresa una lapa, la arrancó de la roca con una piedra y se la dio a su padre para cebo, pero este la aceptó sin darle las gracias.

Volvió a la charca y estuvo dando vueltas en ella hasta que asustó a un pez pequeño, que salió disparado hacia un saliente.

—Aquí hay un pez —dijo.

—Me voy al Gore —contestó su padre.

Ruby se sintió desilusionada. Acababa de llegar y su padre sabía que odiaba el Gore, tan dentado y adentrado en el mar que el agua que lo rodeaba era profunda y peligrosa.

Pero quería estar unida a su padre. Era la única forma que tenía de volver a ver la pistola. Así que cuando recogió el sedal, agarró el cubo de las capturas y la sidra, y se metió la silla bajo el brazo, ella cogió la caja del cebo y lo siguió por los guijarros y la larga y estrecha lengua de rocas negras hasta las olas que golpeaban la enorme roca del fondo, en la que el diablo había visto frustrados sus planes.

La sangre que manaba de la vieja media de su madre hizo magia y cuando la marea regresó los peces empezaron a picar. Ruby dejó la red y se dedicó a observar cómo sacaba una captura tras otra. Al principio las dejó en un cubo blanco en el que tenía que ir reemplazando el agua cada cierto tiempo para que no murieran los peces. Pero cuando había cuatro, pescó un bonito cazón y tuvieron que devolver los otros peces al mar para hacerle sitio.

—¡Guau! —exclamó Ruby mirando el sinuoso pez con aleta de tiburón—. ¡Vamos a llevarlo a casa!

—Prefiero quedarme mientras piquen —dijo su padre, por lo que Ruby siguió yendo y viniendo cuidadosamente a la orilla con una lata vacía de Strongbow para echar agua fresca en el cubo.

Después su padre pescó un congrio, pero lo perdió entre las rocas y soltó un juramento tan exagerado que Ruby no dijo nada, ni siquiera «lo siento». Se limitó a seguir yendo y viniendo con la lata de agua de mar.

Al poco se dio cuenta de que la distancia cada vez era más corta y solo daba unos cuantos pasos para llegar a la orilla del Gore.

Por primera vez en una hora dejó lo que estaba haciendo y miró a su alrededor.

Sintió como si un guijarro negro del tamaño de su cabeza le hubiera caído en el estómago.

—¡Papá!

—¡Qué! —dijo su padre volviéndose en la silla.

La marea estaba subiendo muy deprisa. Había una gran lámina de mar a su espalda, y el Gore se había estrechado hasta tener solo varios centímetros en algunos tramos. Unas olas más grandes acabaron por cubrirlos completamente y la roca negra cubierta de limo apenas se veía.

—¿Qué vamos a hacer? —gritó Ruby.

—Vamos a correr —dijo su padre.

Empezó a recoger sedal, pero cambió de opinión, sacó un cuchillo de la caja de aparejos y lo cortó. Después cogió la caña, la caja y el cubo con el cazón, y echó a andar por la larga lengua.

—¡Trae el cebo! —gritó.

Ruby titubeó.

—¿Y la silla?

—¡Déjala! ¡Que le den!

Ruby agarró la caja y su red, y lo siguió. Normalmente, el camino de vuelta a la playa era traicionero, con ásperas rocas y guijarros inseguros, todos con una capa letal de algas y maleza, pero no tanto como en ese momento. Se estaba estrechando rápidamente —batido por el mar— y en algunos puntos era invisible. Tuvo que sortear a toda velocidad y con la marea en los tobillos el tramo que con tanto cuidado había recorrido antes. Una ola cada vez más grande rompía en el Gore a cada paso que daba y pronto el agua le llegaba por las rodillas. Resbaló en más de una ocasión, pero consiguió mantener el equilibrio gracias a la fina caña de bambú de la red de pesca.

Levantó la vista y vio a su padre veinte metros por delante y entre ellos más agua que Gore.

Se quedó paralizada.

—¡Papá!

Este se volvió al oír el grito.

—¡Venga, Ruby! ¡No te quedes ahí! —gritó.

Pero Ruby no podía moverse. Ni aunque hubiera querido hacerlo. El día del perro en el bosque, sus piernas habían decidido correr por sí mismas. Había tenido una experiencia espantosa y su miedo había ido empeorando hasta convertirse en puro terror en la guarida del oso.

En esa ocasión, sus piernas decidieron no correr. Dejaron de funcionar y le dijeron que se quedara donde estaba.

Una ola la empujó de lado y casi la derribó. Apoyó la mano rápidamente en una afilada roca y, cuando se enderezó, le sangraba la palma, los vaqueros se le habían subido hasta la entrepierna, la caja del cebo había desaparecido y la red de pesca flotaba en el agua fuera de su alcance.

—¡Papá!

Miró a través de las minúsculas gotas de agua que flotaban en el aire y vio que su padre —con la caña y el aparejo en una mano y el cubo en la otra— la miraba con una extraña expresión en la cara.

No era pánico. Ni preocupación. Ni miedo.

Solo.

La miraba.

Iba a dejarla allí. Lo supo.

Sintió que el terror le oprimía el pecho mientras el traicionero mar verde amenazaba con derribarla y tragársela.

—¡Papá! ¡Ayúdame! —gritó.

Lo hizo.

Por supuesto que lo hizo. Era su padre. No dejaría que se ahogara. Dio unos pasos inseguros hacia ella y después maldijo por lo bajo cuando tuvo que abandonar el cubo. Ruby vio que el cazón salía hacia las olas y se alejaba nadando.

Su padre fue chapoteando hacia donde estaba. Ruby extendió los brazos para que la recogiera y la llevara —tal como la había subido su abuelo a la encimera—, pero se limitó a agarrarle la muñeca y tirar de ella. Seguía dando tumbos, seguía cayéndose, las olas seguían golpeándola de lado y amenazaban con arrastrarla lejos de aquella lengua de tierra hacia el ávido mar.

Pero su padre estaba allí para cuidar de ella.

Cuando el agua solo les llegaba a los tobillos, se dieron la vuelta para mirar. A Ruby le castañeteaban los dientes por el frío y el miedo. No podía creer lo cerca que había estado de no conseguirlo. El mar había devorado el Gore, excepto la alta roca del extremo, en la que seguía la silla de su padre. Mientras la contemplaban, una oscura ola la derribó y la arrastró con ella.

Después solo había mar, espuma y las gaviotas riéndose por encima de sus cabezas.

—¡Joder! ¡Ese pez valía veinte libras! —exclamó su padre. Le apretó la mano y añadió—: No se lo digas a tu madre.

Ruby asintió temblando y con los labios morados, a pesar de no saber muy bien qué se suponía que no debía contarle a su madre, si lo del pescado o lo del joder.

O el que casi se hubiera ahogado en el Gore.

38

Marion Moon no sabía si Donald superaría algún día lo que había sucedido con Frannie Hatton.

Pisar la cara de una mujer muerta en la semioscuridad era suficientemente malo de por sí, pero el posterior interrogatorio, los registros y que lo hubieran considerado sospechoso…, prácticamente habían acabado con su marido.

—Casi acaban conmigo —se lamentaba varias veces al día cuando ella menos lo esperaba: mirando la cena que no había probado, durante los anuncios de algún programa de televisión, mientras esperaba al gato…

En The Big Sheep habían tenido mucha paciencia, pero, tras seis semanas de baja, se vieron obligados a darle un ultimátum. Si el lunes no volvía a trabajar, tendrían que buscar a alguien que lo sustituyera. Permanentemente. Donald les dijo que lo entendía y que haría todo lo posible. Después colgó el teléfono y lloró por todo lo que había perdido e iba a perder.

—Venga —dijo Marion al cabo de un buen rato—. Vamos a recoger basura. Eso te animará.

Era una verdad universal, por trágica e injusta que fuera la vida, nada parecía tan sombrío cuando se limpiaba un poco. Donald se quitó el pijama por primera vez en tres días, cogieron los bastones acabados en punta, los chalecos fosforito y las grandes bolsas de plástico verde, y se fueron a la playa de Instow, en la que siempre encontraban trozos de cuerda y condones usados.

Υ

Y multas de tráfico.

Donald se llevó la punta del bastón a la cara para ver la tercera que había encontrado en cincuenta metros. Todas sin abrir. Por lo tanto, sin pagar. Un montón de ingresos del Ayuntamiento que se le negaban al contribuyente.

—Aquí hay otra —dijo Marion.

—¡Caraduras! —exclamó Donald—. Seguro que creen que, si las tiran, no tendrán que pagarlas.

Ensartó otra junto al muro que separaba la playa de la carretera, en la que se alineaban los coches aparcados.

—De hecho —continuó—, tendrán que pagar el doble.

Marion no dijo nada. Pero al poco le preguntaría por qué y le dejaría que le explicara que era porque los ordenadores estaban conectados con la oficina de Tráfico de Swansea.

Así funcionaba su matrimonio: era un calculado tira y afloja en el que Donald lo sabía todo y ella hacía preguntas. Por supuesto, no era que no supiera todas esas respuestas; sabía muchas cosas. Pero, sobre todo, que a Donald le gustaba asumir el papel de entendido e informar a la gente, por lo que no veía nada malo en seguirle la corriente y dejar que la ilustrara. Era una rutina que había aceptado al poco tiempo de casarse para evitar tener desavenencias sin importancia y de la que le costaría deshacerse, incluso si quisiera hacerlo. De vez en cuando, bromeaba al respecto con sus amigas, pero tras seis semanas de ausencia de ese tira y afloja, lo echaba de menos.

Habían sido las peores seis semanas de su vida de casada. Habría sido más fácil sacar a un cordero de dos cabezas de una oveja virgen que animar a Donald desde que había pisado a Frannie Hatton. Aquella experiencia lo había desfondado, y Marion se había dado cuenta de que ese fondo era lo mejor de su marido.

Sin embargo, aquel borrascoso y desapacible día de finales de octubre en la playa de Instow sintió que habían vuelto a los viejos tiempos y que Donald parecía más alegre.

Un minuto después de que dijera «De hecho, tendrán que pagar el doble», Marion le preguntó por qué, mientras pinchaba un paquete de cigarrillos vacío. Cada vez se veían menos, porque eran muy caros. La mayoría de la gente realmente decidida a padecer un cáncer tenía que liárselos. El nuevo material para los recogedores de basura eran librillos de Rizla, botellas de plástico y bolsas negras anudadas con excrementos de perro.

Marion levantó la cabeza extrañada de que Donald no hubiera dicho nada sobre los ordenadores conectados a la oficina de Tráfico de Swansea y vio que se había enderezado y miraba algo más allá del muro.

—¿Qué pasa? —preguntó.

—Son todas del mismo coche —contestó Donald.

—¿El qué?

—Creo que son todas del mismo coche. Todas esas multas. Ven.

Caminó con dificultad por la blanca arena hacia el muro y miró por encima hacia la fila de coches aparcados.

Justo enfrente de ellos había uno amarillo con dos anchas franjas negras.

—Es un Mark II Capri —le explicó Donald—. Duncan tuvo uno en tiempos.

Duncan era el hermano menor de Donald. Había tenido un ejemplar de todo en algún momento de su vida. En ese tenía una exmujer, una hija que no le hablaba y una casa disparatadamente grande gravada con un valor patrimonial tan negativo que se estaba hundiendo bajo semejante peso.

Había otras tres multas debajo de los limpiaparabrisas, que salieron volando lentamente hacia la playa.

Donald abrió una de las que había pinchado con el bastón y confirmó que era del Capri.

—¿Lo ves? —le dijo a Marion.

—Sí, lo veo. Eres un lince, Donald.

Donald salió de la playa con renovado ímpetu en sus pasos, rodeó el muro y fue hacia el Capri con Marion a la zaga.

—Por lo visto, le han puesto una diaria. Debería llamar al Ayuntamiento.

—¿Para qué? —preguntó diligentemente Marion.

—Para informarlos sobre este coche. Todas estas multas volando no mejoran la situación, ¿no?

Donald abrió otra bolsa verde, metió todas las multas en ella y la ató a la antena, en la que ondeó como si hubiera quedado la última en una carrera de globos.

233

—¿Qué sentido tiene que un policía le ponga una multa cada día? Al dueño evidentemente le da igual. Debería llevárselo la grúa. Tendrían que incautarlo. Multar al dueño. Pero, en vez de eso, aquí está, con dos ruedas pinchadas, para que lo utilice como cubo de la basura algún idiota con charreteras que se limita a cumplir con su cuota. No hay coordinación. Malditos robots municipales.

Estaba en estado de fuga disociativa pedante, y Marion no podía estar más contenta.

Donald no era él mismo sin que se le metiera algo entre ceja y ceja.

Cuando volvieron a casa, Marion preparó la cena mientras Donald llamaba a los departamentos de autopistas y de servicios medioambientales del condado. Después llamó al de reciclado de vehículos del distrito. Marion se fijó en que cada vez pasaba más rato al teléfono, daba más explicaciones y escuchaba menos, para asegurarse de que se daba el mejor uso a los impuestos municipales que pagaba.

Había preparado el plato favorito de Donald, costillas de cordero con puré de patata. Cuando estuvo listo, fue al vestíbulo para avisarle de que la cena estaba lista.

Se paró en seco.

Estaba hablando con The Big Sheep.

Ladeó la cabeza para oír mejor y sintió que una antigua sonrisa comenzaba a dibujarse en su cara.

Les estaba diciendo que el lunes iría a trabajar contra viento y marea.

39

Instow era un pueblo bonito, pero, aparte de la playa, no había mucho que ver o hacer. No tenía salas de juegos recreativos, parque de atracciones, tiendas que vendieran golosinas ni botes de pedales de alquiler. Era más elegante, tenía Paul's Deli, un par de pequeñas galerías de arte, el Commodore Hotel y tres o cuatro restaurantes de lujo pintados con los colores de moda: gris oscuro o granate.

Era bonito.

Pero también aburrido.

Por eso, cuando el Ayuntamiento cedió ante la campaña de acoso de Donald Moon y envió un camión para que se llevara el Ford Capri amarillo mal aparcado, la operación atrajo el tipo de multitud que normalmente se ve alrededor de un hombre que amenaza con tirarse desde un puente.

Las ancianas consiguieron los mejores asientos. Se apretaron en los bancos en cuartetos de color beis, armadas con helados de noventa y nueve peniques, y pañuelos de plástico para la lluvia y de papel en la manga, listos para secarse los ojos.

Después llegaron los paseadores de perros —tirando de la correa de sus obligaciones, mojadas y llenas de arena—, y las madres con cochecitos. Cuando los paseadores de perros y las madres se pararon para mirar, dio la impresión de que todo el pueblo se había enterado de que pasaba algo en la playa y, para cuando el conductor del camión había enganchado el Capri y estaba a punto de subirlo, debía de haber unas cien personas esperando pacientemente a que las entretuvieran un rato.

El conductor del camión se llamaba Andy Shapland y estaba encantado con el público que se había congregado, en especial con los niños, que parecían impresionados con las cinchas de sujeción, los conos de carretera y el gran gancho, más que con los ociosos transeúntes, que no tenían nada mejor que hacer en un lluvioso miércoles por la tarde.

Tuvo cuidado con el Capri. Su padre había tenido uno en 1976, aunque no en tan buen estado. Por suerte, las puertas no estaban cerradas, por lo que no tuvo que romper el cristal de una ventanilla para soltar el freno de mano. Enfiló las ruedas hacia la rampa, bloqueó el volante y apretó el botón rojo del mando a distancia, que ponía en funcionamiento el cabrestante.

El morro del coche empezó a elevarse en la plataforma y los niños le dedicaron algunos aplausos. Andy Shapland sonrió, hizo una reverencia y los chicos aplaudieron con más fuerza.

Distraído por aquel interés poco habitual, no prestó la debida atención al Capri. Era un coche de suspensión baja, incluso recién comprado, pero además se había retocado, repintado y bajado aún más. No mucho. No como para fijarse en ello, a menos que se estuviera acostumbrado a ver Ford Capris todos los días, algo a lo que, por supuesto, ya nadie lo estaba. También llevaba neumáticos de perfil bajo, amortiguadores más cortos y —lo peor de todo— un enorme tubo de escape con menos centímetros de distancia al suelo de lo que dictaba la prudencia.

En el punto de máxima inclinación —justo cuando el Capri estaba casi encima de la plataforma—, el tubo de escape pegó en el suelo. El desagradable ruido metálico provocó exclamaciones de asombro entre los transeúntes, y después una oleada de risas cuando la puerta del maletero se levantó por el golpe, como un durmiente que abriera medio ojo para ver qué estaba pasando.

«¡Mierda!» Andy Shapland apretó el botón rojo para detener el cabestrante.

Se fijó en que el tubo de escape se había roto. Le había pasado lo mismo con un Lotus y al propietario casi le da un ataque en la A361, pero, para ser sincero, cagarla con un Capri antiguo delante de una multitud era mucho peor. Vio por el rabillo del ojo que los niños parecían decepcionados. Y, de haber estado familiarizado con su comportamiento, habría sabido que aquel desencanto infantil se convertiría en burlas en cuestión de segundos. Sobre todo después de que el maletero abierto hubiera convertido su misión en una payasada.

Se acercó rápidamente al coche para cerrarlo, pero al mirar en el interior forrado de negro del Capri se paró en seco.

—¡Mierda! ¡Llamen a la policía! —exclamó.

—¿Qué? —preguntó una anciana desde un banco cercano.

—¡Llamen a la policía! —gritó Andy Shapland, horrorizado—. ¡Llamen a la policía!

Varios de los presentes se echaron a reír creyendo que aquello formaba parte del espectáculo.

—¡Llamen a la policía!

Lo haría él mismo. Podía hacerlo. De repente, cayó en la cuenta de que podía llamar a la policía. Sintió que se le habían entumecido los dedos, que se le había entumecido la cabeza. Se llevó el teléfono a la oreja y, cuando la gente volvió a reírse otra vez, se fijó en que estaba intentando llamar con el mando a distancia del cabestrante y hablar por el botón rojo.

—¡Hay un cadáver en el maletero! —gritó—. ¡Hay un cadáver en el maletero!

Un hombre delgado con dos collies bajó de la acera, miró en el maletero y confirmó que estaba diciendo la verdad.

Entonces un montón de gente llamó a la policía, que acudió y obligó a las ancianas, a las madres, a los paseadores de perros y a los niños a alejarse lo suficiente para que nadie pudiera ver nada interesante.

Aguafiestas.

Por suerte, en la cartera del cadáver había un carné de conducir y no hizo falta ser un Sherlock Holmes para vincular la foto de un fornido hombre de mediana edad que lucía unas abultadas patillas con el cadáver hinchado y maloliente que había en el maletero de su Ford Capri.

Se llamaba Leonard Willows.

También conocido como Gatito.

Υ

Cuando los Pistoleros se enteraron de lo que le había sucedido a Gatito Willows, intentaron sentir lástima por él, pero no pudieron. El único buen recuerdo que tenían de él era la pelea por la que les habían expulsado del George, y aquello no era motivo suficiente para expresar un falso penar.

A los pocos minutos de la reunión de ese viernes, empezaron a beber y a especular sobre quién lo había asesinado.

—Su exmujer —dijo Tiznado—. Seguro.

—¿Estaba casado? —preguntó Bombilla.

—Me refiero a si lo estaba —aclaró Tiznado.

—La policía todavía no ha especificado si fue un asesinato —intervino Látigo, que era siempre el más prudente de todos.

—¡Tontadas! —exclamó Rasguño poniéndose el poncho sobre los hombros para no mojarlo con la sidra—. No iba a suicidarse y meterse en el maletero solo, ¿no?

Los Pistoleros asintieron con firmeza. La policía no había identificado oficialmente a Gatito, pero el tío de la mujer de Rasguño tenía un bote amarrado en Instow y lo sabía todo al respecto. Además, había salido una foto del gato en la *Gazette*.

—¿Cómo era el nombre que quería ponerse? —preguntó Paleto.

—¿Qué nombre?

—El que no dejamos que utilizara.

—No lo sé. ¡Eh, Bombilla! ¿Cómo era el nombre que quería ponerse?

—Mortífero, creo —contestó Bombilla—. No, no era Mortífero. Letal, ese era.

—Bueno, pues ahora tiene los dos —gritó Nellie, y todos se echaron a reír.

Vaca Yeo mugió para pedir otra cerveza; cuando se la sirvieron, la levantó y dijo:

—Por Gatito Willows. No podría haberle pasado a un hombre más apropiado.

Entonces Paleto frunció el entrecejo.

—Espero que no nos consideren sospechosos.

Todos sonrieron, pero después se dieron cuenta de que hablaba en serio.

—¿Y por qué íbamos a ser sospechosos? —preguntó Navaja.

Bombilla puso cara de circunstancias.

—Por la pelea, ¿verdad? No fue nada discreta. Se enteró todo el mundo. Y Gatito nos guardó rencor. ¿Os acordáis del día que Navaja lo vio en el Blue Dolphin? Lo dejó con el saludo en la boca.

—Sí, me hizo el vacío —confirmó Navaja—. Le dije: «¿Qué tal, Gatito?», y ni me miró.

—Aun así —intervino Látigo—, eso no se puede considerar un motivo, ¿no?

—La pelea la empezó él —apuntó Freidora.

—Y nosotros la acabamos —dijo Tiznado, y todos vitorearon.

—Y esa es la verdad si vienen los pitufos —concluyó Bombilla.

—¿Qué pitufos? —preguntó Navaja.

—La policía —contestó Bombilla—. ¿Es que no lees?

Los Pistoleros disfrutaron de la mejor reunión que habían tenido desde hacía mucho tiempo. Se rieron, cantaron a coro las canciones de Lyle Lovett que había en la sinfonola y Jim Maxwell les sirvió la última ronda diez minutos después de haber hecho sonar la campana de latón que había detrás de la barra.

Y la guinda de la noche fue que cuando salieron al aparcamiento ninguno de sus coches estaba rayado.

—Una vez desaparecido Gatito Willows, nadie toca nuestros coches —comentó Paleto Trick—. Eso lo dice todo, ¿no?

—Todos estuvieron de acuerdo en que realmente lo decía todo.

239

40

Su padre había cambiado y Ruby no sabía por qué.

Cuando subían la colina en el coche por la mañana, le gritaba: «¡No te cuelgues así en el asiento!». Y si le pedía más pudin a su madre le decía: «Engordarás».

Engorda.

Gorda.

Estaba deshecha. ¿Ya no la quería? Debía de haber hecho algo muy malo, pero ninguno de sus esfuerzos por remediar la situación daba frutos.

Se sentaba con él para ver *Extreme Fishing* o *Man v. Food*, le llevaba el móvil de su madre sin que se lo pidiera y entraba troncos del montón de leña, aunque estuviera lleno de arañas. Incluso bajó el osito panda y lo sentó en el sillón para que se diera cuenta de que estaba lista cuando quisiera.

Pero apenas le hablaba, salía de patrulla dos veces por semana y la dejaba sola en casa.

Y ya no se sentía segura en casa.

Era casi noviembre, el bosque estaba en su momento más angustiante, con hojas y semillas colgando y goteando agua de lluvia, y por mucho que subiera el volumen del televisor no conseguía amortiguar el sonido del roce contra la pared trasera de El Retiro, el exasperante chirrido de las ramas contra las ventanas, el crujido de las vigas, como los mástiles de una antigua nave. Los ratones arañaban y escarbaban detrás del húmedo enlucido, y un día su madre había bajado temprano y había pisado un sapo a mitad de las escaleras. Las grandes arañas habían entrado a manadas y no se atrevía a sentarse en la alfombra, en la que se camuflaban a la perfección.

Había grietas en las paredes que nunca había visto. O si lo había hecho no las recordaba. Y la grieta que había en un rincón de su habitación encima de la cama parecía más larga. Y más ancha.

A veces, algo en el tejado o en las paredes daba un corto e intenso aviso, como una pistola de fogueo, como si algo se partiera, se soltara, se liberara. Por la noche se despertaba en medio de unos sueños inundados en sangre y notaba el rumor de lo que había oído mientras dormía. Y cuando esperaba a que se repitiera, El Retiro contenía la respiración y esperaba a que volviera a entrar en ese sueño intermitente para hacer crujir los nudillos y rechinar los dientes.

Aunque lo peor de todo era la ventana del baño que su padre nunca quería arreglar.

Cuando el viento soplaba desde el norte cargado con la fuerza y el frío del invierno, el intenso gemido se convertía en aullidos de dolor y gruñidos sordos, como si alguien se estuviera muriendo en el piso de arriba mientras en el de abajo nadie hacía comentarios al respecto. Era demasiado evidente como para hablar de ello, demasiado alto como para mencionarlo, solo provocaría una discusión.

Así que lo sufrían en lo contrario al silencio.

241

La siguiente noche vaquera, Ruby fue a la tienda y se gastó la propina en un tubo de pegamento y la *Gazette*.

—¿Estás a dieta? —le preguntó el señor Preece, a pesar de que se dio cuenta de que tenía que estirar el brazo para llegar a la caja registradora debido a su abultado estómago.

Pasó por el vacío cercado sin apenas mirarlo y bajó corriendo la colina.

Cortó el periódico en tiras en el suelo de su habitación y las metió en un cuenco con agua templada para que se empaparan.

Más tarde, cuando su padre se fue y su madre se quedó abajo con los abuelos, se puso manos a la obra.

En una ocasión habían preparado papel maché en el colegio, pero no se acordaba muy bien de cómo. Habían hecho máscaras apoyándose en globos y la suya era una sirena, pero entonces era mucho más pequeña.

Escurrió el agua de las empapadas tiras de papel hasta que se convirtieron en una pasta, que roció con pegamento y después metió en todos los agujeros que pudo del marco de la ventana del baño.

Encontró muchos, algunos estaban a plena vista; en otros tuvo que acercar las mojadas manos para sentir el aire. Conforme fue poniendo pasta entre el cristal y la madera, ayudada con la regla para empujarla y apretarla, el fantasmal lamento fue perdiendo intensidad y pareció más lejano.

Estuvo atenta al regreso de su padre. Quería acabar antes de que llegara. En una ocasión creyó oír el coche y se asustó, pero había sido una falsa alarma.

Cuando rellenó todas las grietas que consiguió encontrar, les puso pegamento para sellar el papel. Parte del pegamento cayó en el cristal y cuando intentó limpiarlo con papel higiénico se le pegó en los dedos y en el cristal.

Y en la moqueta.

Pero el sonido que hacía el viento fue disminuyendo hasta que dejó de oírse.

Se quedó en el cuarto de baño oyendo el silencio. En el momento en el que el sonido cesó, se dio cuenta de que había formado parte de su vida: una fantasmal corriente de aire que le había taladrado la cabeza durante años.

Sintió un escalofrío. ¿Por qué había tenido que aguantarlo tanto tiempo? La mera idea de volver a oírlo la ponía enferma.

Decidió hacer lo mismo en la grieta que había encima de la cama.

En las páginas centrales de la *Gazette* rasgó la cara de alguien que le resultaba familiar y dejó de cortar.

UN PENDIENTE, PISTA CLAVE PARA CAPTURAR AL ASESINO.

Unió con cuidado los dos trozos de papel para que encajaran.

Era la fotografía de la chica que le había dado el billete de cinco libras. El pie de foto le recordó que se llamaba Steffi. Al lado estaba la foto de la chica del vestido de color rosa y la de una chica muy guapa con pelo largo rubio que se llamaba Jody. Leyó el artículo.

La policía que investiga el asesinato de Frannie Hatton intenta encontrar un pendiente de plata que se cree llevaba en la nariz cuando desapareció.

Frannie, de 22 años de edad y nacida en Northam, fue asesinada y su cuerpo se encontró abandonado en un área de descanso de Abbotsham hace siete semanas.

Aunque siempre llevaba ese pendiente en la nariz, no se encontró en su cadáver.

La comisaria Kirsty King dijo ayer en Bideford: «Creemos que Frannie probablemente llevaba ese aro cuando la secuestraron y la asesinaron. Si alguien lo ha encontrado o sabe dónde está, rogamos que se ponga en contacto con nosotros, puede ser un elemento clave en nuestra investigación. Se asegura una absoluta discreción».

El apenado novio de Frannie, Mark Spade, de 28 años, dijo: «No se lo quitaba nunca. He buscado en todas partes, pero no está en la habitación».

Un vecino comentó ayer: «Era una preciosidad que no habría hecho daño a una mosca».

La policía ha relacionado el asesinato de Frannie con otros dos secuestros anteriores y con la posterior desaparición de otras dos jóvenes en el norte de Devon.

Jody Reeves, de 25 años, desapareció el 3 de octubre después de haber salido por la noche con su novio, mientras que Steffi Cole, de 20 años, desapareció cuando volvía a casa tras acabar su turno en Paul's Deli, en Instow, una semana después.

Se obligó a ambas jóvenes a que llamaran a casa antes de desaparecer, lo que hace pensar a la policía que también pueden ser víctimas del hombre enmascarado conocido como el asesino ET. Se ha solicitado a toda persona que haya visto a Jody o Steffi en las fechas indicadas que se ponga en contacto con la policía y se asegura una discreción absoluta.

Aquella noticia la impresionó. ¡Había visto a Steffi! Estaba completamente segura. Se había ido de la tienda después de darle las cinco libras, y el hombre de las patillas grandes había rajado la rueda al poco tiempo. ¡Podía haber asesinado a Steffi!

Entonces vio algo en lo que no se había fijado hasta entonces. Debajo del artículo había la fotografía de un aro de plata. El pie de foto decía: «Un pendiente de nariz similar».

Se quedó con la boca abierta.

¡Era el pendiente que había encontrado en el coche de su padre! ¡El que había pegado en su diario!

Sacó el diario de la mochila con forma de poni y pasó las páginas con el estómago atenazado por los nervios.

El pendiente había desaparecido.

Pasó los dedos por el trozo de papel vacío. Estaba allí. Había escrito: «He encontrado este *tresoro*», pero lo único que quedaba era un rugoso espacio en blanco que evidenciaba dónde se había quitado la cinta, que se había llevado con ella varias de las líneas azules.

Miró en el interior de la mochila por si se hubiera caído, pero no lo encontró.

Recordó que su madre había visto el diario. Quizá lo había cogido ella. Pero su madre no se ponía pendientes nunca, y aquel no era la pareja de ninguno de los que había visto en la arrugada bolsa de joyas que guardaba en el armario.

Volvió a mirar la foto del periódico. No podía estar segura sin tener el pendiente en la mano, pero se parecía mucho al que había encontrado.

Se quedó inmóvil. Si era el pendiente de Frannie Hatton, ¿por qué estaba en el coche de su padre? ¿Por qué le había mentido al policía la noche que habían asesinado a Steffi? ¿Por qué no le había dicho que tenía una pistola? ¿Qué otros secretos no le había contado?

Tenía muchas preguntas y ninguna respuesta.

Una de ellas era mayor y más dolorosa que las demás.

¿Por qué ya no me quiere mi padre?

Las lágrimas le quemaban en los ojos.

Se puso de pie, cogió el diario y lo metió debajo del colchón.

No supo muy bien por qué.

41

Calvin Bridge rompió con Shirley.

No acababa de creer que hubiera tenido agallas para hacerlo y —por la cara que había puesto Shirley— ella tampoco acababa de creérselo.

—¿Qué quieres decir?

—Que ya no quiero que estemos juntos.

—Pero si vamos a casarnos.

—Yo no.

—¿Qué quieres decir con que tú no?

—Que no voy a casarme. Lo siento. Debería habértelo dicho antes, pero, ya sabes…

—¿Por qué?

—Porque… —empezó a decir, y entonces dudó si debería decirle la verdad o no. No tenía intención de herirla más de lo que ya estaba. Pero no tuvo tiempo de pensar una mentira convincente, así que tendría que decirle la verdad—. Porque ya no estoy ilusionado.

—¿Con la boda? —preguntó Shirley con una voz que dejaba ver que, a pesar de intentar ser razonable, no tenía la menor idea de cómo alguien no podía ilusionarse con una boda.

—En realidad, no me ilusiona nada —confesó—. Ni la boda ni los hijos ni el sofá de pana ni la idea de pasar juntos los próximos sesenta años, cuando todavía no he hecho nada en mi vida. Solo tengo veinticuatro años.

—¿Qué quieres decir con que no has hecho nada en la vida? —replicó bruscamente Shirley—. ¡Esto es lo que estamos haciendo en nuestras vidas! Llevamos años juntos, nos amamos, queremos compartir nuestras vidas y ahora vamos a casarnos. ¡Es lo que hace la gente, Calvin! La gente se casa, tienen hijos y los crían juntos. Eso es la vida. Así es la vida.

—Sí —admitió Calvin con cierta reserva—, pero no me atrae, eso es todo. Es decir, no es lo que quiero hacer en esta vida. O, al menos, por ahora.

—Entonces, ¿qué es lo que quieres, Calvin? ¿Por qué me pediste que me casara contigo?

—No lo hice, fuiste tú la que me lo pidió.

—¿Y por qué dijiste que sí, idiota?

Calvin calló un momento y pensó: «De perdidos, al río», antes de contestar.

—Porque si te hubiera dicho que no, te habrías enfadado y acababa de empezar el Gran Premio de Italia.

Shirley cerró de golpe el catálogo de relojes tan cerca de la cara de Calvin que casi le dejó la nariz como una flor aplastada.

—¡Cabrón! —gritó—. ¡Lárgate!

—Pero…

—¡Fuera! —vociferó al tiempo que le tiraba a la cabeza el catálogo, que aterrizó abierto en el suelo.

—Pero si es mi apartamento… —puntualizó Calvin con delicadeza.

Entonces fue cuando Shirley empezó a gritar de verdad. Hasta entonces, en comparación, se había moderado. Lo único que pudo hacer él fue quedarse allí y esperar a que se le pasara, mientras Shirley recogía sin orden ni concierto los objetos relacionados con la boda llorando y gritando con la cara roja.

El hecho de que aquel desengaño solo le produjera una leve pesadumbre fue la prueba que confirmó que no la quería realmente.

Al menos aquello le había quedado claro.

Tampoco consiguió que la ruptura fuera terriblemente desagradable, pero cuando todo terminó y Shirley se fue para siempre de su piso con todo lo que le recordaba a la boda, tuvo una maravillosa sensación de calma.

Se quedó unos minutos en el centro del salón y descubrió a

su alrededor la ausencia de Shirley, al tiempo que su vedada existencia regresaba a él desde todos los rincones.

Después puso la segunda parte del partido entre Inglaterra y San Marino, y se acomodó en el sofá de cuero para disfrutar del resto de su vida.

42

*A*l día siguiente, su padre subió a verla en cuanto su madre se fue a trabajar por la noche.

—El osito panda parece aburrido, Rubes.

Ruby ni siquiera apartó los ojos de la revista *TeenBeats*.

—No, está bien.

—¿Qué? —preguntó su padre ladeando la cabeza como si no la hubiera oído.

—El osito está bien. No quiero ir de patrulla.

—Eres mi ayudante —dijo su padre, y después puso voz de vaquero para decir—: No puedo salir de patrulla sin mi ayudante.

Ruby no sonrió, se encogió de hombros.

—No soy una ayudante, ni siquiera tengo placa.

—Ya te lo dije. Se lo comenté a los chicos. Dijeron que puedes llevar placa, pero tardará en llegar porque las envían desde América. Son placas de ayudante de verdad, no de juguete.

—No me lo habías contado, pero me da igual —dijo volviendo a encogerse de hombros.

Su padre se apoyó en el marco de la puerta y se miró las uñas.

—¿Te encuentras mal, Rubes?

—No, simplemente no quiero ir. —Fingió que seguía leyendo «Cómo conseguir una cita con el chico más guapo del colegio». En el suyo no los había, pero, bueno…

—Seguro que es por alguna razón. ¿Tienes miedo?

—No, no voy a ir nunca más.

Se puso de lado y curvó la espalda en dirección a la puerta. Esperó a oír los pasos de su padre, pero no sonaron.

Se produjo un silencio absoluto.

Una quietud total.

De repente, Ruby echó de menos el gemido de la ventana del baño y se dio cuenta de cuánto encubría las situaciones desagradables. Deseó no haberla arreglado. Su padre ni se había dado cuenta, y su madre simplemente la había reñido por el pegamento que se había caído en la moqueta.

—¿Sabes? —empezó a decir su padre lentamente—, Látigo me ha estado hablando sobre *Tonto*. —Ruby no dijo nada, pero aguzó el oído—. Me dijo que se está haciendo demasiado mayor para montar a caballo y que quizá le busque un nuevo hogar a *Tonto*.

Ruby notó el mismo cosquilleo en el estómago que percibía siempre que pasaba al lado del cercado. Quizá, quizá... Descartó la idea. No quería darle esa satisfacción.

Su padre se apartó del marco de la puerta y fue hacia ella.

—Le comenté que sabía de un cercado vacío en el que podía vivir *Tonto*. Y de una niña que estaría encantada de cuidarlo y montarlo todos los días. —Su padre se detuvo al lado de la cama y la miró—. ¿Qué te parece?

249

Ruby sintió que los ojos se le llenaban de lágrimas y tuvo que hacer un esfuerzo por no ceder, arrojarse en sus brazos y cubrirlo de besos. La había hecho sufrir y tenía que devolverle ese sufrimiento, si no ¿de qué servía lo que estaba haciendo?

—Me da igual —dijo rotundamente—. Ya no me gustan los caballos.

Se produjo un prolongado y desagradable silencio, y entonces su padre gruñó:

—Me has defraudado.

A Ruby se le partió el corazón.

Jamás, ni en tropecientos millones de años, habría pensado que le oiría decir esas palabras. Después de todo lo que había hecho por él.

Le empezaron a temblar los labios.

—¡Tú me has defraudado! —gritó, y empezó a sollozar.

—Muy bien. Llora como una niña.

—No lo estoy haciendo —negó llorando como una niña.

—Sí que lo estás haciendo. Niña tonta. Mira las tonterías que lees. —Cogió la revista de encima de la cama y la agitó—.

Mierda para putillas. Creía que eras mi vaquerita. Pero te estás volviendo una fulana, como tu madre.

—¡Calla!

—¡Cállate tú!

Su padre no le había dado una bofetada nunca, pero se encogió al ver que se inclinaba hacia ella y le ponía la cara a escasos centímetros de la suya. Notó el olor a sidra en su aliento y notó que las suaves arrugas de las cicatrices que tenía en los ojos se habían vuelto blancas al ponérsele roja la cara.

—¡Mete al puto osito en la cama! —le ordenó en voz baja y firme.

Salió de la habitación y bajó las escaleras.

Ruby se sentó y su mundo se tambaleó.

Deseó que su madre estuviera allí.

Deseó que su padre no estuviera.

Pero tenía demasiado miedo como para no hacer lo que le había pedido.

No habló con su padre. No dijo ni una palabra desde el momento en el que se sentó en el asiento delantero y su padre le preguntó:

—¿Dónde está el cojín, ayudante?

Intentaba que todo pareciera normal, pero no iba a dejarle. No dijo nada, ni siquiera lo miró.

—Como quieras —aceptó su padre antes de meter marcha atrás en los mojados adoquines y subir la larga y oscura colina para salir de Limeburn.

Ruby no miró por la ventanilla para buscar al asesino, y su padre no le pidió que lo hiciera.

Lo odiaba.

Mucho más de lo que había odiado a su madre. Mucho más de lo que había odiado a Em o Essie Littlejohn. Tanto odiaba a su padre.

Las lágrimas volvieron a bloquearle la nariz y se restregó los ojos con fuerza.

A su padre no le importaba que estuviera llorando. Ni la miró.

No la quería.

Y

Estaban dando la segunda vuelta cuando su padre puso el intermitente y paró en el arcén para recoger a la primera mujer.

El cristal de la ventanilla bajó gruñendo y entró la lluvia.

—¡Eh! —dijo su padre—. ¿Quiere que la llevemos?

La mujer la miró. Ruby estaba acostumbrada. Todas lo hacían. No sonrió.

—Esto… —contestó la mujer, soltó una risita y miró a ambos lados de la carretera.

Todas lo hacían. Ruby se preguntó qué buscaban. ¿Una oferta mejor?

—Sí, gracias. —Sonrió. Tenía más o menos la misma edad que la madre de Ruby y vestía vaqueros y anorak. Llevaba unas gafas que se levantaban en los extremos, como los ojos de los gatos—. Vivo en Torrington. ¿Está seguro de que le viene bien?

Torrington estaba a catorce kilómetros, por una carretera sinuosa bordeada de árboles.

—Sí, claro —contestó su padre—. No querrá esperar el autobús con esta lluvia. Ponte detrás, Rubes.

Estaba tan acostumbrada a hacerlo que sus brazos y sus piernas parecieron moverse por sí mismos. Cuando los detuvo, sintió que cosquilleaban, como si se hubieran sorprendido.

—Ponte detrás, Rubes. Ya. La señora se está mojando.

Ruby permaneció donde estaba.

«Que te den», pensó, a pesar de que se avergonzó un poco de utilizar esa expresión, aunque fuera en su cabeza.

Que te den.

Su padre la cogió por el brazo y la empujó para que se moviera, pero Ruby se soltó. A la mujer se le borró la sonrisa.

—¿Estás bien, cariño? —preguntó a Ruby.

—Está bien. Entre —dijo su padre.

—No pasa nada —agradeció la mujer enderezándose—. No se preocupe.

—Está bien. ¡Ruby, ponte atrás! —le ordenó su padre.

No se movió.

—No se preocupe. De verdad. El autobús vendrá enseguida —dijo la mujer, que empezó a alejarse del coche.

251

—Se pondrá atrás. Se está comportando como una niña malcriada. —Volvió a agarrar a Ruby, pero esta se inclinó hacia la puerta y cruzó los brazos con fuerza sobre su dolorido pecho.

La mujer no regresó. Se alejó y cruzó la carretera mientras miraba varias veces por encima del hombro.

Ruby subió la ventanilla. Llegó hasta arriba tras una eternidad de chirridos y temblores.

Su padre y ella se quedaron dentro del coche con el motor en marcha y la lluvia resonando en el techo.

Se alegró de no haberse movido. Su padre se lo merecía. La mujer se había comportado con educación y quizá estuviera más segura en el autobús.

Su padre se inclinó tan cerca de su cara que, cuando apartó la cabeza, notó su aliento en la oreja.

—Te vas a arrepentir.

Se echó a temblar, pero no se dio la vuelta y, finalmente, el aliento de su padre desapareció y le dejó la oreja húmeda y fría.

Volvieron enseguida a casa. Tan rápido que Ruby tuvo que agarrarse a los bordes del asiento.

A pocos kilómetros de Limeburn, dieron un frenazo junto a una pequeña marquesina de madera para esperar el autobús y su padre lanzó el coche por un estrecho y pendiente camino entre altos setos.

Al pie de la colina estaba el hotel en el que trabajaba su madre.

Su padre condujo lentamente a través de la entrada, dio la vuelta y aparcó cerca del seto, junto a un montón de hojas marrones mojadas que había arrastrado el viento.

Ruby no sabía qué estaban haciendo, pero no preguntó.

Estuvieron parados mucho tiempo. Al menos media hora; cuando vio el resquicio amarillo de una puerta que se abría y por la que salió su madre, le castañeteaban los dientes.

En el interior había un hombre diciéndole adiós.

Era un hombre mayor, con pelo gris y barba. Tenía orejas de soplillo, como Essie Littlejohn, por lo que imaginó que sería su padre.

El señor Littlejohn levantó la mano para despedirse y su madre abrió el paraguas y empezó a alejarse del coche subiendo la colina hacia la carretera principal y la parada del autobús.

Su padre puso en marcha el coche y condujo lentamente detrás de ella.

Su madre oyó que se acercaban y se apretó contra el seto para dejarlos pasar. Por supuesto, no sabía que eran ellos porque estaba oscuro, mientras que a ella la iluminaban los faros con tanta intensidad que pensó que la veía por primera vez, como si fuera una extraña.

Estaba muy delgada y su piel parecía muy blanca. Llevaba el cinturón del viejo abrigo marrón cerrado en la cintura, y los vaqueros mojados hasta las pantorrillas por ir caminando por ese camino mojado. El paraguas tenía una varilla rota y la tela caía y se agitaba en uno de los lados.

Su padre no paró para recoger a su madre, sino que aceleró y el coche protestó patinando cuando metió una marcha más corta para acelerar en la cuesta.

Su madre se volvió y entrecerró los ojos.

Ruby soltó un grito y se tapó los suyos.

No se oyó ningún golpe, ningún ruido sordo. Los frenos no rechinaron.

253

Ruby abrió los ojos y se dio la vuelta en el asiento. Gracias al resplandor de las luces rojas traseras vio a su madre. Seguía apretada contra el seto. Después dejó de verla, cuando torcieron una curva.

Miró a su padre, pero este no la miró a ella.

Ruby durmió mal.

Se levantó a oscuras para ir al baño. No necesitaba encender la luz porque conocía la casa tan bien que podía moverse por ella incluso dormida.

Cuando volvió sin hacer ruido por la habitación a oscuras hacia la cama, tropezó en algo duro y afilado que la obligó a cojear y a morderse el labio.

Cuando se le pasó el dolor, encendió las luces.

El trineo de Afortunado estaba en el suelo, con los patines de plástico arrancados.

El burrito estaba bajo la cama, aplastado y retorcido.

«¡Oh, no!», susurró.

Cogió a Afortunado e intentó desdoblarlo. Sacó la abolladura que tenía en el vientre y consiguió enderezar medianamente tres patas, pero tenía la cabeza aplastada y la cuarta pata estaba tan retorcida que cuando intentó ponerla recta se rompió.

Se mordió el labio para que no se le escapara un sollozo.

La patata seguía en la mesilla y probaba que aquello no había sido un accidente.

43

Su madre descorrió las cortinas antes de que se apagara la alarma del despertador. Al despertarse, Ruby sintió que su preocupación se transformaba en una pesada roca en el estómago.

La cama se balanceó cuando su madre se sentó en el borde. No dijo nada. Al cabo de un minuto, cogió la patata que había encima de la cómoda.

—¿Dónde está el burrito?

—No lo sé —contestó rápidamente.

Afortunado estaba en el último cajón. No había sabido qué hacer con él. No quería que su madre viera lo que le había pasado ni que empezara a hacerle preguntas. No tenía las respuestas, al menos no ninguna que entendiera.

Su madre pasó el dedo por la patata. En un extremo crecía una raíz que buscaba la luz como un gusano.

—Ruby, ¿sabes lo que es una puta?

Ruby jugueteó con la colcha.

—¿Ruby?

—¿Qué?

—¿Sabes lo qué es…?

—No —contestó bruscamente.

Su madre asintió.

—Has escrito palabras feas en tu diario, Rubes.

Ruby no la miró, pero notó que las orejas se le ponían rojas. ¿Cuándo había leído su diario? ¿Había cogido ella el pendiente?

—No sé si las entiendes, pero son palabras muy feas sobre las mujeres.

—Lo sé —dijo, a pesar de no ser cierto.

¿Por qué no lo dejaba ya? Ella no tenía la culpa. La culpa era de su padre, por utilizar esas palabras feas.

—No pasa nada si no lo sabes, Rubes. En esta vida hay que aprender. Pero no quiero que aprendas cosas malas, porque entonces podrías acabar haciendo cosas malas. ¿Lo entiendes?

—Sí.

«Vete —pensó Ruby—. Vete.»

Su madre asintió, suspiró, dejó la patata donde la había cogido, y Ruby creyó que se iba a ir, pero no fue así.

—¿Qué tal el pecho, Rubes?

Esta se encogió de hombros.

—¿Sabes? Cuando duele a veces…

Ruby asintió recelosa.

—Bueno —empezó a decir su madre lentamente—. No pasa nada, cariño, es porque estás empezando a desarrollar…

—¿Qué significa desarrollar?

—Quiere decir que te están saliendo las tetas.

Ruby enderezó la espalda.

—¡No me están saliendo!

—No tienes por qué preocuparte. Es algo natural.

Apenas prestó atención a aquellas palabras. La semilla del miedo germinó rápidamente en ella. Había supuesto que el dolor en el pecho desaparecería, pero las tetas eran para siempre. Nunca desaparecían. Crecían más y más, y estorbaban cada vez más. Apenas podía leer ya tumbada en la alfombra de pelo.

—¡No puedo tener tetas! —exclamó—. ¿Cómo voy a leer?

Su madre sonrió como si le hubiera contado un chiste, pero no lo había hecho. Deseó que su madre estuviera bromeando.

Pero no lo estaba. Y además añadió:

—Si estás desarrollándolas, seguramente empezarás a tener los periodos pronto. ¿Sabes lo que son los periodos, Rubes?

—¿Son como los que nos enseñan en clase? —preguntó Ruby frunciendo el entrecejo.

Había oído aquella palabra en el colegio. Lo último que necesitaba era tener que aprender más cosas, bastante tenía ya. Aunque no podía pensar en nada peor que desarrollar las tetas.

Entonces su madre le explicó los detalles de la reproducción.

Y

Ruby se quedó en silencio, anonadada.

La reproducción. ¿La reproducción? Aquello no podía ser verdad. No había oído hablar nunca de ella. ¿Existía? Sin duda, algo tan repugnante y aterrador no podía guardarse en secreto. ¿Quién más lo sabía? ¿Lo sabía la señorita Sharpe? ¿Y Adam? ¿Cómo podía saberlo la gente y seguir llevando sus vidas como si no pasara nada?

Las tetas, la sangre, los chicos y después los hijos.

—No te creo —dijo con labios temblorosos.

Su madre sonrió comprensiva.

—Es verdad, Ruby, pero no te preocupes. Esas cosas les pasan a todas las chicas cuando se vuelven mujeres, por eso tienes que saberlas.

—¡Pues no quiero saberlas!

—Pero, Ruby —empezó a decir su madre suavemente—, si las chicas no saben nada de la reproducción, no entenderán a los chicos y el sexo, y pueden meterse en todo tipo de líos.

—¿Qué tipo de líos?

—De todas clases. Cosas que pueden arruinarte la vida.

—¿Qué cosas?

—Cosas… horribles.

Se quedó helada. ¿Cómo podía ser nada más horrible que lo que le había dicho que le pasaría?

¡Y enseguida!

Daba la impresión de que su cuerpo quería jugarle una mala pasada. Había empezado siendo una cosa y después iba a ser otra sin siquiera preguntarle.

En el fondo sabía que las chicas crecían y se hacían mujeres, pero, por alguna razón, había creído que ella se volvería un vaquero.

Su padre la había advertido. La había advertido acerca de crecer y no le había entendido.

Los ojos se le llenaron de lágrimas. En ese momento, lo entendió.

Entendió que no iba a montar un potro salvaje ni a atar un poni en la puerta del colegio ni a mantener a raya a los lobos con fuego y un revólver. En vez de eso, supo que iban a salirle tetas, que tendría que sentarse para leer, que se pintaría las uñas, besaría a los chicos, tendría hijos y le saldría sangre por abajo.

—¡No! —exclamó con firmeza—. ¡No!

Su madre intentó abrazarla, pero no la dejó.

No quería nada de eso. No lo quería. No quería ser una fulana, una furcia y una puta. Odiaba a las mujeres y odiaba a su madre por haberle contado esas cosas.

No le extrañaba que su padre ya no la quisiese.

Se echó a llorar.

Alison Trick se quedó perpleja.

Llevaba tiempo preocupada por aquella «charla». Su madre la había pospuesto demasiado y no quería cometer el mismo error.

Había sospechado que Ruby se sentiría incómoda. Confundida. Quizás algo preocupada.

Pero no había imaginado que se pondría histérica.

Intentó consolarla, pero no dejaba de llorar. Lloró todo lo que tenía dentro, se dobló hacia delante y se sujetó el estómago con las manos mientras las lágrimas le corrían por la cara y caían a la cama como la lluvia en las alcantarillas.

Notó un nudo en la garganta.

—¿Qué te pasa, Ruby? —le preguntó. Le acarició la espalda, le pasó la mano por el pelo y se inclinó para ver la cara enrojecida de su hija—. Dime qué te pasa, cariño. Estás empezando a asustarme.

Ruby meneó la cabeza. Intentó hablar un par de veces, pero no pudo. Lloró y lloró y lloró en los brazos de su madre y cuando, finalmente, pudo articular palabras, le salieron con una voz tan baja y débil, y tan espesa por los mocos que su madre tuvo que poner la oreja junto a sus labios para enterarse de lo que le quería decir su hija.

—No se lo digas a papá.

44

*E*l jueves, Ruby fue en el autobús del colegio impasible a los gritos, los insultos, los tacos y los tirones de pelo. El autobús ya no hacía mella en el caos en el que se había convertido su vida.

Cuando pasaron por Fairy Cross, pensó en la señorita Sharpe.

Un chico mayor que ella le pisó un pie, le pasó la suela del otro zapato por la pierna, le bajó el calcetín y le dejó la piel roja y manchada de barro.

Ruby le lanzó una mirada vacía hasta que se levantó y se fue a la parte de atrás del autobús.

«Ya sabes que puedes hablar conmigo cuando quieras, Ruby. Incluso contarme tus secretos.»

Había llegado el momento de pedir ayuda a un adulto.

La señorita Sharpe estaba de baja por enfermedad.

El profesor suplente era el señor Brains[2] y no quería que hicieran ningún chiste con su apellido porque los había oído todos.

Aun así, la clase 5.º B quiso comprobar si era cierta aquella declaración desde las nueve y media, cuando se presentó, hasta que sonó la última campana a las tres y media. El señor Brains no podía ganar. Si sabía algún dato, los niños se reían porque se llamaba señor Brains; y si no sabía algún dato, no reconocía

2. *Brain* significa cerebro en inglés. *(N. del T.)*

una cara o qué pasaba después de la siguiente campanada, los niños se reían porque se llamaba señor Brains.

Ruby no se rio, casi se echa a llorar. Tenía que contárselo a alguien. No sabía muy bien qué, pero, una vez decidida a hablar, tenía que decirle algo a alguien y dejar que algún adulto decidiera qué hacer.

Pero ¿a quién?

No podía contárselo a su madre porque le había mentido sobre las patrullas. Adam era un niño como ella. Y si se lo decía a su padre, el señor Braund podía ir a su casa y seguro que habría pelea.

¿En quién más podía confiar?

No tenía a nadie.

Pasó todo el día en el colegio agobiada por la preocupación, y de camino a casa apoyó la cabeza en la ventanilla y notó en la sien todos los botes que dio el autobús sin poder dejar de pensar en qué podía hacer.

Sin darse cuenta se bajó en una parada equivocada. Estaba en Fairy Cross con tres niños que apenas conocía. Le lanzaron una mirada burlona y se fueron riéndose.

Ella caminó en dirección opuesta, hacia el pub.

La vez que había estado allí con su padre era de noche y también llovía, y se equivocó en un par de bifurcaciones. A pesar de todo, Fairy Cross era tan pequeño que, aunque se tomaran todos los desvíos equivocados, a los pocos pasos se encontraba el camino adecuado y enseguida llegó a casa de la señorita Sharpe.

Abrió la pequeña verja de madera, recorrió el sendero y llamó a la puerta.

Estaba nerviosa, pero, cuanto más tardaba la señorita Sharpe en abrir, más calmada estaba, hasta que se dio cuenta de que no estaba en casa y de que no tenía por qué haberse puesto nerviosa.

Una vez calmada, se sintió disgustada y preocupada. Había bajado del autobús y no sabía si habría otro. Siempre subía al mismo autobús en la parada de lo alto de la carretera de Limeburn. Cayó en la cuenta de que tampoco tenía dinero y se enfadó aún más con la señorita Sharpe por no haber ido al colegio, aunque estuviera enferma.

De repente pensó en que quizás estaba tan mal que no podía salir de la cama. A lo mejor necesitaba un médico.

¡O una ambulancia! Tendría que llamar al 999, sería emocionante. Todo el mundo en el colegio le tendría celos. Esperaba que en Fairy Cross hubiera una cabina. No quería ir a casa de algún vecino para pedir ayuda y que llamaran ellos y la privaran de los elogios.

Intentó mover la manija de la puerta, porque mucha gente no cerraba las casas o los coches.

La señorita Sharpe sí lo hacía.

Dio la vuelta a la casa y llamó en la puerta trasera.

—¡Señorita Sharpe! —gritó—. ¡Señorita Sharpe!

La puerta tenía una ventana con cristales, aunque uno estaba rajado y faltaba otro, y lo único que vio fue la cocina. Había algo por todo el suelo, como bolitas o algo así. Intentó pensar qué podía ser. Mientras las miraba, apareció un gran conejo de color gris y empezó a comérselas.

—¡*Harvey*! —exclamó.

Las bolitas debían de ser su comida.

Si *Harvey* estaba en casa, la señorita Sharpe también debía de estar. En la cama. Enferma. Necesitada de luces azules intermitentes, sirenas y alguien que la salvara.

Apretó la manija. La puerta no estaba cerrada. Entró sintiéndose como una ladrona.

Asustaba entrar en una casa vacía, aunque fuera la de la señorita Sharpe. Estaba en absoluto silencio y había un olor muy raro, como de comida, aunque el horno estaba vacío.

—¡Señorita Sharpe! —llamó.

El conejo se acercó y ella se agachó para acariciarlo. Lo hizo con cuidado y el animal no se asustó y dejó que lo tocara todo lo que quisiera. Se sintió mejor. Era como tocar a Afortunado para tener suerte, pero más agradable y cálido. Cuanto más lo acariciaba, mejor se sentía. Era tan suave que tuvo que mirar las manos para asegurarse de que realmente lo estaba tocando.

Tenía unas orejas preciosas.

—Buen chico. Espera aquí.

Harvey la obedeció y Ruby entró en el salón.

—¡Señorita Sharpe!

En aquella habitación no había nadie, así que subió las es-

261

caleras. A mitad de camino, oyó un ruido y se volvió para mirar a su espalda.

Harvey estaba al pie de la escalera olfateando sus pisadas.

—Buen chico. Quédate ahí.

Llegó al rellano.

—¡Señorita Sharpe! Soy yo, Ruby Trick.

Había tres dormitorios, pero la señorita Sharpe no estaba en ninguno de ellos. Las camas estaban cuidadosamente hechas; en una silla de la habitación más espaciosa, vio su bolso. Lo reconoció porque tenía una etiqueta de cuero con forma de terrier escocés.

Bajó las escaleras. *Harvey* la estaba esperando y la siguió a la cocina.

Se fijó en que la comida para conejos que había en el suelo provenía de un gran saco que se había caído en un rincón y lo levantó. Llevaba impreso el nombre de Bugsy Supreme.

Cerca de la puerta trasera había dos cuencos. En uno había más Bugsy Supreme; el otro estaba vacío. Lo cogió y lo llenó de agua.

En el momento en que lo dejó en el suelo, *Harvey* dio un saltito hacia él y empezó a beber.

—¡Pobrecito! ¡Cuánta sed tenías! —Se agachó y lo acarició.

Cuando *Harvey* acabó, se sentó y bajó las orejas una a una para limpiárselas. Ruby se echó a reír, pues parecía un conejo de juguete o de dibujos animados.

Estaba enfadada porque la señorita Sharpe no estuviera allí cuando se suponía que estaba enferma, pero más aún por haberse ido y haber dejado a *Harvey* sin agua. De no haber ido, a lo mejor se habría muerto.

Debería llevárselo a casa.

Aquella idea tomó forma en su cabeza. Se lo llevaría. No sería robarlo, lo cuidaría y le daría de comer y beber hasta que volviera la señorita Sharpe. Entonces se lo devolvería. Seguramente, le agradecería que lo hubiera rescatado. Estaba segura.

Por supuesto, también podía decírselo a alguien. No tenía que llevarse el conejo. Repensó la idea. Podía ir a la casa de al lado y pedir que cuidaran a *Harvey* hasta que la señorita

Sharpe volviera. Lo diría en el colegio y la llamarían por teléfono para saber cuándo iba a volver. También podía llamar a la Sociedad Protectora de Animales para que enviaran a alguien en una furgoneta y llevara a *Harvey* a un centro de acogida.

Si hiciera alguna de esas cosas, no tendría que llevarse el conejo a casa.

Así que no hizo ninguna de ellas.

Encontró una bolsa de compra, la llenó de Bugsy Supreme y la cerró. No vio ninguna jaula, por lo que vació la mochila en la encimera y metió a *Harvey* en ella. Subió las cremalleras de forma que solo se le viera la cabeza, junto a la del poni, lo que era muy divertido porque parecía que llevaba un poni y un conejo en la mochila. Tenía que enseñárselo a Adam

Después cogió la comida, cerró la puerta y se fue.

Esperó el autobús durante casi una hora. Cuando llegó, le dijo al conductor que no tenía dinero.

—Me he bajado del autobús del colegio en una parada equivocada —se excusó.

El hombre la miró de arriba abajo.

—¿Eres nueva?

—No, estaba pensando en otra cosa.

El conductor suspiró.

—¿Adónde vas?

—A Limeburn.

—Vale, que no se vuelva a repetir.

Su madre estaba en casa cuando llegó. Se alegró de verla.

Le dijo que le había tocado llevarse el conejo del colegio.

—No sabía que en el colegio tuvierais un conejo.

—Sí, se llama *Harvey*. La verdad es que es de la señorita Sharpe, pero está de baja y me han dicho que podía ocuparme de él.

—¿Y no te han dado una jaula?

—No podía llevarla en el autobús.

—¿Te han dado comida?

—Sí —contestó enseñándosela.

—Es muy bonito. Le prepararemos una cama fuera —propuso su madre.

—Vive dentro de la casa.

—Pues aquí lo hará fuera. Puedes salir a jugar con él en el jardín. Pero si está dentro, se hará caca en la moqueta, y eso no lo voy a consentir.

—Vale —aceptó a regañadientes.

Su madre preparó una casa muy bonita para *Harvey* con un viejo cubo metálico de basura sujeto con ladrillos. Lo llenaron con serrín del cobertizo, donde su padre cortaba los troncos, e hicieron una puerta con tela metálica.

Ruby jugó un rato con *Harvey* antes de cenar —incluso después de que empezara a llover— y Adam se asomó a la verja y se alegró de que tuviera tanta suerte.

Y, durante un rato, Ruby también.

Estaba anocheciendo cuando John Trick se dio cuenta de que estaba empapado. Al recoger el sedal, encontró una pequeña y agotada pescadilla en el anzuelo.

Sacó el mazo del bolsillo y le golpeó en la cabeza, pero se había tomado unas latas de Strongbow y falló. El golpe de refilón pareció reavivar al pez, que saltó de su mano y empezó a dar coletazos en dirección al mar.

Fue tras él tambaleándose y resbalando. Se le escapó dos veces. En la primera se le cayó el mazo entre dos piedras; en la segunda se rasgó el pantalón y se despellejó la rodilla.

La pescadilla estaba a un coletazo de volver a ser libre cuando la agarró y la apretó con fuerza contra una roca cubierta de limo. Jadeante, buscó a tientas y encontró una piedra del tamaño de dos puños.

Le dio dos golpes, que le sacaron las agallas y un ojo plateado.

Después volvió a golpearlo una y otra vez hasta que la roca se cubrió de sangre y tripas, y las escamas se esparcieron a su alrededor como brillante confeti.

45

*E*l Día del Desfile de Leprosos amaneció gris e intempestivamente bochornoso. El aire estaba tan cargado que había sometido al mar y —a pesar de que habría marea de primavera— el agua se veía tersa y gris hasta la isla Lundy. O hasta donde debería de haber estado. No había rastro de ella en el pálido horizonte.

> Si Lundy aparece, buen tiempo hace.
> Si Lundy no se ve, nieve esperaré.

Lundy había desaparecido.

Ruby fue a la parte de arriba de la grada y miró más allá del Gut y del Gore. Siempre había sentido el mar en las tripas y, a pesar de que la marea estaba baja y el agua a suficiente distancia, lo notó con toda su intensidad. «Habrá tormenta», pensó. Le pareció extraño. Jamás había visto el mar tan en calma ni el aire tan quieto.

Al mediodía parecía que se respiraba agua. La presión le provocaba dolor de cabeza. Notó que le oprimía la cara, bajo los ojos; en cuanto se metió por la cabeza el saco de patatas, se le quedó pegado a la piel.

Su madre sacó ceniza de la chimenea del salón y se la frotó por la cara y los brazos, pero se convirtió en pasta por la humedad y acabó haciéndose bolitas.

—¿Puedo ponerme costras? —preguntó Ruby.

—¿Y cómo las hacemos? —contestó su madre.

—Con Krispies de arroz con salsa de tomate.

—No tenemos Krispies de arroz.

Se le había olvidado decirle que comprara. Había tenido tantas cosas en las que pensar en los últimos tiempos. Suspiró. Jamás ganaría el premio al mejor leproso menor de catorce años con un saco y ceniza. Cualquier leproso mayor podía ponerse lo mismo que ella.

—Lo siento, Rubes —se excusó su madre.

—No te preocupes.

De repente, le entraron ganas de darle un abrazo. Hacía tanto tiempo que no le daba uno que dudó si debía hacerlo, pero se lo dio de todas formas.

Se alegró de haberlo hecho. Los brazos de su madre eran cálidos y reconfortantes, y no pareció sorprenderla que finalmente Ruby se refugiara en ellos, aunque su hija sí que estuviera sorprendida.

—Te quiero mucho —dijo Ruby.

—Yo también te quiero, Rubes.

Casi se lo dijo. Estuvo a punto de contárselo. Lo de las patrullas, la pistola, la rueda rajada, que su padre no la quería y la sensación de terror que tenía en el estómago.

Pero, entonces, si su padre las abandonaba, sería culpa suya porque lo había enfadado.

Y entonces quizá los brazos de su madre no serían tan cálidos y reconfortantes.

Optó por quedarse en la alfombra de pelo, apoyar la cabeza en el pecho de su madre y abrazarla, abrazarla y abrazarla.

Clin-clin.

Las dos miraron hacia el techo.

Clin-clan, clin-clan.

—Viene tu padre.

Aquella noche, Taddiport estaba lleno de leprosos. Prácticamente no había público, todo el mundo participaba.

El padre de Ruby no fue el único que no iba de leproso, varias personas llevaban disfraces. Cruzados y piratas salían del pub y se mezclaban con mendigos y tullidos, y las dos partes de un caballo: la delantera con la cabeza colgando de una goma en el cuello y una pinta en la pezuña, y la trasera, con la cara roja y sudando, con unos pantalones marrones de pelo y una cola.

Ruby se agarró con fuerza a la mano de su madre y siguieron a su padre a través de la multitud. De vez en cuando lo perdían de vista, pero enseguida lo encontraban por el ruido que hacían las espuelas, que se oía perfectamente a pesar del alboroto.

Había tal aglomeración y el aire estaba tan cargado que en los apretones de manos estas sudaban y todas las caras estaban rojas y brillantes. Ruby se sentía pegajosa, tenía picores y notaba el olor de los participantes, mezclado con el aroma a cebolla de la furgoneta de hamburguesas.

Recorrieron los puestos que vendían todo tipo de artículos para leprosos. Había cristales contra la lepra, platos de limosna para leprosos y muñecas de trapo con un solo brazo y un solo ojo. Su madre le había dado dos libras y pararon para que comprara cincuenta peniques de caramelo de pus, verde y con espirales rojas.

El hombre con un solo brazo del King's Arms pasó a su lado con una tosca muleta de madera haciendo sonar una campana.

—¡Impuro! —gritaba cada varios pasos—. ¡Impuro!

—Menudo muñón —susurró Ruby con los ojos muy abiertos.

—Puro exhibicionismo —dijo su padre.

El sol se puso, aunque nadie podía saberlo a ciencia cierta por lo espesas y negras que eran las nubes que se veían en el horizonte.

46

*A*quel sábado, la comisaría de Limeburn estaba excepcionalmente silenciosa y los policías que hacían el turno de noche jugaban a la canasta en la sala de denuncias.

Calvin no estaba jugando. Disfrutaba de la paz y la tranquilidad. No solo se encontraba relajado allí, sino que cuando llegara a casa también reinaría el silencio. O no, podría hacer tanto ruido como quisiera. Podía elegir, eso era lo importante. Si quería, podría pasar toda la noche viendo porno, oyendo a Motörhead y comiendo todas las patatas fritas que había en el apartamento, que —tras la eufórica visita al supermercado después de la ruptura— eran muchas. Había ido a la caja registradora pletórico de alegría y observando con chulesca rebeldía cómo la cajera pasaba la cerveza, los aperitivos, las *pizzas* congeladas y los DVD con armas en la tapa por el lector. Hasta había comprado un juego de fútbol de la FIFA, y eso que ni siquiera tenía PlayStation. Pensó que debería comprar una. Y una Xbox también, si quería. Había sentido que le taladraban las envidiosas miradas de los hombres casados que había a su alrededor y había estado tentado de golpearse el pecho con los puños ante la escasez de verdura en su carrito.

¿Cómo había dejado que el disparate de la boda durara tanto? En ese momento lo veía todo con claridad. Se sintió como si hubiera escapado de una secta.

—Se le ve muy contento —había comentado King.

—Sí, he cortado con Shirley.

—Vaya. ¿Fue horrible?

—Sí, pero no era mi tipo.

—¿Cuál es su tipo?

—No estoy seguro de que exista.

King se había echado a reír y su único comentario al respecto había sido «Muy inteligente».

Calvin levantó la vista. Tony Coral estaba en la puerta de la sala de denuncias. Jamás había controlado el sistema de telefonía, a pesar de ser el más barato que se podía comprar. Le gustaba dejar en espera a la persona que llamara, levantarse de la silla suspirando y recorrer el edificio en busca del destinatario de la llamada.

Tenía apoyada una mano en el marco de la puerta, se había inclinado hacia delante sobre una pierna y con la otra estirada hacia atrás como si fuera a entrar en la sala de denuncias sobre patines de hielo.

—Hay un tipo que quiere denunciar la desaparición de alguien.

Calvin era el policía más joven de la comisaría y todos los compañeros que jugaban a las cartas lo miraron, así que tuvo que ir al mostrador para evitar que Tony Coral cortara por equivocación la llamada.

—Quisiera denunciar la desaparición de una persona —dijo una voz masculina por el auricular.

—Muy bien, señor. ¿Puede decirme su nombre, por favor?

—Marshall, David Marshall.

—¿Cómo se llama la persona que cree que ha desaparecido?

—Georgia Sharpe.

—¿Con «e»?

—Eso creo. Al final.

Calvin anotó todos los detalles que requería el formulario. Georgia Sharpe era profesora en la Westmead Junior School. Tenía veintipocos y preguntó por qué no había denunciado la desaparición su familia.

—No lo sé —contestó David Marshall—. Creo que solo tiene a su padre y que vive muy lejos. En Escocia o algo así.

—¿Es escocesa? —preguntó Calvin.

Un acento ayudaría mucho en el informe de una persona desaparecida.

—No.

—¡Ah!

—Mire —dijo David Marshall—. Espero no estar haciéndole perder el tiempo. No conozco a Georgia muy bien. Empezó a trabajar aquí este verano. Pero es una persona muy agradable, muy buena en clase y no creo que dejara de ir a trabajar a menos que estuviera enferma, y si lo estuviera, estoy seguro de que habría avisado, pero no lo ha hecho y no consigo que conteste el teléfono.

—De acuerdo, señor Marshall —dijo Calvin—. Enviaremos a alguien para ver si está en casa y, de ser necesario, tomaremos otras medidas.

Calvin apostaría una libra contra un trozo de caca de perro a que encontrarían a Georgia Sharpe en la cama con gripe o con un novio, pero le gustaba decir: «Enviaremos a alguien». Era lo que solían decir en las series de policías estadounidenses, aunque sabía que acabaría siendo él solo el que fuera, para llamar en una ventana como un elfo.

Dejarían que transcurrieran veinticuatro horas, por supuesto. Siempre esperaban veinticuatro horas a que apareciera una persona, a menos que fuera un niño o alguien hubiera visto que metían a esa persona a empujones en una furgoneta.

O si llamaban a la madre.

Calvin estaba tecleando el informe para el compañero que estuviera de guardia la noche siguiente, cuando volvió Tony Coral. Bajó la voz hasta convertirla en un susurro.

—Tengo a una señorita con una caja de vídeos pornográficos.

—Me alegro por ella —dijo Calvin.

Coral movió un pulgar por encima del hombro para indicar hacia el mostrador.

—Se llama Sheila. Quiere hablar contigo.

Al ser el más joven, debía tener cuidado con las bromas —sobre todo las noches de los sábados—, por lo que siguió a Tony Coral con expresión recelosa.

Pero no era una broma.

Era algo mucho peor.

Era Shirley.

Tenía una caja de cartón llena de todo lo que había dejado en su apartamento. Incluidos tres o cuatro DVD que habían visto juntos al comienzo de su relación, cuando todavía no tenían mucha confianza el uno con el otro. No era porno duro —solo mujeres maduras y tetas grandes—, pero no era el tipo de material que Calvin quisiera asumir como suyo en el mostrador de una comisaría, sobre todo si procedía de una exnovia que evidentemente había estado bebiendo y llorando en igual medida, por lo que había visto a través de la rendija de la puerta.

Se paró en seco y le hizo una seña a Tony Coral para que volviera.

—Es mi novia —confesó entre dientes.

—¿Ah, sí? —dijo Tony Coral, que volvió a inclinarse, hacia atrás en esa ocasión, para ver mejor a Shirley—. Bonita señorita —comentó con voz aduladora.

—Mi exnovia —añadió Calvin.

—Un poco corpulenta, ¿no?

Calvin prefirió no hacer caso a ese comentario por pura lealtad.

—Cortamos hace una semana.

—¡Ah! —exclamó Coral asintiendo como si lo entendiera todo. Después añadió—: No lo entiendo.

—No quiero verla.

—¡Ah! —volvió a exclamar Coral, y en esa ocasión estaba claro que lo había entendido.

—¿Puedes decirle que he tenido que salir?

—Le he dicho que estabas aquí.

—¿No puedes decirle que te has equivocado?

Tony Coral pareció ofendido.

—Eso sería mentir.

Calvin suspiró. Sabía que Coral no estaba bromeando; era un purista en cuanto a la verdad, por inoportuna que fuera.

—Entonces me iré. Ahora mismo. Dame cinco minutos y dile que he tenido que salir a hacer algo. Eso será verdad.

—Muy bien. ¿A hacer qué?

Calvin pensó un momento.

—A buscar a la persona desaparecida de la que acabamos de recibir la denuncia. Iré a Fairy Cross y llamaré a alguna puerta, ¿vale?

—De acuerdo —aceptó Coral—. ¿Le digo a Sheila que vuelva en otro momento?

—¡No! ¡Por Dios!

Odiaba aquella situación. Oponer la mínima resistencia era la única vía que le quedaba y deseaba con todas sus fuerzas no tener que volver a ver o hablar con Shirley. Sabía que era poco probable, pues los dos vivían en la misma zona del norte de Devon, pero lo último que necesitaba era que Shirley siguiera llevándole la caja con el porno al trabajo. Lo que no cabía duda que volvería a hacer, si no, la habría dejado en la puerta de su apartamento o la habría tirado a la basura.

Quería avergonzarlo.

Suspiró.

En realidad se lo debía. Le había hecho daño, le había roto el corazón y había cancelado una boda para la que ya tenían las invitaciones cortadas a mano y el puto búho. Lo menos que podía hacer era dejar que lo avergonzara del todo con una caja llena de mujeres maduras y le pusiese el anillo de compromiso en la cara.

Entonces tuvo una idea mejor.

—¿No puedes confiscarlo? Al fin y al cabo, es porno.

Cinco minutos después, Shirley volvía a casa sin la pornografía y Calvin Bridge conducía el coche que compartían en el trabajo en dirección a Fairy Cross.

David Marshall no le había dado la dirección, pero pensó que no tendría que llamar a muchas puertas para encontrar la casa de Georgia Sharpe. Todo el mundo conoce a todo el mundo en esos sitios pequeños, aunque sean nuevos. Especialmente si son nuevos.

Se sintió mal por Shirley, pero ella se lo había buscado.

47

*O*scureció.

El dolor de cabeza de Ruby había desaparecido junto con el calor. Soplaba un vientecillo frío y deseó haberse puesto un jersey bajo el saco de patatas.

Se oyeron vítores cuando se encendieron las antorchas, se desplegaron las banderas y comenzó el desfile precedido por el pregonero y dos leprosos harapientos con zancos.

Ruby se sintió emocionada por estar participando en algo disparatado y antiguo y, entusiasmada, apretó la mano de su madre.

Formaban parte de un río de personas que iban colina abajo hacia el antiguo hospital. Había tan poco público que aplaudían y vitoreaban ellos mismos y hacían sonar sus campanillas de leprosos.

Cuando Ruby pasó por delante de la lúgubre y gris casa que en tiempos albergaba a los leprosos de la parroquia, se oyó un trueno tan fuerte que todo el mundo se sobresaltó y después soltó risas avergonzadas.

Ruby levantó la vista.

No había ni una sola estrella y con el último y apagado resplandor de luz consiguió ver que el blanco cielo de aquella mañana había gestado unas nubes de color morado oscuro.

—Va a llover —dijo.

—¿No me digas? —comentó una anciana leprosa que después soltó una risa aguda y agitó la campanilla en la cara de Ruby.

Los campos cercanos al río estaban embarrados, pero no

le importó a nadie. Enfilaron un camino de barro pisoteado hasta el lugar en el que un cerdo daba vueltas en un asador, y Superman y el Capitán Hook hacían cola junto a los leprosos con los platos de papel, los panecillos y la salsa de manzana preparados.

En la cola se tropezaron con los Braund. Habían llevado a Maggie vestida con un traje de hada de color rosa, con alas relucientes y una varita coronada por una estrella de cinco puntas. La placa perfecta para un ayudante, si Ruby hubiera querido seguir siéndolo.

Pero no quería.

El señor Braund era mucho más alto que su padre, y su mujer y él iban vestidos con sacos marrones muy parecidos al de Ruby. Pero el señor Braund era muy grande y se alimentaba demasiado bien como para ser un leproso convincente, y con su mata de pelo negro tenía más aspecto de Pedro Picapiedra. Adam y Chris llevaban ropa vieja andrajosa y costras. Chris tenía una campanilla que no dejaba de mover al lado de la oreja de Maggie. Esta no paraba de repetir: «Deja de hacerlo, Chris», y de frotarse la oreja, pero él seguía haciéndolo.

Los Braund repartieron abundantes y alborozados saludos. Su madre les dijo hola, su padre se limitó a gruñir, y a Ruby se le hizo un nudo en el estómago como en los días que había colegio.

—Hola —la saludó Adam.

—Pareces un leproso de verdad —dijo Ruby.

—Gracias, tú también.

—No llevo costras, solo teníamos Weetabix.

—Aun así, la ceniza está bien.

—Ahí vienen los abuelos —anunció su madre.

Ruby soltó una risita. La abuela no iba disfrazada, pero el abuelo parecía un pirata con lepra. Llevaba una gran barba roja a juego con su pelo y una mano falsa que se desprendía cuando se le daba un apretón.

Todo el mundo se rio.

El abuelo le ofreció la mano a su padre, pero este no la apretó y se limitó a lanzarle una mirada tan dura que el abuelo dejó de reírse.

—He visto truchas saltando en el río. ¿Quieres ir a verlas? —propuso Adam.

—Vale —dijo Ruby.

—No —intervino su padre.

—Es ahí al lado —comentó su madre.

—Con él no —añadió su padre indicando con la cabeza hacia Adam.

Se produjo un extraño silencio. Después el señor Braund preguntó:

—¿A qué te refieres con «con él no»?

—Simplemente eso. Que con él no. De tal palo tal astilla.

Ruby miró a Adam, que parecía confuso.

—John —dijo su madre rápidamente—, no digas tonterías.

—¿Quién está diciendo tonterías?

—Nadie. Lo estamos pasando bien, eso es todo —continuó su madre.

—¿Y yo os estoy aguando la fiesta?

Ruby se fijó en que el resto de la cola se callaba para oírlos.

—Tranquilo, John —dijo el señor Braund—. Solo…

—¡Que te den!

—¡John! —exclamó su madre tocándole el brazo.

Su padre le tiró el plato de papel a la cara. Su madre volvió de lado la cabeza rápidamente y dio un par de pasos hacia atrás muy sorprendida. Cuando el plato cayó al suelo, el panecillo se le quedó pegado en la mejilla por la salsa de manzana. Después también cayó al suelo.

—¡Puta! —bufó su padre antes de volverse y darle un puñetazo al abuelo en el estómago. Solo uno, pero con tanta fuerza que se le cayeron los dientes postizos.

—¡Para! ¡Para, papá! —gritó Ruby, a pesar de que sabía que había cosas que no se podían parar y se temía que esa era una de ellas.

El señor Braund se interpuso rápidamente entre sus padres y, de repente, también aparecieron Superman y la parte trasera del caballo. Su padre gritó: «¡Que os den a todos!», y desapareció en la noche.

—Venid, niños —pidió el señor Braund, que empezó a reunirlos para alejarlos de allí, pero ninguno le hizo caso.

Algunas personas se acercaron para ayudar al abuelo, y la

275

abuela iba de acá para allá limpiando el barro de los dientes.

Ruby estaba temblando. Cuando cogió la mano de su madre, también temblaba.

—¿Estás bien, Alison? —preguntó la señora Braund.

Su madre asintió e intentó sonreír, pero no pudo.

—Creo que deberíamos irnos a casa, Ruby —dijo con voz quebrada—. No tengo hambre, ¿y tú?

—No, yo tampoco tengo hambre.

—Deja que os lleve Tim a casa, Alison —sugirió la señora Braund.

—No, gracias —dijo su madre—. Estoy segura de que John estará en el coche esperándonos.

—Te llevaré yo —dijo el señor Braund con firmeza—. Estaré de vuelta dentro de media hora. Seguramente, la cola ni se habrá movido.

Es lo que hicieron. Ruby y Adam se despidieron y después siguieron al señor Braund hasta el aparcamiento, en lo alto del pueblo, cuando las primeras gotas de verdadera lluvia empezaron a caer.

En el lugar en el que había estado el coche de su padre solo se veía un trozo de hierba vacío.

La lluvia golpeaba el parabrisas y el techo, y el viento embistió el Range Rover durante todo el trayecto a casa.

Su madre y el señor Braund no hablaron. Su madre se mordisqueó la uña de un pulgar. Ruby se sentó en el asiento trasero de cuero color crema y metió los pies bajo el asiento del conductor, tal como había hecho el día que la señora Braund la había recogido en el cercado.

Uno de sus pies tocó algo y se agachó para ver qué era. Estiró la mano y lo cogió.

Era la pareja del guante. La mano izquierda que hacía juego con la derecha que había encontrado detrás del sofá.

En ese momento supo que los dos pertenecían al señor Braund.

Lo miró y lo sujetó cerca del regazo. Adam había dicho que su padre tenía una novia. Que era alguien de Londres. Pero ¿tenía razón? ¿O había sido siempre su madre?

«Te llamo luego, T.»

Ruby no sabía qué hacer. ¿Preguntaba o volvía a empujar el guante debajo del asiento con el pie?

¿Cuánto quería saber?

—Mirad lo que he encontrado —dijo, antes de tomar esa decisión conscientemente, y agitó el guante entre su madre y el señor Braund.

—Lo estaba buscando —dijo el señor Braund—. Gracias, Ruby. ¿Dónde estaba?

—Debajo del asiento —contestó Ruby con recelo—. Pero solo había uno, el otro lo encontré en casa detrás del sofá.

—¿Y cómo llegaría allí? —preguntó el señor Braund—. Algún día pasaré a recogerlo.

—Ruby te lo llevará mañana —dijo su madre—. ¿Verdad, Rubes?

Asintió lentamente. Ni su madre ni el señor Braund parecieron sentirse culpables porque el otro guante hubiera aparecido detrás del sofá. Quizá sí que tenía una novia en Londres. ¿Le importaba realmente? Jamás culparía a su madre por tener un amiguito. Sobre todo después de lo que había pasado.

Estaban casi en casa. El bosque que bordeaba y se cernía sobre la empinada carretera a Limeburn les había ofrecido cierto cobijo contra el viento, pero, cuando aparcaron en los adoquines y Ruby bajó del coche, el viento la volvió de lado.

A pesar de que era de noche vio las blancas crestas de las olas arrojándose contra el acantilado.

Le dieron las gracias al señor Braund, su madre le cogió la mano y corrieron juntas hasta El Retiro pasando por el arroyo, que se había ensanchado otra vez con el chaparrón y los cientos de embarrados riachuelos que bajaban del bosque y del cercano acantilado.

Su padre no estaba en casa y Ruby se alegró.

Subieron y se prepararon para meterse en la cama. Ruby no llevaba ni cinco minutos en la suya cuando entró su madre y se sentó a su lado.

—Estoy muy preocupada por lo que ha pasado esta noche. ¿Estás bien, Rubes?

Ruby jugueteó con la colcha mientras un árbol arañaba la ventana.

277

Su madre suspiró.

—No sé, cariño. Tu padre lo está pasando mal. Perder el trabajo es muy duro para un hombre y a veces se enfadan sin motivo.

—Pero ¿por qué le ha pegado al abuelo?

Su madre meneó la cabeza, se mordió el labio y las gruesas lágrimas que se desbordaron de sus ojos empezaron a caerle por las mejillas formando unos brillantes surcos.

Estiró los brazos, Ruby se incorporó y dejó que la rodearan mientras se apretaba contra su hombro.

La acunó y Ruby dejó que lo hiciera.

—Todo va a ir bien, Rubes. Todo va a ir bien.

La niña no pensó que estuviera mintiendo.

Pero tampoco pensó que fuera verdad.

48

Calvin tardó menos de cinco minutos en enterarse de dónde vivía Georgia Sharpe, pero cinco minutos fueron tiempo más que suficiente para quedarse completamente empapado. Había vivido toda su vida en el norte de Devon y no recordaba una tormenta como aquella. El viento le metió el agua de la lluvia en las orejas cuando agachó los hombros y echó a correr por el estrecho sendero que conducía a la última casita que había en esa calle.

Tal como había imaginado, todo el mundo conocía a Georgia Sharpe. Quizá porque tenía un conejo como mascota. «¡Dentro de la casa!», había dicho más de un vecino. Calvin lo entendió. Por allí los conejos eran bichos, una plaga y no mascotas a las que acariciar y comprar comida para que se caguen en el suelo.

Llamó a la puerta, no contestó nadie y fue corriendo hacia la de atrás, a la que también llamó. No tenía ganas de tontear con aquel tifón.

Se fijó en el cristal que faltaba y probó la manija. La puerta no estaba cerrada y abandonó los impetuosos elementos para entrar en la calma de una cocina ordenada. Solo vio lo que imaginó era comida para conejos en el suelo y un pequeño pero desordenado montón de libros y objetos de escritorio distrajeron su mirada. El olor a carne quemada hizo que arrugara la nariz.

—¡Hola!

Por la forma en que el sonido se distribuyó en el aire, supo que la casa estaba vacía.

No encontraría a Georgia Sharpe allí.

Pero no podía ponerlo en el informe oficial, por lo que registró la casa, para refrendar sus sospechas.

Por alguna razón, la casa le dio miedo. Aquello no tenía sentido. Todo estaba impecable, no había nada desordenado ni encontró sorpresas desagradables. Y, sin embargo, sintió que se le erizaba el pelo de la nuca varias veces.

Cuando encontró el bolso en lo que supuso que era el dormitorio de Georgia Sharpe, se le heló el corazón. Aquella no era una buena señal. No sabía mucho de mujeres, pero sí que las mujeres y sus bolsos son como gemelos siameses. Si los habían separado, podía haber pasado cualquier cosa.

Después de encontrar el bolso, se puso unos guantes de látex azules y registró la casa de nuevo. Abrió los armarios.

Nada.

De vuelta en la cocina se fijó en que el saco de Bugsy Supreme estaba levantado cerca del cubo de la basura. Si el conejo lo había derribado para poder llegar a la comida, con toda seguridad no podía haberlo puesto de pie. ¿Y dónde estaba el conejo? Había una bandeja con arena en el lavadero y un cuenco con agua cerca de la puerta trasera, pero ni rastro del conejo.

—Toma, conejo —lo llamó—. Toma, conejito.

El conejito no apareció.

Revisó los artículos de papelería sueltos que había en la encimera. Tres cuadernos azules de ejercicios, una tarjeta roja cubierta de estrellas doradas con la frase «Por buen comportamiento» escrita a mano y un estuche con forma de plátano y ojos saltones. Dentro había dos bolígrafos, un sacapuntas y la bota de un juego de Monopoly. Georgia Sharpe era profesora, pero ese no era el contenido del bolso de una profesora, sino del de un niño.

Era desconcertante. Sin duda, pasaba algo. Deseó que Kirsty King estuviera allí para descifrarlo, pero no estaba, por lo que tenía que hacer todo lo que pudiera él solo.

Cogió el primer cuaderno y sonrió. En la esquina superior de la derecha, con letra descuidada y torcida había escrito a mano: «Mi diario». Y debajo el nombre del supuesto propietario: Ruby Trick.

¡Conocía ese nombre!

Hizo memoria. Era joven y lo recordó enseguida. Era la

niña con la que había hablado en el coche de su padre. Esa misma noche en Instow, Steffi Cole había hecho su última y traumática llamada a casa.

Los pelos de la nuca volvieron a erizarse y se echó a reír. Aquello era ridículo. Sentir un escalofrío al leer el diario de una niña. No había ninguna conexión, era pura coincidencia.

Sin embargo, el pelo de la nuca no le dejó desechar esa idea tan fácilmente.

Se sintió como un idiota —y se alegró de que no hubiera nadie que pudiera reírse de él—, pero empezó a hojear el diario de Ruby Trick.

Se paró casi al final. En esa ocasión, la oleada de desasosiego erizó todo los pelos de su cuerpo.

«Mi padre tiene una pistola...»

Se dijo a sí mismo que no fuera estúpido. Que no reaccionara de forma exagerada.

Era el diario de una niña de diez años, no el mapa del tesoro de una película de piratas. Necesitaba ser objetivo. Necesitaba obrar con cautela. Necesitaba ser moderno, porque sentía un aviso en forma de cosquilleo y hormigueo en su cuerpo.

Volvió a leer la frase y dejó el diario con una mano que temblaba ligeramente. Que le dieran a la modernidad, aquello era importante. Era algo, aunque no sabía qué. De momento solo podía ver un revoltijo de imágenes fugaces que pasaban rozando por su mente mientras intentaba desesperadamente agarrarlas para unirlas.

Kirsty King dándose golpecitos en los dientes con la cucharilla para cálculos biliares.

Jody Reeves haciendo dedo para un corto viaje hacia la muerte.

Unos labios moviéndose en la abertura de un pasamontañas. «Llama a tu madre.»

Estrellas anacaradas en un cielo color chocolate.

El padre de Ruby Trick junto al maletero de su coche entrecerrando los ojos por la luz de los faros.

«Mi padre tiene una pistola...»

Las magulladuras de Frannie Hatton.

Las magulladuras de Frannie Hatton.

Las magulladuras de Frannie Hatton.

Quizá solo necesitaban un cadáver después de todo…

Notó que dos piezas encajaban como en un rompecabezas y buscó su teléfono.

Cuando Kirsty King contestó, ni siquiera le dijo hola.

—¡Sé por qué no les dispara! —gritó—. ¡La pistola es falsa!

49

*L*a tormenta llegó.

Los bosques que rodeaban Limeburn tenían quinientos años y habían visto pocas como esa.

El viento y la lluvia se aliaron para concentrar agua en las colinas circundantes como no habían hecho nunca. En vez de que las gotas cayeran en las hojas y combaran las ramas de los árboles, salían despedidas de donde habían aterrizado para caer al suelo, donde se unían y descendían turbulentas colina abajo hacia el mar.

El arroyo desbordó su musgoso cauce, cubrió la carretera y los adoquines con ocho centímetros de agua e inundó la guarida del oso.

En el claro en lo alto del acantilado, el viento era incluso más intenso. Las cosas pequeñas se doblaban para evitarlo.

Las grandes no tenían tanta suerte. El roble gigante con el columpio se alzaba solitario en el risco. A diferencia del bosque que había detrás, en el que cada árbol cobijaba al vecino, aquel roble se había elevado solo en el acantilado de Limeburn espléndidamente aislado durante más de doscientos años —como mirador y punto de referencia— haciendo frente a la naturaleza.

Pero aquella sería su última noche.

Se balanceó, crujió y soportó la tensión a la que le sometía la acometida de un viento del norte que soplaba directamente del mar barriéndolo todo a su paso. La deshilachada cuerda dio bandazos hasta que en uno de ellos subió tan alto que se enganchó en las ramas. El roble empezó a gemir y después a rechinar. Si algún ser humano hubiera estado tan loco como para haberse sentado en el banco cercano en ese momento, habría notado cómo se movía el suelo bajo sus pies cuando las raíces se esforzaron por aferrarse a la Madre Tierra. Hacia arriba y hacia abajo, hacia arriba y hacia abajo, como si la tierra respirara con dificultad.

En algún momento pasada la medianoche, un ruido parecido al de un disparo atravesó el bosque y el banco se inclinó, y acabó cayendo de lado cuando más de medio metro de suelo y raíces se elevó hasta quedarse en posición vertical, como dedos de bruja, cuando el árbol al que habían alimentado durante tanto tiempo se desprendió de la única tierra que había conocido.

Tras un horrible alarido, el extraordinario roble se escoró lentamente y se asomó al precipicio cuyo fondo batían unas enfurecidas olas hasta que —con un último y desgarrador crujido— cayó por el acantilado hacia el mar.

El estruendo de la tormenta era tan intenso y el mar estaba tan embravecido que cuando el gigantesco árbol chocó contra las olas apenas se oyó un chapoteo.

Ruby se despertó al oír un disparo.

Se quedó quieta un momento, el sudor que se enfriaba rápidamente en su cuerpo parecía ser la única prueba de que había tenido una terrible pesadilla.

Pero, a pesar de estar despierta, pasaba algo.

El ímpetu del viento y la lluvia era impresionante y las ramas rechinaban y golpeaban la ventana, pero pasaba algo más. Algo que estaba más cerca.

Torció el gesto al descubrir lo que pasaba.

Se había orinado.

Se incorporó con desagrado y encendió la lámpara. Apartó la sábana. Hacía años que no mojaba la cama. Desde que era pequeña. No acababa de creer que hubiera ocurrido.

Pero no lo había hecho.

En medio de la sábana había una pequeña mancha de sangre.

Se bajó de la cama como si hubiera visto una araña y estuvo mirando el punto rojo durante un buen rato.

Sabía lo que significaba.

Los ojos se le llenaron de lágrimas.

Se estaba convirtiendo en una mujer y no podía hacer nada por evitarlo. Era una de esas cosas que no se pueden parar.

Cuando dejó de llorar, sintió un escalofrío: solo llevaba puesta la camiseta de Mickey Mouse. Después fue al baño, cogió una de las pequeñas compresas que le había enseñado su madre, le quitó la tira de papel y la puso en unas braguitas limpias. No supo qué hacer con las que había llevado puestas y decidió tirarlas. Pero no en la pequeña papelera del baño en la que cualquiera podría verlas, sino en el piso de abajo, en el cubo de la cocina. Quizás incluso fuera, en el verdadero cubo de la basura, aunque la tormenta aullaba con tanta fuerza alrededor de la casa que pensó que con el de la cocina bastaría, si las escondía bajo los desperdicios para que no las viera nadie.

Bajó las escaleras y abrió la pequeña puerta blanca. «Intentó» abrirla, pero había algo que la presionaba y se lo impidió.

Puso cara de enfado. Oyó algo al otro lado. Algo vivo.

Algo que respiraba.

—¿Papá? —susurró preocupada—. ¿Papá?

Las únicas respuestas que obtuvo fue el ruido de los árboles intentando entrar por el techo y aquel extraño sonido de profundas y adormiladas inhalaciones y exhalaciones.

Volvió a temblar y no porque tuviera frío.

De no haber tenido las braguitas hechas una bola en la mano, habría vuelto a su habitación y habría esperado hasta el día siguiente.

Pero en vez de eso empujó la puerta de nuevo, con fuerza. En esa ocasión encontró menos resistencia. La puerta del salón se abrió de repente y entró en el mar.

50

*L*a tormenta y la marea más alta del año habían unido fuerzas con el bosque empapado por la lluvia para borrar Limeburn del mapa.

Las ratas habían sido las primeras en aparecer. Expulsadas de sus nidos en los hornos por el agua y arrojadas contra las casas y los coches por la tormenta. Las olas que atravesaban los adoquines estaban coronadas por aquellos negros y furiosos animales; algunos chillaban aterrorizados y otros se veían empapados e inertes, ya muertos.

Después, el mar subió la grada, más allá de donde había llegado nunca.

Se unió al arroyo desbordado que provenía del otro lado y la plaza quedó inundada con diez centímetros de agua, como paso previo a la verdadera arremetida.

La acometida final la perpetró el gigantesco roble. El mar utilizó aquel extraordinario árbol como arma de guerra. Lo lanzó contra el mayor de los hornos de cal como si fuera un ariete una y otra vez hasta que los muros de piedra se derrumbaron y el horno explotó como si le hubiera caído una bomba y esparció sus secretos en el mar.

Al cabo de mil años, los bordes de las grises piedras que en tiempos pertenecieron a los muros de los hornos de cal se alisarían tras rodar kilómetros y kilómetros por la playa, y acabarían fortaleciendo el talud de guijarros para proteger un lugar completamente distinto.

Pero su labor allí había finalizado, ya no había ninguna barrera entre el mar y Limeburn.

Y el mar lo sabía.

Había atravesado la plaza con una sola oleada y tan solo había dejado las ventanas más altas de las casitas asomadas al agua. Había llevado a la deriva el Nissan de veinte años de la madre de Maggie y —como la chatarra de John Trick no estaba aparcada— lo había estampado contra el nuevo Range Rover del señor Braund.

Después el mar se había abalanzado sobre la baja colina hasta llegar a El Retiro, encauzando aguas desbocadas por la entrada de la verja del jardín y arrancando de cuajo la puerta.

¡El mar!

¡El mar había entrado en casa!

Le llegaba casi a las rodillas. Se tambaleó alarmada, casi se cae y se mojó una pierna hasta el muslo.

Aquello era irreal. Todo lo demás seguía igual, las lámparas del techo por partida doble, en la habitación y reflejadas en el agua. La puerta estaba abierta y colgaba inestable de la bisagra de arriba. La alfombra de pelo flotaba en el agua y la seguía hacia el exterior cuando se retiraba.

Entonces el mar volvió a exhalar y regresó de nuevo, esa vez como un pistolero en un *saloon*. Sacudió la puerta y una ola irrumpió en la casa y se deshizo en una vorágine de espuma para después extenderse por la habitación y golpear suavemente contra el televisor, que estalló en medio de una catarata de chispas, junto con las luces, y todo se quedó a oscuras.

—¡Mamá! ¡Mamá! —gritó.

El agua helada la atrapó por la cintura, la inclinó y tuvo que agarrarse a la manija de la puerta para mantener el equilibrio cuando se retiró la ola.

Cuando sus ojos se acostumbraron a la oscuridad, consiguió divisar Limeburn a través de la puerta.

El agua estaba fría, pero el escalofrío que recorrió su columna vertebral fue aún más gélido.

Se había equivocado.

El mar no había entrado en su casa.

Su casa estaba en medio del mar.

A través de la puerta rota consiguió ver la silueta de un ár-

287

bol enorme rodando hacia delante y hacia atrás en la plaza, machacando y golpeando los coches y las casitas.

Entre ella y la plaza solo había agua.

—¡Mamá! ¡Mamá! —volvió a gritar.

Durante muchos años había tenido miedo del bosque, de los árboles, de la maleza y del barro.

Pero el verdadero peligro lo había representado siempre el mar gris oscuro que tenía en la puerta de casa.

Vio que se acercaba otra ola. Se dio la vuelta para correr escaleras arriba, pero el agua la levantó del suelo y la arrojó contra la mesita de centro. Se dio en la cabeza y las espinillas y tragó agua salada. Consiguió ponerse a cuatro patas medio asfixiada y empezó a escupir incapaz de gritar para pedir ayuda.

El mar arrastró la ola fuera de la casa y se quedó de rodillas jadeando, demasiado aturdida como para pensar con claridad, consciente únicamente de la sal que notaba en la boca y de la mullida moqueta bajo sus pies.

—¡Ruby!

—¡Mamá!

Se levantó justo en el momento en el que embestía otra ola, aunque aquella no tenía tanta fuerza y consiguió agarrarse al extremo de la mesa para mantenerse en pie. Después fue chapoteando hasta las escaleras.

—¡Mamá!

—¿Dónde estás, Ruby?

—¡Aquí!

Algo le golpeó el muslo. Miró hacia abajo y torció el gesto. Reconoció lo que flotaba en el agua oscura, pero no pudo entenderlo. Era superior a sus fuerzas. Demasiado para ella.

Era un cuerpo.

El cuerpo de una mujer desnuda. Bocabajo y abotargada, los hombros y las nalgas sobresalían en el agua.

Sin cara podría ser cualquiera. ¿La señora Braund? ¿La madre de Maggie? ¿La anciana señora Vanstone? No lo sabía. No podía pensar, no quería hacerlo.

Al tiempo que el oscuro mar batía las paredes de la casa, el cuerpo se alejó lentamente. Después rebotó con suavidad en el sofá y volvió hacia ella.

Entonces vio la pulsera. La cadena de plata se clavaba en la hinchada muñeca, pero los colgantes tintineaban como siempre, el elefante, la corona… y la pequeña herradura.

Sintió que el pulso le retumbaba en la cabeza y le entraron ganas de vomitar.

Había intentado contarle sus secretos a la señorita Sharpe, pero ya no podría, estaba muerta.

Estaba muerta igual que Frannie Hatton, aunque encontró su pendiente en el coche, y Steffi Cole estaba muerta en las dunas, detrás de los servicios.

De repente, supo que su padre las había matado a todas.

La ola regresó y se apoyó en la puerta cuando el agua empezó a tirarle de los pies. El cuerpo se fue flotando, arrastrando el brazo de la pulsera como si dijera adiós. Chocó contra la puerta y se ladeó ligeramente, y cuando el mar retiró el agua de la casa, se llevó a la señorita Sharpe con él.

—¡Ruby!

Al volverse vio a su madre a mitad de las escaleras con cara de pánico y el teléfono en la mano.

—¡Mamá! ¡El mar ha entrado en casa!

—¡Sube! ¡Deprisa!

Corrió hacia ella y se abrazaron en el descansillo. Se echó a llorar.

—Shhh, cariño. Todo saldrá bien.

Sabía que no sería así. Meneó la cabeza, pero lloraba demasiado como para explicar el porqué.

—¿Dónde está papá? —preguntó con un repentino ataque de pánico.

—No te preocupes, cariño —dijo su madre para tranquilizarla—. Lo he llamado y viene hacia aquí para cuidar de nosotras.

Aquella tormenta aparecida de la nada fue tan intensa que el agua salió a borbotones por las alcantarillas e inundó las carreteras.

En Bideford había largos tramos en los que llegaba a los bajos de los coches, impedía el paso a los transeúntes y ralentizaba a los conductores.

John Trick no era uno de ellos.

289

El sucio coche blanco hacía olas en un intento por desafiar a los cielos de camino al Infierno.

Había perdido a Alison.

Para él estaba muerta. La muy puta.

El gusanillo de la sospecha se había convertido en una pitón rebosante de odio y autocompasión que le estrangulaba las entrañas y empezaba a devorarlo. Lo había visto. Había estado ciego, pero por fin lo había visto.

La mataría. Los mataría a todos. A ella, a la bruja de su madre y al pervertido pelirrojo de su padre.

Sollozó con los dientes apretados, se llevó la palma de la mano al estómago y notó los anillos de la voraz serpiente. Campaba a sus anchas en su interior y no podía controlarla.

Si no la alimentaba, acabaría con él.

Pero matar a Alison era demasiado bueno para ella. Demasiado rápido, demasiado indoloro, demasiado benévolo. Tenía que verla sufrir por lo que le había hecho. Por despojarlo de su fuerza, su autoridad, su autoestima y su asquerosa vida con su puterío, su traición y sus mentiras.

Deseaba darle de puñetazos, patadas, bofetadas, pero no sería suficiente. Jamás sería suficiente.

Pero había otras formas de hacer daño a una madre...

Volvió la cabeza.

Una mujer empujaba un cochecito bajo la lluvia. Corría más bien, con la cabeza baja, chapoteando en el agua con los vaqueros empapados, que parecían de color negro.

El bebé estaba dentro de una burbuja de plástico, una crisálida de PVC diseñada para que no se mojara ni pasara frío.

Diseñada para mantenerlo a salvo.

Pero las salpicaduras de las ruedas y de los coches que pasaban habían llenado de barro la parte delantera y la condensación impedía ver al bebé.

John Trick frenó en seco, y el coche patinó hasta detenerse delante de la joven madre.

Salió del coche y se dirigió con paso enérgico hacia ella.

La joven se paró. Apartó la mojada capucha del anorak de los ojos para mirarlo expectante. John sabía cómo se desarrollaría el encuentro. Cómo podría desarrollarse.

«¿Quieres que te lleve?»

«Sí, por favor. En otras circunstancias no habría aceptado, pero jamás había visto tanta agua.»

Le importaba un bledo lo que hiciera en otras circunstancias.

A metro y medio de ella le apuntó a la cara con la pistola.

—¡Puta!

—¿Qué? —preguntó la joven extrañada, como si no le hubiera oído.

—¡Puta asquerosa!

Aquello lo oyó y en su cara se dibujó la acostumbrada expresión de confusión y miedo.

Después se fijó en la pistola y soltó un gritito.

Trick mantuvo la pistola cerca de su cara mientras se inclinaba para abrir la burbuja de plástico.

—¡¡No!! —gritó la joven—. ¡Déjelo en paz! ¡Socorro! ¡Ayuda!

La mujer intentó empujarlo, pero Trick no se inmutó. No iba a ayudarla nadie. Con esa lluvia no había ni un alma en la calle. Excepto ella. La bruja egoísta que había sacado al niño con ese tiempo. Lo había puesto en peligro. No se había preocupado por él.

Le iba a enseñar. Iba a aprender una lección que no olvidaría nunca.

Jamás.

El cierre de la burbuja era muy complicado. No sabía cómo abrirlo.

La joven le arañó la cabeza y Trick le dio un golpe con la pistola. La joven cayó de espaldas en un charco. Un charco grande, una piscina poco profunda. Se quedó allí aturdida, parpadeando, con sangre en la nariz y agua hasta las orejas mientras los coches pasaban a su lado como lanchas motoras.

Trick se volvió hacia el cochecito.

«¡Ah! Así es como se abre esta puta burbuja. Así es como has entrado…»

Sonó el móvil.

Se enderezó y contestó.

Se quedó bajo la lluvia, escuchando, asintiendo y respondiendo mientras la joven intentaba levantarse atontada. Se cayó dos veces, el pelo y la ropa chorreaban.

—¡Mi hijo! ¡Mi hijo! —repitió una y otra vez.

John Trick colgó el teléfono.

La joven no le prestó atención. Fue tambaleándose hacia el cochecito y lo cubrió con su cuerpo como si fuera una araña gigante.

—¡Mi hijo!

—Era mi mujer. He de irme —dijo Trick.

51

—¡*T*enemos que irnos! ¡No podemos quedarnos aquí! —gritó Ruby.

—No, Ruby —replicó su madre—. Estamos rodeadas de agua. Intentar salir es muy peligroso. Papá vendrá enseguida y la marea se retirará. Entonces podremos irnos.

—¡No! ¡Tenemos que irnos ahora! ¡Antes de que llegue papá! —bramó Ruby.

—No pasa nada, Rubes. Estaremos más seguras si nos quedamos.

—¡No! —gritó Ruby—. ¡Tenemos que irnos! ¡Tenemos que irnos!

Su madre le agarró la muñeca.

—Tranquila, Ru…

—¡No quiero que venga papá! —gritó Ruby—. ¡Me da miedo!

Los dedos de su madre apretaron con fuerza la muñeca de Ruby. Se puso pálida y miró a su hija a los ojos.

—¿Qué quieres decir?

Ruby contuvo las lágrimas.

—No quiero volver a ver a papá. Quiero irme ahora. Solo contigo. Por favor, mamá, por favor.

Creía que le preguntaría por qué. Creía que hablarían. Creía que le diría que se estaba comportando como una niña tonta. Pero en vez de eso le apretó la mano y dijo:

—Vale, vamos.

Su madre no se quitó el pijama. Se puso unas zapatillas de deporte, cogió el teléfono y ayudó a Ruby a vestirse.

—No te pongas pantalones vaqueros. Se te mojarán y tendrás frío.

Ruby se puso un jersey gordo sobre la camiseta de Mickey Mouse y unas zapatillas de deporte. Le temblaban tanto las manos que tuvo que atarle los cordones su madre.

Ruby echó un vistazo alrededor de su habitación. Tenía que llevarse todo lo que pudiera. Metió a Afortunado en la mochila con forma de poni, junto con la pata rota, el trineo y la patata. Quizás algún día podría arreglarlo todo, como la ventana del cuarto de baño.

—Vamos —dijo su madre.

—¿Adónde vamos?

—Subiremos la carretera y llamaré a la abuela para que nos recoja.

Cogió a Ruby de la mano y empezaron a bajar las escaleras. De repente se paró.

—Espera un momento —dijo, y volvió a subir.

Ruby la siguió. Su madre estaba de rodillas y sacaba cosas de un cajón.

—Vamos, mamá.

—Espera. —Abrió la bolsa de las joyas y empezó a ponérselas. Torció la cabeza y gimió al forzar unos pendientes a través de unos agujeros que todavía no se habían curado, y le temblaron las manos al abrir el broche con forma de pez.

Su madre se había vuelto loca.

—¿Qué haces? —gritó Ruby—. ¡Papá está a punto de llegar!

—Ven —le pidió su madre—. Ayúdame, no quiero perderlo.

Ruby forcejeó con el cierre del collar hasta que consiguió abrirlo. Después su madre se puso de pie y salieron de la habitación a toda velocidad.

Ruby la siguió por las escaleras. El agua salió a recibirlas. En el salón les llegaba hasta la cintura, y estaba helada.

Vadearon la habitación cogidas de la mano más allá del cojín tapizado de azul y el inclinado televisor hasta la puerta de entrada, y cogieron los abrigos que colgaban en el per-

294

chero. En el momento de salir, su madre se agachó y se metió en el bolsillo el perrito de porcelana que había en la repisa de la ventana.

Cuando atravesaron la inundada puerta y llegaron al mar en el que se había convertido el jardín, se pararon en seco atónitas.

No podían ver gran cosa, pero lo que divisaron las horrorizó. En el lugar en el que se suponía que tenía que estar el pueblo había una enorme e intrusa lámina de agua. Las casitas al fondo de la colina estaban medio sumergidas y las ventanas a oscuras. El árbol gigante seguía atrapado entre ellas y oyeron el estrépito que producía al romper las ventanas y aplastar los coches conforme daba vueltas por encima de los adoquines.

La silla favorita de la señora Braund pasó flotando ocupada únicamente por una enorme rata mojada que clavaba las uñas en el tapizado de seda amarilla.

—¿Y Adam? —preguntó Ruby.

—Seguro que está bien, Rubes. Estarán esperando en el piso de arriba a que se retire la marea.

—¿Y la señora Vanstone? No puede moverse.

Su madre se mordió el labio.

—Vamos, Ruby. Tenemos que irnos.

—Hay que coger a Harvey.

—No podemos entretenernos —dijo su madre.

—¡Se ahogará!

Soltó la mano de su madre y fue chapoteando hacia el jardín de atrás. Las olas la derribaron en dos ocasiones, y en la segunda el cubo de *Harvey* le dio en la cabeza. Flotaba inclinado, pero el conejo seguía dentro, agazapado en el fondo, y parecía nervioso.

Ruby se incorporó y se quitó la mochila. Tiró a Afortunado, el trineo y la patata al agua. Al poco apareció su madre y entre las dos sacaron con cuidado a *Harvey* del cubo y lo metieron en la mochila. La niña le dijo a su madre que cerrara las cremalleras de forma que solo sobresaliera la cabeza, tal como había hecho en el autobús en Fairy Cross. Tuvo la impresión de que lo había hecho hacía años, pero solo habían pasado dos días.

Después volvieron a dirigirse hacia la puerta del jardín, pero estaba bajo el agua, no la encontraron y chocaron contra el muro, hasta que finalmente su madre la pasó por encima y fueron hacia donde solía estar la carretera. El agua llegaba a la cintura de Ruby; cuando aparecía alguna ola, la levantaba del suelo y notaba que Harvey arañaba asustado la mochila, lo que, al menos, significaba que no se había ahogado.

Su madre soltó un grito. Cuando Ruby se volvió, vio una rata negra subiéndole por el brazo, con el pelo erizado y aterrorizada. Sacudió el brazo y la tiró al agua.

—¡Mierda! Se me ha caído el teléfono.

Ruby no dijo nada, porque no había nada que decir.

Algo grande se acercó a ellas chapoteando en la oscuridad, proveniente de las casitas.

—Hola —saludó su madre muy nerviosa, pero no obtuvo respuesta. A los pocos segundos vio que se trataba de uno de los labradoodle.

Ruby se fijó en que llevaba el collar azul y lo llamó.

—¡*Tony*!

Pero el perro siguió nadando sin detenerse, con la cabeza elevada en dirección a la carretera.

Lo siguieron.

Distinguieron el resplandor de los faros de un coche entre los árboles.

—Viene alguien —dijo Ruby.

Se detuvieron temblando y vieron cómo se acercaban las luces. Cuando el vehículo torció la última curva, por poco atropella al aterrado perro, que nadaba a ciegas por la carretera. El conductor dio un volantazo y después continuó hasta casi el borde del agua, donde paró.

—¡Es papá! ¡Tenemos que volver! —exclamó Ruby.

Se dieron la vuelta y miraron hacia el oscuro y embravecido mar y el inundado pueblo, y después hacia las luces del coche, aparcado entre ellas y su salvación.

—No podemos, Ruby —dijo su madre con firmeza—. Tenemos que ir a un lugar elevado para ponernos a salvo. Y, aunque sea tu padre, ahora mismo estaremos más seguras aquí.

—¡No, mamá, no! ¡Mató a la señorita Sharpe!

—¿Qué?

—A mi profesora. La mató. ¡La mató a ella y a todas las demás!

Se dio cuenta de que estaba farfullando y de que su madre parecía confusa e incrédula, pero continuó hablando atropelladamente.

—Antes, cuando estabas arriba, el cuerpo de la señorita Sharpe ha entrado flotando en casa. Sé que era ella porque llevaba la pulsera con colgantes. Después se la ha llevado el mar otra vez.

—¿Qué me estás contando, Rubes? No has dicho nada.

—Tenía demasiadas cosas que contar.

Era verdad y sintió el peso de todo lo que no le había dicho a su madre ni a nadie. Hubo un momento en el que podría habérselo contado a alguien, pero, una vez que pasó en silencio ese momento, tenía demasiadas cosas que decir.

—¡Shhh!

Su madre se estremeció y la agarró del brazo cuando la puerta del coche se abrió y salió el conductor. A pesar de que solo distinguieron su silueta a la luz de los faros, supieron que era él, llevaba puesto el sombrero Stetson y las espuelas. Y en la pistolera Ruby vio una pistola.

Como un vaquero de verdad.

Clin, clin.

El mar a su alrededor estaba oscuro y agitado, y seguramente no las había visto, pero no alteró el paso. Entró en el agua como si no estuviera allí y se dirigió directamente a El Retiro. Hacia ellas. Había algo tan implacable, tan peligroso en su andar que Ruby soltó un gritito aterrada.

Su madre también lo sintió. Debió de hacerlo, porque se dio la vuelta sin decir palabra, cogió la mano de Ruby y la condujo de vuelta hacia el agua.

—La casa encantada —dijo Ruby—. Es la que más alta está.

Kirsty King se reunió con Calvin Bridge en la casa de la señorita Sharpe. De regreso, Calvin condujo y ella leyó el periódico.

—No es exactamente una prueba condenatoria —dijo la comisaria King.

—Lo sé.

—Pero así es como debe de ser.

—Lo sé.

King dejó el cuaderno azul de ejercicios en el salpicadero y añadió:

—Aunque no sienta bien.

Calvin asintió con expresión sombría.

—Lo sé.

Correr hacía que el miedo se intensificara, pero Ruby sabía, por lo que había pasado en el Gore, que quedarse quietas habría sido peor.

Intentaron no chapotear, no por el ruido, inaudible en el viento huracanado, las sacudidas del bosque y el batir de las olas, sino por las marcas blancas que dejarían en la aceitosa y oscura agua salada. No tenían dónde esconderse, a excepción de la oscuridad y las olas.

Tropezaron dos veces en ramas sumergidas, pero su madre la sujetó con tanta fuerza que le hizo daño y no la soltó en ningún momento.

Ruby se dio la vuelta en una ocasión y vio que su padre estaba cerca, por lo que no volvió a hacerlo.

El agua era espantosa —oscura, profunda y poderosa—, pero que las viera su padre era aún peor.

Llegaron a El Retiro. Tuvieron tentación de correr hacia la casa y acurrucarse en las camas, pero Ruby sabía que su padre llegaría enseguida y no quería estar en ella cuando lo hiciera.

Así que pasaron de largo el lugar en el que seguiría estando la puerta de la verja y entraron por el angosto paso que había en el ruidoso y bamboleante rododendro para ir hacia el camino a Peppercombe.

El sendero se había convertido en una cascada de agua embarrada que salía disparada y arrastraba la broza arrancada al bosque. El primer tramo atravesaba unos espesos matorrales que las ralentizaron, la maleza y las zarzas intentaban frenarlas, pretendían retenerlas para que su padre las encontrara. Su madre encabezaba la marcha para desviar la porquería, pero Ruby se arañó, se clavó cientos de espinas y la golpearon los palos y ramas que bajaban por el camino.

Tras subir seis o siete metros —pasada la peor parte de los matorrales—, se volvieron para mirar hacia El Retiro.

Los dedos de Ruby se aferraron a la pierna de su madre. Su padre había llegado a la verja. ¡Estaba muy cerca! Estaban prácticamente encima de él. Durante un horrible segundo, creyó que iba a levantar la vista, verlas y subir por el camino detrás de ellas. De haberlo hecho, sin duda las habría alcanzado.

Pero no miró hacia arriba y, aunque lo hubiera hecho, no habría conseguido distinguirlas en el sombrío bosque. Atravesó la puerta —con mucha más rapidez que ellas en la oscura agua del mar— y entró en la casa.

Su madre la condujo de nuevo hacia arriba sin decir palabra.

Ruby resbaló y se cayó de rodillas, pero su madre estaba allí para levantarla. A *Harvey* no le gustaba ese accidentado paseo. Chillaba y escarbaba para intentar liberarse.

—Shhh, *Harvey* —le pidió Ruby—. Pórtate bien.

No le hizo caso.

Se fijó en dónde colocaba su madre los pies y siguió sus pasos.

Y

John Trick registró El Retiro. No le costó mucho rato porque el piso de abajo estaba inundado y en la parte de arriba solo había tres habitaciones. Con todo, abrió los armarios, por si se habían escondido en alguno.

La casa estaba vacía. Alison le había llamado para pedirle ayuda y él le había dicho que iba hacia allí, y después la muy puta se había ido a otro sitio.

A casa de Tim Braund seguramente. Sin duda utilizaría aquella situación como excusa para seguir puteando.

Cuando la atrapara, la iba a hacer sufrir.

Le iba a enseñar lo que le había hecho.

Miró por la ventana del dormitorio. Normalmente podía ver las luces de las casitas blancas cercanas al mar, pero con aquel cielo criminal solo eran manchas grises borrosas en medio del tintado mar.

Miró hasta que le dolieron los ojos, pero no vio ni rastro de su mujer y de su hija ilegítima.

Tendría que ir a darles caza allí.

Bajó tres peldaños de la escalera, pero después volvió para ir a la habitación de Ruby. La ventana era pequeña y estaba tapada por las ramas, y la mayoría de las veces se veía muy poco desde ella, por lo que no esperó ver gran cosa.

Y no lo consiguió.

El bosque bramaba, se cernía sobre El Retiro y lo sacudía, y no habría podido distinguir a un elefante blanco entre los árboles a diez metros de distancia, de tan denso que era.

Casi se dio la vuelta, pero parpadeó y volvió a mirar.

Nada. Nada.

«¡Allí!»

¿¡Qué era eso!?

Entrecerró los ojos.

A través de los árboles y la lluvia, a mitad del camino a Peppercombe, parpadeaba una luz roja.

A *Harvey* no le gustaba ir en la mochila con forma de poni.

El primer viaje no había estado mal, porque había sido más agradable, había comido un montón de Bugsy Supreme y se había adormilado.

Pero aquel no era agradable en absoluto. Estaba mojado, tenía frío, había mucho ruido, se había llevado muchos golpes y, tras una repentina caída que lo había desesperado y tumbado de espaldas, decidió que tenía que escapar de aquella trampa.

Empezó a arañar la cremallera. No le costó mucho rato pasar la pata por el agujerito que consiguió hacer, después paró.

Tener la cabeza y una pata fuera lo desequilibraba aún más, por lo que volvió la cabeza y empezó a roer la mochila.

Mordió la cabeza del poni, después el lazo para colgarla y luego la otra oreja.

Finalmente, mordió el led que regalaba el *Pony & Rider*.

Solo había que presionar la parte de atrás.

Era cuestión de tiempo.

301

53

La casa estaba encantada, había corrientes de aire, olía mal y se alzaba en lo alto de un acantilado, pero, cuando llegaron, Ruby sintió que estaban en un refugio.

Sin embargo, en el momento en el que entró detrás de su madre, una luz intermitente iluminó las paredes.

—¡Ruby! ¡Apaga eso, por Dios! —gritó su madre.

Fue corriendo hacia ella, le dio la vuelta y buscó el interruptor de lo que Ruby imaginó sería el led. Harvey le mordió la mano y los dos soltaron un grito.

Se quitó la mochila, encontró el botoncito de plástico y la habitación se quedó a oscuras.

—¿Cuánto tiempo ha estado encendido? ¿Cuánto tiempo ha estado encendido? —gritó su madre.

—No lo sé. No lo sé. ¿Y si lo ha visto papá?

Su madre fue corriendo hacia la ventana sin cristales. El suelo crujía, soltó un gritito y se apoyó en la pared. Ruby corrió junto a ella.

Debajo estaba El Retiro, rodeado de brillante y negra agua.

Mientras miraban su padre salió por la puerta y bajó a toda velocidad por el sendero del jardín, como si supiera adónde iba.

Ruby y su madre contuvieron el aliento.

Su padre fue rápidamente a la verja y después se dio la vuelta y se dirigió hacia el camino a Peppercombe.

Su madre le apretó la mano.

—¡Sabe que estamos aquí! —Miró el suelo vacío y su voz se quebró por la desesperación—. ¡Tenemos que escondernos! ¡Pero no hay dónde!

—Yo sé un sitio —dijo Ruby.

Calvin Bridge bajó la colina en dirección a Limeburn.

La carretera, que normalmente estaba oscura y parecía fantasmagórica, en ese momento también era traicionera. Tuvo que hacer dos giros bruscos para evitar ramas caídas y en una ocasión otra cayó en la cuneta a su lado.

—¡Mierda! —gritó King, y Calvin la habría imitado, pero tenía la boca demasiado seca por el miedo.

Se miraron, pero Kirsty King no era de las que daban la vuelta y Calvin no era de los que daban la vuelta si ella no daba la vuelta.

Así que continuaron.

Pasaron por delante del pequeño aparcamiento en el que los visitantes dejaban los coches y torcieron la última curva hacia el pueblo.

—¡Santo cielo! —exclamó King asombrada—. ¿Eso es el mar?

La losa de la chimenea pesaba una tonelada, incluso aunque intentaran levantarla entre las dos. Apenas podían agarrarla bien con los dedos y corrían el riesgo de aplastárselos cada vez que les resbalaba y dejaban caer la enorme piedra de pizarra. No era algo que pudiera hacerse fácilmente a oscuras.

Y Ruby ni siquiera sabía lo que encontrarían debajo.

¿Tierra? ¿Tablones? ¿Un agujero que no fuera lo suficientemente grande? ¿O un agujero que estuviera ocupado?

No tenía tiempo para preocuparse. Necesitaba que la historia de fantasmas de Adam fuera verdad más que cualquier otra cosa que hubiera necesitado en toda su existencia. Su vida dependía de ello. Así que se arrodilló y gruñó al lado de su madre mientras *Harvey* —al que había soltado— movía el hocico en el borde de la piedra, como si eso las ayudara.

Finalmente consiguieron agarrarla con la suficiente fuerza como para levantarla y mirar debajo. Ruby notó que se le revolvía el estómago.

Era tal como lo había descrito Adam.

El agujero no era muy grande, pero sí lo suficiente.

Quién sabía por qué se habría cavado —para esconder contrabando, las joyas de la familia o a un sacerdote—, pero a Ruby no le cupo ninguna duda de que en tiempos allí se encontraron los huesos del buhonero, acurrucados y con marcas de cuchillo en las costillas.

Sintió un escalofrío en la espalda.

—¡Entra, rápido! —le ordenó su madre.

Ruby no dudó. Se agachó para pasar por debajo de la losa. Clin, clin.

Su madre dejó caer la piedra aterrorizada. Ruby pensó que se le paraba el corazón.

Su padre había llegado para cuidar de ellas.

54

—*H*ola, putas.

Ruby todavía no sabía qué significaba esa palabra, pero le entraban ganas de vomitar cuando se la oía decir.

Su madre se enderezó.

—Ponte detrás de mí.

La obedeció. Tenía demasiado miedo como para no hacerlo.

—No le hagas daño a ella —pidió su madre, y su padre soltó una carcajada que hizo que a Ruby le temblara todo.

Empezó a cruzar la habitación; su madre retrocedió con Ruby detrás. Tropezó con la mochila y el led volvió a encenderse.

—Por favor, John, escúchame. No estás bien. Creo que no estás bien. Deja todo esto e iremos a un médico juntos. Te lo prometo. No dejaré que pases por eso solo. Lo haremos juntos. Te lo prometo.

Volvió a reírse.

—¿Lo juras?

—Lo juro.

—¿Y que te mueras ahora mismo si no es verdad?

Su madre no contestó. Siguió moviéndose con Ruby detrás y su padre las siguió. Si su madre iba hacia la derecha, hacía un amago de ir hacia la izquierda. Si iba hacia la izquierda, hacía el amago de ir hacia la derecha, y si se paraba, avanzaba hacia ellas. Su madre intentaba mantener la distancia entre ellos. Ruby entendió lo que estaba haciendo, pero supo que aquello no podía durar mucho tiempo.

Y no lo hizo.

Las obligó a retroceder hasta un rincón. El que más lejos quedaba de la puerta. El que más lejos quedaba de su salvación.

Cuando Ruby notó la pared en la espalda, su padre se detuvo.

Cambió de postura. Separó los brazos, ligeramente curvados en los codos, y estiró los dedos.

Se estaba preparando para desenfundar.

Su madre no lo sabía porque no era una vaquera, por lo que cuando empuñó la pistola soltó un grito parecido a los de las películas de terror.

Su padre rio y rio al ver a su mujer gritando aterrorizada de espaldas a la pared.

—¡Es falsa! —gritó Ruby—. ¡Es falsa!

Pero aquello no la tranquilizó, sino que la enfureció.

—¡Hijo de puta! —gritó—. ¿Te has vuelto loco? ¿Por qué nos asustas? ¿Cómo puedes asustar de esa forma a tu hija?

—No es mi hija.

Ruby torció el gesto y miró a su madre.

—¿Lo es? —preguntó su padre.

—Por supuesto que lo es. Es tu hija y deberías quererla y cuidarla y no darle semejantes sustos.

Su madre le ofreció la mano y Ruby la agarró como si estuvieran colgando juntas en un precipicio.

Su padre meneó la cabeza lentamente.

—No es mi hija. Sí que es tuya, pero no mía. Creí que lo era, pero ahora lo sé. La forma en que me traicionó. El que vaya por ahí con chicos. Que sea pelirroja. Todo eso es tuyo, Alison. No mío. Eso es tuyo y…

—¡Cállate! —gritó Alison—. ¡Calla la boca! Ruby es tu hija y te quiere. ¿Verdad, Ruby?

Le apretó la mano con tanta fuerza que le hizo daño.

—Quieres a tu padre, ¿verdad, Ruby?

Asintió, a pesar del terror que sentía y de que las lágrimas le nublaban la visión. Pero su madre quería algo más, le sacudió la mano y gritó:

—¡Dile que le quieres!

Ruby no pudo hacerlo. Estaba tan asustada que no podía hablar.

Las uñas de su madre se le clavaron en la piel.

—¡Díselo, Ruby! ¡Dile que le quieres!

Ruby meneó la cabeza.

No.

Su padre giró el Colt en el dedo y soltó la mezquina y amargada risa que Ruby tan bien conocía.

—¿Lo ves? Me quiere tanto como tú.

Ruby notó que su madre aflojaba la presión.

—Pero sí que te queríamos —dijo con voz calmada.

Ruby miró su cara y vio lo cansada y triste que estaba.

—Te queríamos, John. Las dos. Te queríamos mucho…

Su voz fue perdiendo intensidad y después se calló.

Entonces Ruby notó que su madre se enderezaba antes de volver a hablar.

—Cuando merecías que te quisiéramos.

Su padre se estremeció como si le hubieran dado una bofetada. Parecía aturdido, muy joven y, por un instante, Ruby lo vio tal como solía ser hacía años, cuando tenía trabajo y una familia que lo quería, y sintió que el corazón le iba a estallar en el pecho por el dolor.

La cara de su padre volvió a cambiar, levantó la pistola, soltó un grito inhumano y fue hacia ellas como un animal; como un tigre enseñando los dientes y con la muerte en los ojos.

Su madre gritó, y Ruby se hizo un ovillo a sus pies, con los ojos fuertemente cerrados y las manos en las orejas, deseando morir.

Se oyó un crujido, un gran estrépito, seguido de un aullido y un extraño gruñido.

Y después el rugido de la tormenta.

Ruby abrió lentamente los ojos.

Arrugó la frente mientras su cerebro descifraba lo que estaba viendo gracias a la luz roja intermitente.

Su padre estaba atrapado hasta la cintura en la astillada y podrida madera, y se sujetaba con los codos, con la pistola en la mano.

El suelo se había hundido.

En el sitio en el que Adam había hecho agujeros para ver el mar.

Υ

Si John Trick hubiera hecho algo en los últimos tres años en vez de no hacer nada, quizás hubiera tenido la fuerza suficiente para salir del agujero por sí mismo. Lo intentó. Se agarró, hizo esfuerzos, maldijo y escupió, y en dos ocasiones casi lo consiguió.

Pero mear en el mar como un náufrago no es precisamente hacer gimnasia. No es como levantar andamios, trabajar, arreglar las ventanas o el tejado de una casita que se desmoronaba y en la que una familia pasaba frío a todas horas.

Lo único que evitó que cayera silenciosamente frente a los negros acantilados hacia el embravecido mar fue su odio.

Su odio y su locura.

Ruby lo vio en sus ojos cuando su madre se acercó instintivamente para ayudarlo.

—¡No! —gritó mientras la agarraba con fuerza por la manga de la chaqueta.

Se arrodillaron y contemplaron sus intentos por salvarse, paralizadas y en silencio. En algún lugar por debajo de la casa, tintineaban las espuelas. Trick movió la cabeza de un lado a otro y se mordió el labio con tanta fuerza que se hizo sangre mientras luchaba por subir su cuerpo con una mano y un codo.

Pero como no había hecho nada en tanto tiempo necesitó usar las dos manos.

Dejó el arma y apoyó las palmas en los astillados tablones.

Maldijo entre dientes y empezó a elevarse en el agujero como una serpiente rabiosa.

Ruby soltó un grito. Si salía, las mataría a las dos. Diría: «Hola, putas», y bien sabía que mataba a las putas.

Era la verdad.

Su padre odiaba a las mujeres, y su madre era una mujer, y ella también era ya una mujer.

Las mataría a las dos.

Sus piernas se negaron a moverse al principio, pero cuando las obligó lo hicieron a más velocidad de lo que lo habían hecho nunca y corrió sobre las manos y los pies como una araña gigante.

Su padre la vio acercarse y supo lo que se proponía. Chasqueó los ensangrentados dientes a centímetros de su cara y gritó:

—Si la tocas, estás muerta.

Ruby vaciló. Se lo había prometido. Le había prometido no tocar la pistola. Nunca. Se detuvo a cuatro patas, hipnotizada, mientras su padre se levantaba lentamente a su lado con brazos temblorosos por el esfuerzo, las caderas apartaban las astillas y la rodilla asomaba en el borde de los rotos tablones, lista para apoyarse en ella.

—¡Corre Ruby!

El grito de su madre la sacó de su abstracción. Pero no corrió. Al menos al principio. Cogió la pistola y se dio la vuelta para alejarse.

Casi lo consiguió.

Los dedos de su padre se cerraron férreamente en su tobillo y empezó a caer por el agujero arrastrando con él a Ruby.

—¡Puta! —gritó—. ¡Puta asquerosa!

Los tablones le llegaban a los sobacos y seguía aferrado a la pierna de su hija.

La vida se deslizó lentamente como el almíbar.

Ruby se puso de espaldas para agarrarse al suelo. La camiseta de Mickey Mouse se arrugó y se levantó, y el culo empezó a arrastrarse dolorosamente conforme su padre se hundía en el agujero con los codos levantados como alas de pollo, los dientes apretados, la garganta al rojo vivo y la mano aferrada a su tobillo.

Hundiéndose. Hundiéndose.

Lentamente.

Lentamente.

El talón de Ruby se asomó al astillado agujero. Si se hubiera atado la zapatilla ella, se habría soltado del pie, pero como lo había hecho su madre, su cuerpo seguía al de su padre. Lo seguía hacia la oscuridad.

Se echó a llorar.

—¡Papá! —sollozó—. ¡Papá, suéltame, por favor!

John Trick no dijo nada, pero un ruido parecido al del agua que llega al punto de ebullición en un hervidor salió de su interior. Las afiladas astillas se le clavaron en los brazos como si fueran aguijones y mancharon de sangre el contorno del agujero.

El pie de Ruby se dobló dolorosamente conforme el tobillo

309

se dislocaba lentamente sobre el lacerante borde y levantó la rodilla para evitar que se le rompiera.

—¡Papá! ¡Me estás haciendo daño!

John abrió la boca lo suficiente como para que Ruby viera sus ensangrentados dientes.

—No soy tu padre. No soy tu padre —repitió.

Entonces apareció su madre y estrelló el perrito de porcelana contra la mano y el brazo hasta que se hizo añicos. Después cogió a Ruby por debajo de los brazos y tiró de ella.

Dejó de deslizarse.

—¡Suéltala! —gritó—. ¡Suéltala!

Pero su padre no hizo caso.

En vez de ello, empezó a utilizar la pierna para subir.

Ruby gritó. No por el dolor de que los dos tiraran de ella, ni por el suplicio que le causaba el pie torcido y las astillas, o las uñas de su padre clavándose en su tierna carne…

Fue por ver el horror de lo que había sido su padre subiendo por su herida pierna. Hasta la pantorrilla, la rodilla, el muslo.

Después de utilizarla para salir del agujero, la mataría.

Notó el peso de la pistola en la mano. No parecía de juguete, sino de verdad. Le pareció de verdad cuando la levantó; le pareció de verdad cuando apuntó con manos temblorosas; le pareció de verdad cuando apretó el gatillo con tanta fuerza que creyó que se le iban a romper los dedos.

El ruido y el retroceso la enviaron hacia los brazos de su madre y las dos cayeron de espaldas.

Ruby abrió los ojos y contempló un momento el techo hundido. Después se arrastró hacia atrás dándose golpes en la pierna como si la mano de su padre siguiera en ella.

No estaba.

Él no estaba.

Lo único que había era un agujero negro vacío en el suelo, donde había besado a Adam Braund.

55

*E*l mar se había llevado lo peor de Limeburn, pero lo había cambiado por otras cosas.

La primera eran cientos de ratas muertas. Había tantas que incluso los labradoodles se cansaron de arrojarlas al aire y el Ayuntamiento tuvo que contratar un buldócer para recogerlas.

Después estaba la arena, el barro, las algas, la madera astillada y los escombros, que llegaban hasta la rodilla en todas las casas, y el roble gigante en la plaza; cuatro hombres tardaron dos semanas en cortarlo y sacarlo, hasta que solo quedó la cuerda del columpio sobre los adoquines.

Finalmente estaban los cadáveres.

Los cuerpos que John Trick había escondido en un oscuro y maloliente horno de cal y que el mar había encontrado y devuelto a sus familias.

La señorita Sharpe no había ido muy lejos después de prometerle a Ruby que la ayudaría. Cuando se retiró la marea, la encontraron doblada detrás del muro del jardín de El Retiro. Su no muy agraciada cara estaba aún más desfigurada por unas quemaduras redondas sin curar que los patólogos relacionaron con la cocina de su casa.

La anciana señora Vanstone miró por la ventana de su casa después de la inundación y vio a Jody Reeves escondida detrás de la guarida del oso. Las ratas le habían devorado la cara; llevaba puestos unos inútiles zapatos.

Y cuando las aguas del arroyo volvieron a encauzarse, apareció Steffi Cole atascada bajo el pequeño puente de piedra, con lo que el catedrático Mike Crew describió como «la mitad de las dunas de Instow» en los pulmones.

El mar nunca devolvió a John Trick a Limeburn —o a ningún otro lugar, que nadie supiera—, pero oleadas de policías bajaron la colina. Fluyeron y refluyeron en los alrededores de El Retiro durante días, pero —aparte de la bala que había en el ojo de Gatito Willows— solo encontraron una prueba física que relacionaba a John Trick con los asesinatos.

Convenientemente, fue Calvin Bridge el que la halló cuando registraba El Retiro. Era un trozo de papel higiénico doblado y escondido entre la ropa interior de un hombre muerto.

Cuando lo desdobló vio el pendiente de Frannie Hatton. Calvin sintió una inesperada oleada de entusiasmo. Cuando unas repentinas lágrimas amenazaron con dejarlo en ridículo, le dio la espalda a los agentes Cunningham y Peters.

Eran lágrimas por Frannie, cuya abatida madre no había contestado su última llamada, y también por Shirley, porque había tenido que hacerle daño para preservar su alegría. Pero, sobre todo, por el puro alivio de que ese caso se cerrara, lo relevaran de las ataduras de la ignorancia en serie y volviera a vestir el uniforme. Las drogas, las deudas y el deseo de beber lo esperaban y los recibiría con renovado cariño. Tras los dos últimos meses, tener que planchar continuamente le pareció un módico precio que pagar.

Se rio y se limpió la nariz con el dorso de la mano. Todo aquello por haber intentado encontrar un pequeño pendiente de plata.

—¿Ha encontrado algo? —preguntó el agente Peters.

Calvin Bridge se dio la vuelta para enseñárselo, pero, antes de que pudiera articular palabra alguna, se oyó un gran estruendo, el suelo se agitó y la pared delantera de El Retiro se desmoronó en el jardín.

Después de aquello, la deteriorada casita debilitada por el mar se acordonó y nadie volvió a entrar en ella.

Excepto los niños, por supuesto.

Y los árboles.

Alison y Ruby Trick abandonaron Limeburn y nunca volvieron.

Pero no fueron a casa de los abuelos, ni una sola noche. Se alojaron en el Red Lion, en el curvado malecón al pie de Clovelly hasta que su madre vendió los pendientes, el collar y el broche de Tiffany, y se instalaron en una casita en la falda de la colina para ellas solas.

A Ruby le encantó. Bastaba con mirar por la ventana de su dormitorio para ver los burros grises y marrones tirando de trineos por las calles y cargados con las maletas de los turistas, y su madre le prometió que el siguiente verano tendrían jardineras llenas de geranios en las ventanas.

Las magulladuras de su pierna pasaron de ser negras a moradas, después marrones y, finalmente, color amarillo plátano. Una mañana se miró la pierna en la cama y no consiguió ver ni una sola marca. Era una de muchas mejoras. El pecho le seguía doliendo de vez en cuando, pero se acostumbró a leer sentada en una silla, y subir y bajar la colina dos veces al día para acariciar a los burritos que había en un verde cercado la libró de la grasa que le sobraba.

La policía siguió apareciendo durante un tiempo para hacerles preguntas sobre su padre y las patrullas. Ruby tardó un tiempo en traicionar su lealtad, pero finalmente se lo contó casi todo.

Casi.

En una ocasión, un policía le preguntó por una pistola y contestó: «Qué pistola», tal como le había indicado su madre que hiciera. Y funcionó, porque no volvió a preguntar por ella.

Así que nunca les contó que la mañana después de la tormenta, cuando el mar había acabado con Limeburn, su madre levantó la losa del buhonero y Ruby metió la pistola en el agujero que había debajo.

Después bajaron el camino a Peppercombe (ella con un jersey y las piernas desnudas; su madre con el pijama manchado de barro y los diamantes), y su madre le contó a la policía lo que había pasado, medio hablando, medio llorando.

La única parte que omitió fue la de la pistola.

Era su secreto.

Más o menos al cabo de un mes de mudarse a la nueva casa (justo cuando el sol iniciaba su tímida retirada hacia el norte de Devon), alguien llamó a la puerta. Era Adam. Había ido andando hasta allí desde Limeburn.

Hacía frío, pero todavía había luz y no llovía; jugaron con *Harvey* un rato. Después subieron la colina para ir al centro de visitantes, donde compraron helados y se los comieron junto al cercado de los burritos. Ruby recitó sus nombres: *Sarah, Eli, Peter, Jasper* y otros más.

—Puedes montarlos y cepillarlos —le dijo, y por si dudaba de que fuera cierto añadió—: Yo lo hago siempre que me dan la propina.

Adam le contó que su casa se había hundido y que había un gran agujero en el acantilado en el que solía estar el roble gigantesco.

A Ruby aquello ya no le importaba. Era como si Adam le estuviera hablando de un lugar del que solo había oído contar historias.

—Tengo frío —dijo.

Adam le dejó su sudadera. Olía igual que siempre e hizo que se sintiera igual de feliz.

No volvieron a hablar de Limeburn hasta que Adam decidió hacer los seis kilómetros de vuelta a casa.

—¿Volverás algún día? —le preguntó.

—No —respondió Ruby—. ¿Y tú?

—Vivís muy lejos. He tardado horas en llegar.

Ruby asintió, pero sintió pena. Adam era lo único que echaba de menos de Limeburn.

Se dio la vuelta y se apoyó en la valla. Tocó la amplia frente de Eli, que tenía un círculo de pelo gris en el medio. La pesada cabeza se relajó y cerró los ojos mientras la acariciaba como si fuera una lámpara mágica.

Adam se subió a la valla a su lado.

La observó durante un rato.

Después estiró la mano y acarició las largas y mullidas orejas del burro.

—A lo mejor consigo una bicicleta.

Ruby hizo todo lo posible por no pensar en John Trick, porque siempre que lo hacía veía sus dientes ensangrentados mientras siseaba: «No soy tu padre».

Finalmente deseó que fuera verdad.

Sí que pensó mucho en la señorita Sharpe y en la pequeña herradura de la pulsera con colgantes. De no haber sido por ella, nunca habría sabido que su padre era un asesino. Habría seguido pensando que volvería a casa para cuidar de ellas.

Quizás incluso habría esperado con su madre a que lo hiciera.

También pensaba en Steffi Cole, que le había dado cinco libras poco antes de que la asesinaran, solo porque a las dos les gustaban los ponis. Y en Frannie Hatton, que se había quitado el pendiente y lo había dejado en el compartimento de la puerta con la esperanza de que sirviera de ayuda a alguien, a sabiendas de que ella no la recibiría.

Y había servido. La había ayudado a ella. Todas la habían ayudado de alguna manera (vivas y muertas), tal como siempre había hecho su madre. Había acabado por entenderlo.

Lenta, muy lentamente, empezó a darse cuenta de que ser una mujer no era tan malo al fin y al cabo.

Cada día se sentía un poco mejor, un poco más segura. Un poco más adulta.

Pero, por la noche…

Por la noche, el Gut estaba lleno de tiburones negros; el

Gore se alzaba, oscuro y brillante, lejos del profundo y verde mar.

Por la noche se despertaba aterrorizada por unos sueños repletos de sangre.

Por la noche, Ruby Trick se preguntaba dónde estaría el diablo en ese momento.

Agradecimientos

Escribí este libro en un año muy difícil para mí y no habría podido hacerlo sin el apoyo y amabilidad de Jane Gregory, Bill Scott-Kerr y Larry Finlay. He de dar las gracias también a Claire Ward, Kate Samano y Stephanie Glencross por su buen hacer y dedicación, y en especial a mi editora, Sarah Adams, cuyo entusiasmo e intuición me sirvieron de aliento.